以 賦 憶 賦

清代臺灣文集賦的仿擬與記憶

游適宏著

文史哲學集成
文史哲出版社印行

國家圖書館出版品預行編目資料

以賦憶賦：清代臺灣文集賦的仿擬與記憶 /
游適宏著. -- 初版 --臺北市：
文史哲, 民 103.10
頁；公分（文史哲學集成；661）
參考書目：頁
ISBN 978-986-314-220-1（平裝）

1.賦　2.臺灣文學　3.文學評論　4.清代

802.9207　　　　　　　　　　103020738

文史哲學集成　　661

以 賦 憶 賦
清代臺灣文集賦的仿擬與記憶

著　　　者：游　　　適　　　宏
出　版　者：文　史　哲　出　版　社
http://www.lapen.com.tw
e-mail：lapen@ms74.hinet.net
登記證字號：行政院新聞局版臺業字五三三七號
發　行　人：彭　　　正　　　雄
發　行　所：文　史　哲　出　版　社
印　刷　者：文　史　哲　出　版　社
臺北市羅斯福路一段七十二巷四號
郵政劃撥帳號：一六一八〇一七五
電話886-2-23511028・傳真886-2-23965656

實價新臺幣三六〇元

中華民國一〇三年（2014）十月初版

ISBN 978-986-314-220-1　　　　00661

以　賦　憶　賦
── 清代臺灣文集賦的仿擬與記憶

目　　次

第一章 緒 論

第一節 研究緣起

賦在清代，是科舉程序中的一項考驗[1]，因而士子必須熟悉其寫法，流傳於當時的篇章也很多。據今（2014）年

---

1 顧南雅《律賦必以集》「序」：「我朝承前明之制，取士以制義，而仍不廢詩賦。自庶吉士散館、翰詹大考、以及學政試生童，俱用之。其體固不拘一格，而要之以律為宜。」余丙照《賦學指南》「序」：「自有唐以律賦取士，而賦法始嚴。……我朝作人雅化，文運光昌，欽試翰院既用之，而歲、科兩試及諸季考，亦藉以拔錄生童，預儲館閣之選，賦學蒸蒸日上矣。」簡單來說，省級的「鄉試」和中央級的「會試」、「殿試」不考賦，但地方初級的「童試」考賦。「童試」有「縣考」、「府考」、「院考」三階段，通過後即為秀才。俟秀才一路通過「殿試」成為進士，除鼎甲第一名確定授「翰林院修撰」，第二、三名確定授「翰林院編修」外，其餘進士須再參加「朝考」決定職位。在各類職位中，以「翰林院庶吉士」最優。經錄取的庶吉士們分發到「翰林院庶常館」接受一段時間的學習（通常為三年），期滿結業時，「散館」考試裡又會遇到賦。而翰林院及詹事府中所有翰林出身的官員（不含庶吉士），每隔數年仍要參加皇帝親試的「翰詹大考」，此一關係陞遷的考試也會考賦。參閱詹杭倫，《清代賦論研究》（臺北：臺灣學生書局，2002 年），第六章〈清代律賦對科舉考試的黏附與偏離〉，頁 245-248；潘務正，〈法式善《同館賦鈔》與清代翰林院律賦考試〉，《南京大學學報》2006 年 4 期，頁 102。

甫出版的《歷代辭賦總匯》[2]，在所收的三萬篇賦中，清代之作大約就佔了 86%。臺灣雖然地處海外，但與內地的科舉網絡相連[3]，士子在求學過程中自然也得練習作賦 ── 無論是曾中進士的鄭用錫（1788～1858，道光 3 年癸未科三甲 109 名）、施瓊芳（1815～1868，道光 25 年乙巳恩科三甲 84 名）、徐德欽（1853～1889，光緒 12 年丙戌科三甲 2 名）、丘逢甲（1864～1912，光緒 15 年己丑科三甲 96 名），或是無緣中舉人的曹敬（1817～1859，道光 26 年秀才）、洪繻（1867～1929，光緒 15 年秀才），均有賦篇收錄於 2006 年出版的《全臺賦》[4]中。

這些賦篇雖然存在已久，但並不怎麼受研究者注意。一則因為在「臺灣文學」這門學科中，「臺灣古典文學」

2　《歷代辭賦總匯》由馬積高主編，全書共 26 冊（含 3 冊索引），收錄先秦至清末 7391 位作者的辭賦 30789 篇，與清代的大型賦體總集相比，如康熙年間纂輯的《歷代賦彙》（收先秦至明代賦作 4161 篇），或光緒年間纂輯的《賦海大觀》（收賦 12265 篇），規模更大。參閱 http://big5.huaxia.com/gate/big5/www.hxjw.cn/news/Article/szyl/wmys/wxms/201401/223364.html。

3　臺灣士子於鄉試、會試均保障錄取名額。據劉海峰〈臺灣舉人在福建鄉試中的表現〉（《廈門大學學報（哲學社會科學版）》2013 年 6 期），臺灣府自康熙 26（1687）年開始參加福建鄉試，計有 305 人錄取為舉人。據汪毅夫〈地域歷史人群研究：臺灣進士〉（《東南學術》2003 年 3 期），清代臺灣進士有 32 名；但毛曉陽〈清代臺灣進士名錄考訂〉（《集美大學學報（哲學社會科學版）》14 卷 2 期，2011 年 4 月）則認為，清代臺灣進士應為 33 名。

4　2006 年出版的《全臺賦》，係由許俊雅教授、吳福助教授主編，透過國家臺灣文學館籌備處的研究計畫，以一年的時間編纂完成，收錄明鄭（1661～1683）、清領（1683～1895）、日治（1895～1945）時期的賦 196 篇。

的發展原就落後於新文學[5]，再則由於賦學研究的起點 ——
漢賦，向來就頗受「爲文造情」、「板重堆砌」等疵議[6]，
且過去常有「唯漢魏六朝賦才有價值」的看法[7]，既然連唐
賦、宋賦都無足觀，焉須一顧清代末流？

　　近十餘年來首次呼籲留意臺灣賦的，應是杜正勝於
1996 年 10 月 28 日《自由時報》所發表的短論〈臺灣觀點
的文選〉[8]，該文主張「多從傳統汲取養分，充實本土化的

---

5 施懿琳《從沈光文到賴和》（高雄：春暉出版社，2000 年）：「古典
　文學的研究在臺灣文學的領域裡，雖然起步較早，發展卻很遲緩，可
　謂尚處於雛形發展的階段。」（頁 6）江寶釵《臺灣古典詩面面觀》
　（臺北：巨流圖書公司，1999 年）：「臺灣文學爲一『發展形成』的
　學科，許多領域尚未發現，或有待開拓，古典文學即其中之一。」（頁
　1）「從一九八〇年以後迄今，當臺灣文學研究蔚爲風氣時，我們看到
　的是新文學日益蓬勃。……古典文學相較之下，則不免顯得寂寞，並
　未受到應有的重視。」（頁 3）。許俊雅〈回顧與前瞻 —— 近二十年
　來臺灣古典文學研究述評〉：「古典文學的研究雖然因政治爭議較小，
　起步稍早，但整體觀之，仍要到 90 年代中投入的人力才漸多。」（《漢
　學研究通訊》25 卷 4 期，2006 年 11 月，頁 33。）
6 簡宗梧老師曾就一般人常加諸漢賦的罪名 —— 「勸而不止」、「爲文
　造情」、「板重堆砌」、「瑰怪聯邊」、「侈靡過實」提出解釋。參
　閱〈對漢賦若干疵議之商榷〉，收於簡宗梧，《漢賦源流與價值之商
　榷》（臺北：文史哲出版社，1980 年）。
7 例如：青木正兒《中國文學概說》：「賦在歷代都有，但是其最盛行，
　且在文學史上佔著重要地位的，是次於楚辭的漢魏六朝之賦。」（臺
　北：臺灣開明書局，1954 年，頁 99。）譚正璧《國學概論講話》：「賦
　來源於楚辭，盛行於兩漢六朝，歷隋、唐而衰。」（臺北：新文豐出
　版公司，1982 年，頁 160。）劉麟生《中國文學論》：「就文學價值
　方面而論，只有漢賦和六朝的賦，是賦的極峰。」（臺北：偉文圖書
　出版社，1978 年，頁 46。）
8 該文後來收入杜正勝《臺灣心‧臺灣魂》（高雄：河畔出版社，1998
　年）一書中。

內涵」，推薦王必昌〈臺灣賦〉[9]進入「國文」教材。而1997年臺北五南出版公司的《大學國文精選》，則應是最早將臺灣賦選爲課文者 ── 節選「沈光文〈臺灣賦〉」[10]。其後至2006年《全臺賦》出版前，開始有些零星的論著[11]，

9　杜文於《自由時報》原作「王克捷〈臺灣賦〉」，但在收入《臺灣心・臺灣魂》時已做更正，該書頁259按語謂：「〈臺灣賦〉的作者，我在〈臺灣觀點的文選〉（《自由時報》1996年10月28日）說是王克捷，係據連橫《臺灣通史》，但《續修臺灣府志》及《續修臺灣縣志》都說是王必昌。王克捷，臺灣諸羅縣人，乾隆22年丁丑進士；王必昌是福建省德化縣人，乾隆10年乙丑進士。魯鼎梅知臺灣縣，延聘王必昌來修縣志，乾隆17年完成，即是《重修臺灣縣志》。王克捷，《清一統志臺灣府》云字仲肯，《福建通志臺灣府》云字貽茂，但連橫卻說字必昌，恐怕是錯的，所以連帶〈臺灣賦〉的作者也張冠李戴了，特此更正，故〈臺灣觀點的文選〉之論當亦有所修正。」事實上，早年《臺南縣志》就已質疑：「鼎梅由德化調任臺灣縣令，乃乾隆十四年八月，至十六年議修邑志，克捷猶未舉鄉薦，而此處所指『德化進士王必昌』是否有其人，實屬匪解。」（冊5，頁1823）高志彬〈清修臺灣方志藝文篇述評〉（收於東海大學中國文學系編，《臺灣古典文學與文獻》，臺北：文津出版社，1999年）則明確指出〈臺灣賦〉的作者絕對是「王必昌」而非「王克捷」，將兩人誤爲一人的始作俑者爲連橫《臺灣通史》（頁81）。

10　現收錄於《沈光文斯庵先生專集》（侯中一編，臺北：文海出版社，1980年）或《沈光文全集及其研究資料彙編》（龔顯宗編，臺南：臺南縣立文化中心，1998年）中的該賦，並非沈氏原作，而是盛成在其〈沈光文研究〉（《臺灣文獻》12卷2期，1961年2月）中，嘗試據現存沈氏〈平臺灣序〉模擬還原而成，故許俊雅、吳福助主編的《全臺賦》，雖「凡例」明言：「本書收錄臺灣賦作時間範圍，從明鄭（1661～1683）起始」，卻將「僅能視爲盛成個人的『擬作』」、「不宜等同於沈光文原作」的〈臺灣賦〉收入書後的「附錄」。

11　如拙作〈地理想像與臺灣認同：清代三篇《臺灣賦》的考察〉（《臺灣文學研究學報》1期，2000年6月；亦收錄於許俊雅主編，《講座FORMOSA：臺灣古典文學評論合集》，臺北：萬卷樓圖書公司，2004年）、〈十八世紀的臺灣風土百科：王必昌的《臺灣賦》〉（《國文天地》16卷5期，2000年）、〈以賦佐志：王必昌《臺灣賦》的地理書寫〉（《龍華科技大學第一屆中國文學與文化全國學術研討會論文

也出現了第一本學位論文[12]。《全臺賦》出版後，臺灣賦的能見度提高，不僅相關研究倍增於以往，更多人的關注也促使《全臺賦》正進行後續的增修。

正如「沈光文〈臺灣賦〉」成為「國文」課文嚆矢乃緣於「表現臺灣風土地貌」[13]的在地特色，臺灣賦的研究，也是從敘述臺灣地理風物的作品開始，而不是那些士子為參加科舉而投入心思較多、流傳迄今亦為數較豐的作品。此由 2006 年《全臺賦》出版前的論著發表情況可以看出，2010 年首度舉辦的「臺灣賦學術研討會」（長庚大學，2010 年 4 月）也反映了此一趨勢[14]。大致來說，十餘年來的臺灣賦研究實受到兩股力量導引：

其一是認識或處理特定研究素材的「範式」（paradigm）[15]。做為「一批新素材」的「臺灣賦」在被介紹的時候，

專集》，2002 年）、柯喬文〈它者的觀看：清代臺灣賦的權力話語〉（第六屆「文學與文化」研討會論文，2002 年）、陳姿蓉〈清代臺灣賦與臺灣竹枝詞之比較研究〉（《中華學苑》56 期，2003 年）、吳盈靜〈賦詠名都尚風流：諸羅進士王克捷《臺灣賦》一文探析〉（第一屆「嘉義研究」學術研討會，2005 年）等。

12 王嘉弘，《清代臺灣賦的發展》（臺中：東海大學中文系，2005 年）。

13 李威熊主編，《大學國文精選》（臺北：五南出版公司，1997 年），頁 189。

14 例如：〈《全臺賦》所錄之「臺灣賦」寫作意圖研究〉（呂兆歡）、〈清代賦作海洋書寫中神怪想像 —— 以《全臺賦》為研究中心〉（李知灝）、〈建構文學地景與召喚地方感受 —— 臺灣賦作中的山岳書寫〉（顧敏耀）、〈賦寫園林見真趣 —— 《全臺賦》中文人園林審美生活之研究〉（徐慧鈺）、〈臺灣賦中的動物書寫 —— 以「鳥類」為視域〉（韓學宏）、〈美不殊於陸橘，味較勝於胡柑 —— 由《西螺柑賦》看臺灣在地物產書寫的演變〉（許惠玟）。

15 「範式」是孔恩科學哲學中的核心觀念。1959 年在〈必要的張力：

一方面基於作品題材的地緣關係 —— 與臺灣相關的事物被寫進賦中，具較佳的辨識度與親切感，一方面則可能基於當時研究風潮的選擇偏好 —— 地理學的「文化轉向」[16]，使「地理學家越來越關注各種文學形式，以之作為探究地景意義的方法」[17]，文學研究也同時興起「地理論述」、「空間想像」的探索風潮，因此，「臺灣賦」中「清賦背景下的臺灣賦作」[18]，便大致以「形勝」和「科舉（傳統）」兩類做為區分：

> 道光以後，……不再以臺灣形勝為主，而是轉變成以傳統賦作的題材為賦作內容。[19]

> 清嘉慶、道光之後，……科舉賦已成為這時期臺灣賦的主流，從數量上可以清楚地看出形勝賦的衰退

科學研究的傳統和變革〉一文中，他將「範式」稱為「意見一致」（consensus），至 1962 年《科學革命的結構》這本書中，才使用「範式」一詞。所謂「範式」，簡單說就是一門學科裡共通的信念、價值、技術等的集合，它被「科學共同體」—— 某一時期某學科領域的研究者 —— 所接受；且「科學共同體」也在其指導下，進行解決疑難的工作 —— 包括應該研究什麼問題、問題成立的當然緣由、思考問題的基本假定等。

16 唐曉峰，〈文化轉向與地理學〉，《文化研究》2005 年 9 期。
17 Mike Crang 著，王志弘等譯，《文化地理學》（臺北：巨流圖書公司，2003 年），頁 57。
18 許俊雅〈《全臺賦》導論〉將臺灣賦分為兩階段：一為「清賦背景下的臺灣賦作」，二為「日本統治下的臺灣賦作」。
19 許俊雅、吳福助主編，《全臺賦》（臺南：國家臺灣文學館籌備處，2006 年），頁 24。

與<u>科舉賦</u>的興起。[20]

在「傳統」可能隱含「陳舊、不特殊」的視野下，「清賦背景下的臺灣賦作」研究，自然也就從特殊的那一群作品開始，由充滿臺灣特色的「形勝賦」導夫先路並蔚為大宗，餘下的清代「科舉賦（傳統賦作）」，因暫時找不到適合的方式「將文學文本置於非文學文本的框架之中，綜合各種『邊緣』理論，試圖達到對文化、政治、歷史、詩學的重寫」[21]，遂乏人問津。

其二則是「中國思想文化的大歷史脈絡」下所形成、所建構的「中國抒情傳統」[22]。雖然有學者認為，「抒情

---

20 許俊雅、吳福助主編，《全臺賦》（臺南：國家臺灣文學館籌備處，2006 年），頁 42。

21 朱立元主編，《當代西方文藝理論》（上海：華東師範大學出版社，2005 年），頁 412。

22 蕭馳於《中國抒情傳統的再發現》書前的〈導言〉指出：「中國抒情傳統」是「承陳（世驤）、高（友工）的學術思路而來，自中國思想文化的大歷史脈絡，或比較文化的背景去對以抒情詩為主體的中國文學藝術傳統（而非侷限於某篇作品）進行的具理論意義的探討。」見柯慶明、蕭馳《中國抒情傳統的再發現》（臺北：臺大出版中心，2009年），頁 6。陳世驤〈中國的抒情傳統〉認為：「我們說中國文學的道統是一種抒情的道統並不算過份」（《陳世驤文存》，臺北：志文出版社，1975 年，頁 34）。高友工〈文學研究的美學問題〉也認為：「我個人以為這個傳統（按：指「抒情傳統」）特別突出地表現了一種中國文化中的『理想』，而這種『理想』正是在『抒情詩』這個形式中有最圓滿的體現。『抒情』從我們以前的討論中看，已說明它並不是一個傳統上的『體類』的觀念。這個觀念不只是專指某一個詩體、文體，也不限於某一種主題、題素。廣義的定義涵蓋了整個文化史中某一些人（可能同屬一背景、階層、社會、時代）的『意識形態』包括他們的『價值』、『理想』，以及他們具體表現這種『意識』的方

傳統」是現代學者的「發明」[23]，但以「主體情志」判斷
「是否屬於『文學』」的想法卻始終存在，故儘管漢賦早
被視為足與唐詩、宋詞、元曲並駕的一代文學，但在民國
以後所遭遇的鄙視卻極為嚴重，甚至欲將之逐出文學門牆：

> 在漢代的賦有這樣四類，四類卻不可以一例承認他
> 有價值。除了屈賦為抒情的賦以外，其他三類可以
> 說不是文學。[24]

> 近人胡雲翼對賦提出兩大缺點：（一）賦體根本就
> 沒有成立為文學的價值和意義。因為賦是鋪張揚厲
> 的，不是抒發自己的感情的；是歌功頌德的，不是
> 表現個性的。……（二）作者作賦的動機和目的，
> 不能產生有文學價值的賦。我們看賦之所以發達，
> 原於漢武重騷，淮南作傳，因此，一般人作賦也不
> 過拿來逢迎帝王的意旨，作為干祿的工具。[25]

式。……『抒情傳統』……在中國文化中無疑則成為最有影響的主
脈。……從這一套哲學基礎上發展出來的美學思想可以以中國傳統上
對『言志』的一種解釋來作為典型代表。」見李正治主編，《政府遷
臺以來文學研究理論及方法之探索》（臺北：臺灣學生書局，1988
年），頁 212-213。

23 黃錦樹，〈抒情傳統與現代性：傳統之發明，或創造性的轉化〉，《中
外文學》34 卷 2 期（2005 年 7 月），頁 157-186。

24 胡懷琛，《中國文學史》（臺北：臺灣商務印書館），頁 44。

25 余我，《中國古典文學評介》（臺北：臺灣商務印書館，1995 年），
頁 41。

　　漢賦都遭如此看待，與科舉考試關係密切的律賦，當然更被批評爲「不足與於著作之林」、「不足與於文學之列」[26]，「我們只要知道這種賦體的梗概，沒有必要去多加研究」[27]。誠如顏崑陽先生所見：在「抒情傳統」這套覆蓋性的大敘事底下，勢必對中國文學的各種發展面貌有所遮蔽，甚至形成「單一線性化」的史觀，或「孤樹狀結構圖式」的詮釋[28]；賦 —— 尤其是因科舉而寫的賦，正是在這無論是向來存在、或者是有意建構的「抒情傳統」下，被放逐於邊陲。

　　但事實上，臺灣賦的主要發展在清代，清代的臺灣賦也以科舉爲主要形成環境，如果研究臺灣賦獨厚「形勝」而薄「科舉（傳統）」，割半壁江山而不論，必然無法窺見臺灣賦的全貌。如果我們曾認爲，刻意忽略幾佔唐賦六成的律賦、僅強調少數「諷刺小賦」是「唐賦的精華」[29]，

---

26 分見鄧鼎，《國學纂要》（臺北：民力雜誌社，1966 年），頁 83；郭紹虞，〈賦在中國文學史上的位置〉，《照隅室古典文學論集》（上海：上海古籍出版社，1983 年），上冊、頁 85。

27 王力主編，《古代漢語》（北京：中華書局，1990 年），冊 4，頁 1356。

28 參閱顏崑陽，〈論「文學體裁」的「藝術性向」與「社會性向」〉，載於左東嶺、陶禮天主編，《中國古代文藝思想國際學術研討會論文集》（北京：學苑出版社，2005 年），頁 3-30；顏崑陽〈從反思中國文學「抒情傳統」之建構以論「詩美典」的多面向變遷與叢聚狀結構〉，《東華漢學》9 期（2009 年 6 月），頁 1-47；顏崑陽〈從混融、交涉、衍變到別用、分流、佈體 ——「抒情文學史」的反思與「完境文學史」的構想〉，《清華中文學報》3 期（2009 年 12 月），頁 113-154。

29 馬積高《賦史》（上海：上海古籍出版社，1987 年）：「唐賦之所以在藝術上取得重大的成就，而以諷刺小賦與抒情賦爲代表，同樣也

即宣稱「唐賦思想性和藝術性超過前此任何一代」[30]，似乎缺了點說服力，那麼，要對臺灣賦形成完整的理解，觀察的眼光是否也不宜但照隅隙、厚此薄彼？

第二節　文集賦與其研究路徑

上引〈《全臺賦》導論〉將清代臺灣賦約略分為「形勝賦」、「科舉賦」二類，乍看之下並非在同一基準上所做的分類 ——「形勝」關乎題材內容，「科舉」則關乎考試背景。但若細審該文，則可知所云「科舉賦的興起」與「轉變成以傳統賦作的題材為賦作內容」其實只是說法不同，故「科舉賦」之名即代表「傳統賦作」之意，「形勝」與「科舉（傳統）」可說是基於題材內容所做的區分。緣此，像洪繻〈西螺柑賦〉詠臺灣名品，施瓊芳〈廣學開書院賦〉詠海東書院，雖體裁為限韻的律賦，也是科舉環境下的產物，但仍可歸屬「形勝」一類。

「分類」往往是基於研究取徑所設計，「形勝」與「科舉（傳統）」二分，反映的正是研究者對這批文獻的觀感 —— 部分特殊，其餘則與傳統無別，「特產」與「凡品」

是受了這種規律的支配。」（頁 255）葉幼明《辭賦通論》（長沙：湖南教育出版社，1991 年）：「唐賦中最引人注目的是諷刺小賦。……這種賦在唐賦中有相當數量，是唐賦的精華。」（頁 111）
30 馬積高，《賦史》（上海：上海古籍出版社，1987 年），頁 252。

畫分兩途，研究方有目標和意義。不過，除了以題材內容為分類依據，筆者認為，清代臺灣賦也可按刊見方式大致分為「方志賦」與「文集賦」兩類 —— 這一方面從名稱上即可看出是在同一基準上所做的分類，再者，由於方志收錄藝文作品原就以「必於風土有關涉」[31]、「有關政教風土」[32]、「志以記事，非為選詩而作」[33]為原則，故「方志賦」的題材內容實大抵與「形勝」相彷；至於「文集賦」，無論是總集如徐宗幹（1795～1866）所編《瀛洲校士錄》所收海東書院學子習作[34]的賦篇，或是別集如鄭用錫《北郭園全集》、施瓊芳《石蘭山館遺稿》、曹敬《曹敬詩文略集》、丘逢甲《丘逢甲集》、洪繻《寄鶴齋駢文集》、陳宗賦《篇竹遺藝》等所收的賦篇，殆為科舉環境中書寫的作品，題材內容自亦較為「傳統」。此外，如果「形勝」與「科舉」之分意欲同時指出清代臺灣賦有一「形勝賦的衰退與科舉賦的興起」的轉折歷程，「方志賦」與「文集賦」之分，也同樣提示了清代臺灣賦是以「方志賦」為前

---

31 王禮、陳文達《（康熙）臺灣縣志‧凡例》：「雜文、詩賦，必於風土有關涉、文足傳世者，始為採入；非是，雖有鴻儒著述，不登焉。」

32 劉良璧《（乾隆）重修臺灣府志‧凡例》：「舊志藝文頗繁，今稍為釐訂，擇其愷切詳明，有關政教風土者錄之，亦佐志乘所不逮焉。」

33 林豪《（光緒）澎湖廳志稿‧凡例》：「前書藝文志所錄詩文甚夥，就中率爾之作，略汰一二。至新增雜整，必事因文見，始敢錄入，其古今體詩，則增入甚少者，非有他見也，志以記事，非為選詩而作。」

34 徐宗幹《瀛洲校士錄》題序：「今東渡視事未久，歲試屆期，自夏五望至六月朔，竭十餘日之力次第局試，……試竣，集諸生徒於海東書院，旬鍛而月鍊之，……而說經、論史及古近襍體詩文並肄業及之者，裒輯二卷，曰《校士錄》，俾庠塾子弟有所觀感而則傚焉。」

驅[35]、繼而「文集賦」孳茂曼衍的發展。

　　這些「文集賦」的「傳統」題材，或擬前人名篇，如〈擬庾子山小園賦〉、〈擬鮑明遠舞鶴賦〉；或重寫前人舊題，如〈鯤化鵬賦〉、〈競渡賦〉等；或詠古人古事，如〈五月渡瀘賦〉、〈蘭亭修禊賦〉、〈陶淵明歸隱賦〉、〈李白春夜宴桃李園賦〉、〈虞允文勝金人於采石磯賦〉等；或詠花鳥器物，如〈白蓮賦〉、〈華蟲賦〉、〈比目魚賦〉、〈團扇賦〉等，或取前人詩句爲題，如〈春城無處不飛花賦〉、〈寒梅著花未賦〉、〈春兼三月潤賦〉等。它們原來就不具有地方風物特質，當然也就無法從「在地」視野讀出端倪，勉強將曹敬的科舉練習之作〈競渡賦〉[36]，理解爲「曹敬爲臺灣清治中期淡北代表文人，所居沿岸的淡水河，每年端午多舉辦龍舟競賽，此賦即是曹敬描寫當時節慶風俗的代表作」，藉以增強「反映清治中期臺灣社會與風俗民情」的意義[37]，其實反而忽略此賦用唐代范傪

---

35 臺灣在清代早期的賦篇，多是方志纂修者爲「用附登於邑志」而特別寫的，如高拱乾（於康熙 31 年任職「福建分巡臺廈道兼理學政」，即臺灣最高行政長官）於康熙 33（1694）年開始編修《臺灣府志》，王必昌則於乾隆 16（1751）年應臺灣知縣魯鼎梅之邀，自福建省德化縣赴臺總輯《重修臺灣縣志》，他們的〈臺灣賦〉都收錄在所編的方志裡。卓肇昌（乾隆 15 年舉人）和林夢麟（乾隆間生員）都替《（乾隆）重修鳳山縣志》工作，卓氏的〈臺灣形勝賦〉、〈鼓山賦〉、〈鳳山賦〉、〈三山賦〉、〈龍目井泉賦〉、〈莿桐花賦〉和林氏的〈臺灣形勝賦〉，也都收在該方志中。

36 許俊雅、吳福助主編，《全臺賦》（臺南：國家臺灣文學館籌備處，2006 年），頁 208-209。

37 劉德玲，〈臺灣先賢曹敬賦作析論〉（《輔仁國文學報》31 期，2010 年 10 月），頁 172、180。

〈競渡賦〉舊題（《御定歷代賦彙》卷 104）寫作的聯結性。如果還以「抒情傳統」為框架，抱持如下評論唐人律賦的標準：

> 如周鍼的〈海門山賦〉、〈登吳岳賦〉，王棨的〈白雪樓賦〉、〈貧賦〉、〈秋夜七里灘聞漁歌賦〉這樣一些表現某種特定的生活經歷的抒情之作，也是過去律賦中所無的，這都是律賦與科舉功令脫節的表現。……而這些脫離了功令的律賦則往往是律賦中的精華。[38]

> 到晚唐，才成了一種沒有限制的抒情賦體，可惜這樣的作法還不多，而後人又少有注意到這一點者，故律賦終於未能像詩中的律詩一樣，成為受人重視的抒情的文學體裁。[39]

則清代臺灣「文集賦」中那群既不抒發情緒感懷、也不反映風物民情的作品，恐怕還是繼續不被認識也不受重視。

　　因此，以「科舉（傳統）」題材為主的清代臺灣「文集賦」，雖少數仍可置於「抒情傳統」中詮釋[40]，但大多

---

38 馬積高，《賦史》（上海：上海古籍出版社，1998 年），頁 369-370。
39 馬積高，《賦史》（上海：上海古籍出版社，1998 年），頁 374。
40 例如廖國棟，〈清代臺灣士子的挫折感 —— 以曹敬賦作為觀察對象〉，第 9 屆國際辭賦學學術研討會論文（泉州：泉州師範學院，2011 年 10 月）。

數須在不同的「範式」下，方能突破既有觀察視野的侷限，方能對這些賦篇提出適合的問題，找到相應的解決途徑。因「範式」的改變而使研究素材「價值不同」，在臺灣賦中已有「鸞賦」為先例。鸞堂書刊中的勸善賦篇，過去並不被視為「文學」，也從未擠進《御定歷代賦彙》、《賦海大觀》等總集，但因《全臺賦》以「文學文獻」[41]視之，特予蒐錄[42]，並強調這批文獻在「日本殖民統治」的語境中，具有諷世勉人、安定社會、存續漢文的意義[43]，故其雖不談述臺灣的異地風貌，卻被喻為「臺灣賦作史上的奇

---

41 《全臺賦》在〈凡例〉第一條說：「本書彙輯臺灣賦作，旨在系統性保存臺灣文學文獻，提供閱讀、研究參考之用。」

42 許俊雅〈回顧與前瞻 —— 近二十年來臺灣古典文學研究述評〉（《漢學研究通訊》25 卷 4 期，2006 年 11 月）：「個人於 2005 年 8 月 15 日至 12 月底執行全臺賦蒐編、校勘、出版計畫，計畫結束之後，楊永智進行田野調查工作時，復於 2006 年 1 月發現一批藏於民間的宗教善書，翻尋結果，復得 38 篇，這一批臺灣賦作別具特色，有相當高的文學史料價值，作品既是扶鸞起乩而寫，作者自然是假託古人（如漢昭烈帝、李太白）、神明（如李鐵拐、如來尊佛、指南宮孚祐帝君呂洞賓、指南宮張祖師等等）名義撰文，以諷勸世人，在賦篇中內容題材甚為特殊。」（頁 42）

43 許俊雅〈《全臺賦》導論〉：「尤為特殊者，日治時期有不少民間善書鸞書刊登賦作，到三〇年代則多發表於《風月》、《南方》、《三六九小報》這些漢文通俗雜誌，……題材以市井小民、風花雪月的生活為主，或是帶有諷刺意味、勸世勉人之作。」（頁 27）梁淑媛《飛登聖域：臺灣鸞賦文學書寫及其文化視域研究》（臺北：五南圖書出版公司，2012 年）：「日治時期，……當時臺灣可以說是處在一種急遽變動，人民處於極度憂慮災害隨時侵襲的惶恐當中，正由於這種集體恐懼末世來臨的心理，促使各地鸞堂普遍設立的需求性大增，以求維繫日常生活安居，公共秩序的穩定。……鸞堂賦的書寫，在臺灣文學當中隱然崛起，是有它的特殊時空背景意義，就是用其對寺宇廟堂肇建的頌美進行宣揚和綴飾，發揮著鸞顯志、強調勸世諷諫之旨。」（頁 48）

景」[44]。於是，簡宗梧老師以〈臺灣登鸞降筆賦初探 ── 以《全臺賦》及其影像集爲範圍〉[45]肯定「鸞賦」作爲「文學」研究的價值，梁淑媛也繼續進行一系列的探討而撰成《飛登聖域：臺灣鸞賦文學書寫及其文化視域研究》[46]一書。「鸞賦」在新的視野下，不僅是「敘事成素相當豐沛」[47]的「文學」作品，交疊其中的鸞生意識、社會教化、宗教寄託等也都有值得探索的文化意涵。

那麼，對於一向具有進入《御定歷代賦彙》、《賦海大觀》等總集的「文學」身分、卻囿於「抒情傳統」下的「文學」觀點而屢受漠視的「科舉（傳統）」題材賦篇，其適合的「範式」爲何？此類賦篇，由於以「穿穴經史」、「驅使六籍」[48]爲書寫策略，講求「驅駕典故，渾然無跡；引用經籍，若己有之」[49]，因此尤能顯現其爲各種引文拼貼場所的「文本」（text）[50]性質 ── 「凡賦句全藉牽合而

---

44 許俊雅〈《全臺賦》導論〉：「鸞賦……在日本統治下以此方式反映社會問題、教化人心，並使漢文不至滅絕，此一賦體的表現手法，可謂是獨具特色，與通俗賦篇的表現，成爲臺灣賦作發展史上的兩大奇景。」（頁 34）

45 簡宗梧，〈臺灣登鸞降筆賦初探 ── 以《全臺賦》及其影像集爲範圍〉，《長庚人文社會學報》3 卷 2 期，2010 年 10 月。

46 梁淑媛，《飛登聖域：臺灣鸞賦文學書寫及其文化視域研究》（臺北：五南圖書出版公司，2012 年）。

47 梁淑媛，《飛登聖域：臺灣鸞賦文學書寫及其文化視域研究》（臺北：五南圖書出版公司，2012 年），頁 37。

48 見李調元著，詹杭倫、沈時蓉校證，《雨村賦話校證》（臺北：新文豐出版公司，1993 年），卷 4（頁 64）、卷 2（頁 30）。

49 孫梅，《四六叢話》（臺北：世界書局，1962 年），卷 5，頁 99。

50 楊大春，《後結構主義》（臺北：揚智文化事業公司，1997 年），頁 153-155。張國清《中心與邊緣》（北京：社會科學出版社，1998

成。其初兩事不相侔，以言貫穿之，便可為吾所用」[51]，
這擔任「牽合」、「貫穿」之事的「吾」，並非表現個人
情志的「作者」（Author），而是提供各種引文相互拼貼
的「書寫者」（Scriptor）：

> 作者從中心位置退隱了，成為一個作家（Writer），
> 一個寫字者（Scriptor）。寫字者不再在內心擁有激
> 情、幽默、情感、印象，不再相信他的手（筆）跟
> 上思想和感情。相反，他在心中珍藏的是一本「字
> 典」，讓自己成為符號的功能。文本不是出於作者
> 的獨創，它是「引自數不清的文化中心的引文之編
> 織物」。[52]

因此，對於以「科舉（傳統）」題材為主的清代臺灣「文
集賦」來說，正視它們在「抒情傳統」之外的「互文性」
（intertextuality），並「從互文性的立場去審視其間意義

年）：「結構主義者不再把作者看作是從事某項特殊的創造性工作的
人物，因為作者是一些更複雜的原因的結果。文本的意義來自一個更
加廣泛的知識和文化背景。作者有意要寫的東西，說者故意要說的東
西，並不是單純地來自作者和說者。文本的意義不是說者和寫者的主
觀意願所能強行注入的，它是作為一個整體的語言系統的產物。是作
者之外支持著他著書立說活動的某些特定機構或部門促成了那個文
本的產生，作者只不過是文本的中介或傳聲筒。」（頁 158）

51 李薦，《師友談記》（臺北：臺灣商務印書館影文淵閣四庫全書，冊
863），頁 176。

52 楊大春，《文本的世界》（北京：中國社會科學出版社，1998 年），
頁 318。

的實現與增殖」[53]，才能讓它們在不受歧視之外，進一步找出它們既非「抒發個人內心」、也非「反映社會風土」的意義。清代臺灣賦的研究，也才能在「方志賦」與「文集賦」兼顧、不薄「形勝」愛「科舉（傳統）」的態度上，繼續尋求新的課題。

第三節　本書的探討主題與對象

「互文性」有廣、狹二義[54]：狹義的「互文性」係指一個文學文本和其他文學文本之間可論證的互涉關係；廣義的「互文性」則指任何文本與賦予該文本意義的知識、符碼和表意實踐之間的互涉關係[55]。「仿擬」，可說是文學文本之間最明確可辨、甚至其書寫者也最直言不諱的「互文性」[56]。本書選擇探討清代臺灣「文集賦」的「仿擬」，

---

53 蔣寅，〈擬與避：古典詩歌文本的互文性問題〉，《文史哲》2012年1期，頁28。

54 廣義、狹義「互文性」的敘述，參閱李玉平，〈互文性新論〉，《文藝理論》2006年9期；李玉平，〈互文性定義探析〉，《文藝理論》2013年3期。

55 「泛文本」觀認為，整個世界都具有修辭的性質，人類的所有表意實踐和符號都可以看做是一種文本，於是，文本包括了對該文本意義有啟發價值的歷史文本及圍繞文本的文化語境和其他社會意指實踐活動，因而大大擴展文本涵蓋的範圍，關注到文本與社會、歷史、文化的關聯，所有這些構成一個潛力無限的知識網絡。參閱張良叢、張鋒玲，〈作品、文本與超文本 —— 簡論西方文本理論的流變〉，《文藝理論》2010年10期。

56 蔣寅〈擬與避：古典詩歌文本的互文性問題〉（《文史哲》2012年1

即希望透過「文集賦」中「互文性」最直接、卻也因而「臺灣味」最淡薄的賦篇，試探上述研究路徑的可行性。

　　蕾娜特・拉赫曼（Renate Lachmann）認為，「互文性」就是「文本的記憶」。雖然「互文性」指出每個文本都有其他文本的影子，旨在強調文本意義在讀者手中不分前後、左右逢源的生產力[57]，但就文本被書寫時而言，那些「影子」應該還是已經問世的文本；文本的記憶空間，有部分即透過此「互文性」所建構[58]。仿擬之作 ── 無論書寫者是否刻意在篇題宣稱「擬……」，可說是對前文本最直接的記憶手段，同時也指引往後的讀者，透過此一記憶的聯結點繼續進行追蹤。

期）：「擬古的結果形成古典詩歌普遍而清晰的互文關係。」（頁 22）

57 李玉平〈「影響研究」與「互文性」之比較〉（《外國文學研究》2004年 2 期）指出：「影響研究是一條線性的、單向的路線，影響的放送者和接受者之間的關係是不能顛倒的，而且影響還需要有確鑿的事實根據。……互文性是非線性的、開放的、多向的，呈幅射狀展開，所有的文本處於一個龐大的文本網系中，它們之間沒有時間的先後關係，更無需取得事實證據的支持。……只要是讀者閱讀時涉及到的文本，盡可以納入互文本網系之中。以王實甫的元雜劇《西廂記》與唐朝元稹的《鶯鶯傳》為例，只能說《鶯鶯傳》影響了《西廂記》，但絕不能說《西廂記》影響了《鶯鶯傳》，因為《西廂記》比《鶯鶯傳》出現得晚。而互文性就不是這樣了。《西廂記》和《鶯鶯傳》互為互文，《鶯鶯傳》做為《西廂記》的前文本，無疑為《西廂記》的解讀提供了參照；同時，《西廂記》的出現也豐富了人們對於《鶯鶯傳》的理解。讀者在對《西廂記》進行互文性解讀時，可以激活古今中外所有與《西廂記》有關的文本，而無需顧及它們之間有無事實上的影響關係。」

58 阿斯特莉特・埃爾、安斯加爾・紐寧著，〈文學研究的記憶綱領：概述〉，收於馮亞琳、阿斯特莉特・埃爾主編，《文化記憶理論讀本》（北京：北京大學出版社，2012 年），頁 214-215。

　　儘管清代臺灣「文集賦」範圍有限，但透過「仿擬」所回憶的文本仍然種類繁多（例如洪繻〈劉阮同入天台山遇神女賦〉是關於神仙故事的記憶），回憶的程度也深淺不一，故本書所論，暫畫地於「以賦憶賦」，亦即只取清代臺灣「文集賦」中仿擬對象同屬於「賦」者進行取樣討論。這些賦所形成的文本記憶，內容包含賦體、賦家、賦篇等，本書的第二章至第五章，即大致依此展開：

　　第二章「千態萬形，莫可擬仿：清代臺灣與內地〈擬鮑明遠舞鶴賦〉試析」，從曹敬的〈擬鮑明遠舞鶴賦〉做為本章、同時也是本書的起點。曹敬的這篇賦，如果僅從清代臺灣賦來看，乃獨一無二；但如果從整個清代賦壇來看，非但相同的仿作甚多，而且幾近於仿作之最 —— 據《歷代辭賦總匯》「篇名索引」，賦題為「擬……賦」者，居冠的是有 47 篇的〈擬庾信（庾子山、庾開府）小園賦〉，其次便是有 39 篇的〈擬鮑照（鮑昭、鮑明遠）舞鶴賦〉。本章以曹敬此賦與《賦海大觀》所收 12 篇〈擬鮑明遠（鮑昭）舞鶴賦〉、徐寶善（1790～1838）《壺園賦鈔》的〈舞鶴賦〉、以及《賦海大觀》和《歷代辭賦總匯》均未收錄的兩篇〈擬鮑明遠舞鶴賦〉[59]為素材，除了經比較而得悉：

59　一篇是劉士璋《三湖漁人全集》卷六的〈擬鮑明遠舞鶴賦〉，見 http://books.google.com.tw/books?id=l_AsAAAAYAAJ&pg=PT167&lpg=PT167&dq=%E6%93%AC%E9%AE%91%E6%98%8E%E9%81%A0%E8%88%9E%E9%B6%B4%E8%B3%A6&source=bl&ots=s35-OJi0zx&sig=bLTq1lmY-1RkKkc9AlmJFYaAJNc&hl=zh-TW&sa=X&ei=ryIvUsC4MIfukgWl-IHwAw&ved=0CGgQ6AEwCQ#v=onepage&q=%E6%93%AC%E9%AE%91%E6%98%8E%E9%81%A0%E8%88%9E%E9%B6%

曹敬賦與其他十五篇賦的最大不同，在於用律賦體進行擬
作，更重要的是，發現這群「擬舞鶴賦」雖然也對鮑照原
作中鶴「掩雲羅而見羈」的處境進行反思，但其主要興趣
仍在鶴舞「盡態極妍」的鋪敘描摹。而賦家們筆下一隻隻
舞技非凡的鶴，正是其賦「欲使人不能加」的投射，故賦
家們屢於「盡態極妍」的稱賞後，強調鶴的舞技「莫可擬
仿」。於是，鶴體與賦體相互隱喻，緣於仿擬鮑照又自詡
「莫可擬仿」的鶴「篇篇」起舞，反映的正是清代「思齊」
與「爭勝」交織的賦學意識 ── 既要「學者爲律賦，必於
唐師焉」（陳壽祺〈律賦選序〉），又欲「學賦者固去唐
律而尙時趨」（徐光斗《賦學僊丹‧賦學秘訣》）。曹敬
與內地諸家的〈擬鮑明遠舞鶴賦〉，其實含藏了清代賦學
「盡態極妍」的追求與「奚容摹仿」的自信。

　　第三章「儲舊露新與除舊布新：清代臺灣賦家的唐律
賦記憶」，係以清代臺灣賦的仿擬之作爲素材，考察在上
述「思齊」與「爭勝」交織的賦學意識下，賦家們如何記
憶唐律賦。以「同題繼作」進行記憶，看似沉默的亦步亦
趨，實則帶有「趨炎附勢」的意圖 ── 替原本名不見經傳
的自己，製造隨侍於前代「高手」與「傑作」身邊的機會。
因此，「儲舊」不單是爲了進修學習取法乎上，也爲了加
快在賦壇上「露新」的速度。此外，清代賦家對於律賦文

B4%E8%B3%A6&f=false。另一篇是林聯桂（1774～1835）《見星廬
賦話》卷四所載「李庶長逢辰」的〈擬鮑明遠舞鶴賦〉，見王冠編，
《賦話廣聚》（北京：北京圖書館出版社，2006 年），冊 3，頁 511-514。

體本身，也不甘於只是「唐」規「清」隨，在「爭勝」的意識下，他們對「唐律」舊有形制另做「押韻嚴密」、「隔對擴張」兩方面的修改，好讓「除舊布新」後「細密華贍」的「時賦」勝過「唐律」，進而成爲後人記憶的選擇。這樣的具體實踐，在清代臺灣賦中可以獲得印證。

　　第四章「愁入庾郎句：從《少嵒賦草》看清代臺灣賦的庾信餘影」，探討的是清代臺灣賦對庾信賦的仿擬。《瀛洲校士錄》收有陳奎〈擬庾子山小園賦〉，如前所述，據《歷代辭賦總匯》「篇名索引」，清代與它一樣的此題擬作，數量在所有「擬……賦」中高居第一。由於清代臺灣沒有本地編撰的賦選或賦話，不易獲悉「賦學基準」，故本章透過中國大陸流傳到臺灣的賦學別集──《少嵒賦草》，從書中找出「以庾信賦爲正典」的一項「賦學基準」，繼而發現清代臺灣賦雖然只產生過一篇〈擬庾子山小園賦〉，但至少在洪繻的賦中，也可以找到相似的摹習目標和書寫眼界。洪繻多篇題目含「春」字的賦篇及〈小樓賦〉，雖未宣稱仿擬庾信賦作，實則亦爲庾信〈春賦〉和〈小園賦〉的投影。

　　第五章「題聚一唐：清代臺灣賦涉納唐代詩文的書寫趨向」，則在「以賦憶賦」之外，約略觀察回憶對象在「賦」以外的文類，但爲避免龐雜失焦，選材上僅以賦的「題目」爲限。研究發現：清代臺灣賦在「題目」（含題下限韻字）上有某種「齊聚一堂」的趨向──典故多出自唐人之作且尤集中於唐詩。清代臺灣賦「題聚一唐」的形成，與乾隆

22 年科舉加試「唐律」密切相關，士子不僅藉習賦以熟誦唐詩，賦體也因仿襲唐賦舊題、以唐詩句限韻而各顯其貌。本章嘗試將清代臺灣賦所憶之事延伸到「賦學記憶」之外，一來可看出臺灣賦的研究，其實能為臺灣古典文學的其他領域提供值得參考的訊息；二來也略從清代臺灣「文集賦」裡居大多數的「科舉賦（傳統賦作）」，觀測未來進行「文化記憶」研究的方向。對於這些無法從中分析「地理論述」、也缺乏「抵抗殖民」意識的臺灣賦，若能以「文化記憶」的角度理解，或許更能彰現其價值。

　　經由上述可知，對清代臺灣賦「仿擬與記憶」的探討，絕不是只在乎曹敬、洪繻、陳奎或其他哪一個「個人」的興趣和回憶，而是從中看到了「集體記憶」。哈布瓦赫（Maurice Halbwachs）《論集體記憶》認為[60]：一個人的記憶，必須與生活週遭他人的記憶相互繫聯，才能協助喚起；人們也往往要在社會中才能夠進行回憶。這個喚起、建構、乃至約束記憶的框架，就是「集體記憶」；個人的記憶能否被喚起、以什麼方式喚起、又或者給予什麼樣的詮釋，都取決於這個框架。因此，清代臺灣賦或有某篇採取較「唐體」嚴密的押韻形式，或有某篇加入比「唐體」更多的隔句對，或者鮑照〈舞鶴賦〉和庾信〈小園賦〉被

---

60 以下關於哈布瓦赫「集體記憶」的敘述，參閱陶東風，〈記憶是一種文化建構 —— 哈布瓦赫《論集體記憶》〉，《中國圖書評論》2010年 9 期，頁 69-74；高萍，〈社會記憶理論研究綜述〉，《西北民族大學學報（哲學社會科學版）》2011年 3 期，頁 112-120。

特別記起而出現擬作，都不單純是哪一位賦家的別具隻眼
——這點從《歷代辭賦總匯》收有清代〈擬鮑明遠舞鶴賦〉
和〈擬庾子山小園賦〉各數十篇即可印證。也因此，清代
臺灣「文集賦」裡的「科舉（傳統）」題材之作，其可貴
處乃在其中有清代賦學的集體記憶可考，與「形勝」題材
的臺灣賦彰顯在地特色截然不同。

　　除了個人記憶離不開集體記憶，哈布瓦赫進一步指
出：集體記憶所記得的「過去」，並不是客觀的被保留下
來，而是立足於當前的需要或利益，重新被建構出來；只
有現今人們感興趣的「過去」，才能在集體記憶的框架裡
找到位置。元代祝堯《古賦辯體》以「漢以前之賦出於情，
漢以後之賦出於辭」做為敘事架構，將「兩漢體」、「三
國六朝體」、「唐體」一路而下的「古賦」視為因不斷「尚
辭」而失序的亂象，此一指桑罵槐的「古賦演變史」——藉
惋惜「古賦」墮落以譴責「律賦」雕蟲道喪[61]，即在當時
「試藝則以經術為先，詞章次之」、摒棄「摛章繪句之學」
的科舉文化政策下所建構。但數百年後的清代，由於「詩
賦」、「經學」不再對立，對律賦也有迥然不同的記憶。
至於透過「賦題典出唐詩」以記憶唐詩，則多少受到清代
科舉自乾隆後加試「唐律」所影響。於是從中又可獲悉：
不僅每個歷史階段對「過去」的不同看法，係依當時的興

---

61 游適宏，〈祝堯《古賦辯體》「賦衰於唐」的賦史論述〉，收於游適
　宏，《試賦與識賦：從考試的賦到賦的教學》（臺北：秀威資訊公司，
　2008年），頁211-238。

趣與需求所塑造，而這塑造的推手，則如康納頓（Paul Connerton）《社會如何記憶》所說的，乃是統治的權力。社會記憶是爲了維持社會秩序合法化而存在的，唯有能符合當前政治、經濟、文化等秩序運作需求的「過去」，才會被挑選做爲社會記憶的內容[62]。

　　至於本書取材的「清代臺灣文集賦」，主要依據 2006 年出版的《全臺賦》，凡該書編次於洪繻（1867～1929）之前（含洪繻）、原刊於總集如徐宗幹所編《瀛洲校士錄》或別集如鄭用錫《北郭園全集》、施瓊芳《石蘭山館遺稿》等的賦篇，皆納入研究範圍，另加陳宗賦《篇竹遺藝》的 20 篇賦[63]，再加賴世觀（1857～1918）的〈玉壺冰賦〉[64]。唯陳宗賦《篇竹遺藝》所收〈秋色賦〉，經翻檢鴻寶齋主人編於清光緒年間的《賦海大觀》發現，文字幾乎與卷 4 所收一篇署名「吳鍾駿」的〈秋色賦〉雷同，原因尚待釐清。按：陳宗賦生於同治 3 年（1864）。吳鍾駿（江蘇吳縣人，1798～1853）生於嘉慶 3 年（1798），道光 12 年（1832）

---

62 關於康納頓「社會記憶」的敘述，參閱高萍，〈社會記憶理論研究綜述〉，《西北民族大學學報（哲學社會科學版）》2011 年 3 期，頁 112-120；羅彩娟，〈社會記憶散論〉，《廣西民族師範學院學報》28 卷 6 期（2011 年 12 月），頁 86-90。

63 陳宗賦《篇竹遺藝》，收於臺灣先賢詩文集彙刊第 4 輯，冊 1，臺北：龍文出版社，2006 年。其中屬於「文」者，亦可見於黃永哲、吳福助主編，《全臺文》，冊 29，臺中：文听閣圖書公司，2007 年。

64 賴世觀的〈玉壺冰賦〉係光緒年間應試之作，王淑蕙《誌賦、試賦與媒體賦 —— 臺灣賦之三階段論述》（成功大學中國文學系博士論文，2012 年）之「附錄二」據賴辰雄所編《法曹詩人壺仙賴雨若詩文全集》載錄全文。

殿試一甲第一名，授翰林院修撰，曾任福建學政、浙江學政等職；《歷代辭賦總匯》收吳鍾駿賦五篇：〈秋色賦〉、〈立中生正賦〉、〈生魚懸庭賦〉、〈聚蚊成雷賦〉、〈蜜蜂以兼采爲味賦〉。茲暫將《篔竹遺藝》所收〈秋色賦〉與《賦海大觀》所收〈秋色賦〉之文字相異處標注於本章之末，但在未全然判定該賦非陳宗賦所作前，本書在進行相關討論時，仍視爲可用素材。

〈秋色賦〉

落葉半徑，涼風滿樓。天高氣爽，地迥煙〔《賦海大觀》作「烟」〕浮。疏星三點兩點，新月一鉤半鉤。睇玉宇而涼生，遇之成〔《賦海大觀》作「生」〕色；剔銀燈〔《賦海大觀》作「缸」〕而心悄，摰〔《賦海大觀》作「攀」〕已爲秋。

於是溽暑〔《賦海大觀》作「署」〕向〔《賦海大觀》作「安」〕闌，煩襟新滌。徑染紅葵，房空紫葯。千裡斷鴻，一聲孤笛。惜此景之淒迷，歎韶光之闃寂。金風一片，颭鐵馬以琤琤；玉露三更，雜銅龍而滴瀝。

霽雨澄明，河銀〔《賦海大觀》作「銀河」〕浪橫。天垂幕〔《賦海大觀》作「暮」〕而如拭，雲卷〔《賦海大觀》作「捲」〕羅而無聲。遠復遠兮塵境隔，靜復靜兮天氣清。十二層碧落澄空〔《賦海大觀》作「風」〕，全銷〔《賦海大觀》作「消」〕煙〔《賦

海大觀》作「烟」〕靄；三千界丹霄朗徹〔《賦海
大觀》作「澈」〕，如接蓬瀛。

若夫蓮葉塘邊，荻花洲畔。瑟瑟空波，茫茫曲岸。
砧倚月而搗寒，樵宿灘而起爨。山青一髮，銜宵月
而如妝；水綠三篙，浸長天而不斷。

況復秋容乍淡〔《賦海大觀》作「澹」〕，秋卉爭
妍。疎〔《賦海大觀》作「疏」〕籬瓜冷〔《賦
海大觀》作「落」〕，古驛枳鮮。梧飄〔《賦海大觀》
作「飅」〕金井，苔綴綠錢。蕉滴雨而聲碎，林飽
〔《賦海大觀》作「抱」〕霜而葉然〔《賦海大觀》
作「燃」〕。紛白草與青苽〔《賦海大觀》作「瓜」〕，
十里五里；醉丹楓兮〔《賦海大觀》作「而」〕紅
蓼，山邊水邊。

至於秋宇沉沉，秋風獵獵。夕酌罷斝，曉愁增疊。
雁橫空而銜蘆，鴉〔《賦海大觀》作「雅」〕歸樹
而爭葉。黏牆陰之濕草，瑣碎涼螢；抱籬角之晚花，
伶俜寒蝶。靡不感秋氣之沉〔《賦海大觀》作「沆」〕
寥，驚〔《賦海大觀》作「警」〕秋光之靱霅。

伊四時之推敚〔《賦海大觀》作「欹」〕，總〔《賦
海大觀》作「揔」〕一氣之遷移。春和煦以發育，
夏溥汜〔《賦海大觀》作「氾」〕而蕃滋。繫天行
之消息，固造化之無私。物以時而遞變，運無盛而
不衰。彼闔闢之環轉，猶儀璘之代馳。洵事勢之必
至，何凜〔《賦海大觀》作「懔」〕秋之足悲。

胡為乎悄焉〔《賦海大觀》作「然」〕疲懷，於邑〔《賦海大觀》作「悒」〕增感。銷鑠瘀傷，伊〔《賦海大觀》作「抑」〕鬱壖〔《賦海大觀》作「堁」〕坎。蛩語咽〔《賦海大觀》作「烟」〕而燈涼，木聲乾而飆〔《賦海大觀》作「飇？」〕撼。牽別緒兮年年，訴新愁兮黯黯。豈知有縮者必贏，有舒者必慘。似嬙阿〔《賦海大觀》作「斌妸」〕之晷魄，盈極於虧；如學士之文章，絢歸於澹。固知色相之皆空，乃悟化工於元覽。

第二章　千態萬形，莫可擬仿：
清代臺灣與內地〈擬鮑明遠舞鶴賦〉試析

第一節　引　言

　　一如我們總會透過「文學正典（literary canon）的清單」[1]來認識「漢賦」、「詠物賦」、「駢體賦」等，「臺灣賦」要被讀者認識，也需要一些貼有「重要」或「特殊」這類標籤的賦篇。而無論檢視曾獲選於「大學文章讀本」[2]

---

1 「『文學史』往往以文學史常識的方式，存現於社群大眾的意識之中。一個中學生大概會知道李白、杜甫是中國偉大的文學家，知道《水滸傳》、《紅樓夢》這些重要的文學作品。這都是一些文學史知識。他不必捧讀過《杜工部集》或《全唐詩》，不必做過任何文學史的調查研究，他的心中可有一份文學正典（literary canon）的清單。」陳國球，〈文學史的探索〉，收於陳國球主編，《中國文學史的省思》（臺北：書林出版有限公司，1994 年），頁 1-2。

2 最早將臺灣賦納入「大學文章讀本」的，應是李威熊主編的《大學國文精選》（臺北：五南出版公司，1997 年），著眼於「最早表現臺灣風土地貌的辭賦」，節選沈光文（浙江人，明亡後流寓臺灣，或被譽為臺灣文化的啟蒙師）〈臺灣賦〉做為課文。其後蘇石山主編的《大學國文精選》（高雄：麗文文化事業公司）、大專國文選編輯委員會主編的《大專國文選》（高雄：麗文文化事業公司）、大學文學鑑賞

的臺灣賦、或者《全臺賦·導論》[3]述及的臺灣賦、或者十餘年來常受研究論文青睞的臺灣賦，都不難發現：將來讀者據以認識「臺灣賦」的入門指標，必定優先自一些與臺灣地名、地景、名物、名勝相關的作品中產生。事實上，要在遼闊的賦學國度裡明快劃出「臺灣賦」畛域，這樣的發展固是極為自然，但也勢必造成另一些無從看出本地色彩、混入清代賦集也難以辨識的賦作，因為特定的觀賞角度而落在視線之外，尤其是「擬古」之作 —— 嗅不出臺灣味的賦都已經快不知如何畫上「臺灣賦」地圖，焉能替沒有自我[4]的模仿之作安排位置？

編輯委員會主編的《大學文學鑑賞》（高雄：麗文文化事業公司）、衛琪等編的《與文學共舞 —— 國文選》（臺北：三民書局），亦選沈光文〈臺灣賦〉。但現收錄於《沈光文斯庵先生專集》或《沈光文全集及其研究資料彙編》中的沈氏〈臺灣賦〉，乃盛成〈沈光文研究〉（《臺灣文獻》12卷2期，1961年2月）據沈氏〈平臺灣序〉的自擬「復原」之作，並非沈氏原作。或許即因如此，林永昌等編的《大學國文》（臺北：五南出版公司），便改選高拱乾（陝西人，康熙31年任職「福建分巡臺廈道兼理學政」）〈臺灣賦〉。此外，陳碧月、游適宏、謝慧暹所編的《文學與人生》（臺北：國立空中大學，2012年），則選施瓊芳（臺南人，道光25年進士）〈蔗車賦〉。

3 《全臺賦》（臺南：國家臺灣文學館籌備處，2006年）由許俊雅、吳福助主編，書前有許俊雅撰寫的「導論」，略述「臺灣賦的衍變發展」、「臺灣賦作的內容特色」等。

4 梅家玲〈漢晉詩賦中的擬作、代言現象及其相關問題 —— 從謝靈運《擬魏太子鄴中集詩八首并序》的美學特質談起〉：「在近人的文學觀念中，『擬作』幾乎被視為『偽作』的類同物，評價向來不高，原因則不外乎：第一，二者皆為原創作的形似物，既是形似物，則其本身不能透顯生命存在之價值與抉擇，便形成意義的失落，在作品中沒有對意義的追求；第二，它乃是意義的冒襲，即所謂『不真』；第三，作品的意義與創作者的生命無關。」（梅家玲，《漢魏六朝文學新論 —— 擬代與贈答篇》，北京：北京大學出版社，2004年，頁3。）

　　但寫作模仿前人，不獨「是一種主要的學習屬文的方法」[5]，也往往是「寫作技巧成熟之後，嘗試與前人一較長短」[6]的表現，甚至更可能基於「以生命印證生命」，出於「一份不能自已的、欲對『人同有之情』相參互證的情懷」[7]。再者，仿擬之作其實已自我揭示它與另一文學文本之間的互涉關係，而「互文性」（intertextuality）對意義網絡的延伸開展，也正可爲文學研究所運用：

　　　　文本的對話性賦予了互文性無限的生命力。確切的
　　　　說，互文性既可作為一種文學描述的工具，也可以
　　　　成為廣義文化研究的武器。[8]

5　王瑤，〈擬古與作僞〉，王瑤，《中古文學史論》（北京：北京大學
　　出版社，1986 年），頁 200。
6　林文月，〈陸機的擬古詩〉，林文月，《中古文學論叢》（臺北：大
　　安出版社，1989 年），頁 157。
7　梅家玲《漢魏六朝文學新論 ── 擬代與贈答篇》（北京：北京大學出
　　版社，2004 年），序言。其中〈漢晉詩賦中的擬作、代言現象及其相
　　關問題 ── 從謝靈運《擬魏太子鄴中集詩八首并序》的美學特質談起〉
　　一文指出：擬作「使讀者居進作者的位置，看到他所看到的視域，體
　　驗到他所感知的種種，同時，也使『我』與『他』的個別經驗，在連
　　串的具體化作用中，產生『視域』的『交融』。於是，即或原本是『他』
　　的視域、『他』的經驗，也因『我』的進入和詮釋，彼此交融互滲，
　　成爲另一種新的經驗內容。」（頁 32）「完美、理想的擬作不僅在另
　　一方面成就了生命的真實，而且還是一種深具創造性的創作活動，它
　　非但不會『阻遏破壞了文人的創作力、想像力、發展力』，反成爲個
　　體認識世界、擴充生命經驗、以及發揮創造力的重要管道。」（頁 43）
8　李小坤、龐繼賢，〈互文性：緣起、本質與發展〉，《西北大學學報
　　（哲學社會科學版）》39 卷 4 期（2009 年 7 月），頁 155。

> 這就是互文性理論所要揭示的問題：文本可以通過吸收其他文本來實現意義的增殖。……明白了這一點，對文學史上的因襲或文本間的相似就不能簡單地以「摹仿」二字概之，而首先應該從互文性的立場去審視其間意義的實現與增殖。[9]

既然「互文性」做爲一種研究途徑，與「探討臺灣賦學發展不能不置於清代賦學的背景之下」[10]有著近似的視野，則於「臺灣賦」的範圍內探奇窮異，固可直接彰顯「臺灣賦」的地域特色；但透過其他看似缺乏本地色彩的賦篇，其實也可連結到臺灣賦以外的「清代賦學背景」，讓我們在探討臺灣賦時既能見樹又能見林，進而對臺灣賦有更全面而深入的認識。

　　做爲本章起點的曹敬（1817～1859）〈擬鮑明遠舞鶴賦〉[11]，在清代「臺灣賦」中僅有一篇，因既零丁又與臺灣無關，很容易受到忽視。但若翻檢清代光緒年間所編的

9　蔣寅，〈擬與避：古典詩歌文本的互文性問題〉，《文史哲》2012年1期，頁28。

10　許俊雅，〈全臺賦導論〉，許俊雅、吳福助主編，《全臺賦》（臺南：國家臺灣文學館籌備處，2006年），頁6。雖然該文談「清代賦學背景」時，所舉的是「帝王獎勵」、「開疆拓土」、「經世思想」、「方志編纂」等「外緣」因素，但許教授於〈臺灣賦篇補遺 ── 從醫文賦體談起〉（《復旦學報（社會科學版）》2010年6期）強調：「研究臺灣古典文學，不能罔置大陸資料於不顧」，應亦認爲「清代賦學背景」尙包括文學作品與其他文獻，不僅限於「外緣」因素。

11　許俊雅、吳福助主編，《全臺賦》（臺南：國家臺灣文學館籌備處，2006年），頁210。

《賦海大觀》，則可於卷二十找到闕名、周玉麒、汪士鐸、
秦士科、孫奎、蔣賡壔、胡鑑、水雲、馮鳴鶴、楊際春、
姜承瀛、秦毓麒等十二人所寫的〈擬鮑明遠舞鶴賦〉或〈擬
鮑昭舞鶴賦〉[12]，可說是《賦海大觀》所錄擬古賦篇數最
多者。其實在這十二篇與曹敬的擬作之外，徐寶善（1790
～1838）《壺園賦鈔》卷上也有〈舞鶴賦〉一篇[13]，劉士
璋《三湖漁人全集》卷六也有〈擬鮑明遠舞鶴賦〉一篇[14]，
林聯桂（1774～1835）《見星廬賦話》卷四也載有「李庶
長逢辰」的〈擬鮑明遠舞鶴賦〉一篇[15]。而在今（2014）
年甫出版的《歷代辭賦總匯》中，尚可檢得相關擬作三十
餘篇[16]。故單從「臺灣賦」的範圍看，〈擬鮑明遠舞鶴賦〉

12　鴻寶齊主人編，《賦海大觀》（北京：北京圖書館出版社，2007 年），
　　冊 7，頁 373-378。
13　http://archive.org/stream/02105049.cn#page/n8/mode/2up。
14　http://books.google.com.tw/books?id=l_AsAAAAYAAJ&pg=PT167&
　　lpg=PT167&dq=%E6%93%AC%E9%AE%91%E6%98%8E%E9%81%A
　　0%E8%88%9E%E9%B6%B4%E8%B3%A6&source=bl&ots=s35-OJi0z
　　x&sig=bLTq1lmY-1RkKkc9AlmJFYaAJNc&hl=zh-TW&sa=X&ei=ryIv
　　UsC4MIfukgWl-IHwAw&ved=0CGgQ6AEwCQ#v=onepage&q=%E6%
　　93%AC%E9%AE%91%E6%98%8E%E9%81%A0%E8%88%9E%E9%B
　　6%B4%E8%B3%A6&f=false。《歷代辭賦總匯》未收錄劉士璋賦。
15　林聯桂，《見星廬賦話》，卷 4，收於王冠編，《賦話廣聚》（北京：
　　北京圖書館出版社，2006 年），冊 3，頁 511-514。《歷代辭賦總匯》
　　收錄李逢辰〈西王母獻益地圖賦〉和〈廉石賦〉，未收錄此篇。
16　這些作品包括：周容、石鈞、曹秀先、田依渠、田明昶各一篇〈舞鶴
　　賦〉；傅書玉兩篇〈擬舞鶴賦〉；陳沆〈擬鮑照舞鶴賦〉；邵晉涵、
　　郎葆辰、魏瀚、王渭、陶澍、沈維鐈、李宗昉、黃爵滋、袁明曜各一
　　篇〈擬鮑昭舞鶴賦〉；李懿曾、張錫縠、劉定颺、沈清鳳、鄭祖球、
　　楊廷撰、陸心誠、何朝昌、趙克宜、趙新、邊渝慈、沈成章、劉彝、
　　胡元直各一篇〈擬鮑明遠舞鶴賦〉、劉銘勳兩篇〈擬鮑明遠舞鶴賦〉；
　　顧懷三〈儗鮑明遠舞鶴賦〉；劉可毅〈儗鮑昭舞鶴賦〉。

不過是曹敬的一篇學習作業；但如果著眼於「清代賦學背景」，則〈擬鮑明遠舞鶴賦〉就是一群可能別具意義的書寫。本章於曹敬〈擬鮑明遠舞鶴賦〉外，復取上述徐寶善、劉士璋、李逢辰三人賦作及《賦海大觀》所錄的十二篇，嘗試從曹敬的擬作「由（海）外而內（地）」、「因小識大」，透過「互文性」來發掘清代一系列〈擬鮑明遠舞鶴賦〉的詮釋潛能。

第二節　舞態呈奇：

曹敬〈擬鮑明遠舞鶴賦〉的特色

　　鮑照（？～466），字明遠。家族素寒，曾被臨川王劉義慶、始興王劉濬任為國侍郎；宋孝武帝劉駿（宋文帝劉義隆第三子）即位後，曾出任中書舍人、秣陵令等職，後又擔任臨海王劉子頊（宋孝武帝劉駿第七子）的幕僚。宋明帝劉彧（宋文帝劉義隆第十一子）繼位，因臨海王劉子頊支持晉安王劉子勛（宋孝武帝劉駿第三子）稱帝，兵敗被誅，鮑照也死於亂軍。鍾嶸《詩品》謂鮑照「才秀人微，故取湮當代」。其賦今存十篇，〈舞鶴賦〉大致敘寫：鶴是兼具「藻質」與「明心」的「仙禽」，原本「朝戲於芝田，夕飲乎瑤池」，享有「指蓬壺而翻翰，望崑閬而揚音」的自在逍遙。但卻偶然間「厭江海而游澤，掩雲羅而見羈」，

來到凡塵俗世，從此「去帝鄉之岑寂，歸人寰之喧卑」。在某個「窮陰殺節，急景凋年。涼沙振野，箕風動天」的蕭瑟寒冬，因「哀離」、「驚思」而內心充滿「惆悵」的鶴，不禁在月光流瀉的夜空下「唳清響於丹墀，舞飛容於金閣」。鶴「逸翮後塵」、「矯翅雪飛」的絕妙舞姿，令觀者「既散魂而盪目，迷不知其所之」，甚至讓能歌善舞的「燕姬色沮，巴童心恥」。但鶴的縱情一舞，仍無法化解心中長久以來「仰天居之崇絕」的思念與感傷，只能繼續無奈的「守馴養於千齡，結長悲於萬里」[17]。後人理解此賦，多認為：「雖屬詠物之作，實暗寓身世之感」[18]，「劉宋時代，做官仍靠門第，『才秀人微』的鮑照仍不免『英俊沉下僚』的命運，故其詩文自多慷慨不平之音。……作者既有一種有志難酬、受羈於俗的心態，故其賦〈舞鶴〉、〈野鵝〉，都反映了一種悲傷的感情」[19]，「賦末云：『守馴養於千齡，結長悲於萬里』，實質上是藉鶴之被馴養、沒有飛翔自由的處境，寄託自己備受壓抑、理想幻滅的悲傷。」[20]

「擬作和原作是『和而不同』，模擬的過程乃是與原

---

17 陳元龍編，《歷代賦彙》（南京：鳳凰出版社，2004年），卷128，頁153。

18 曹道衡，《漢魏六朝辭賦》（上海：上海古籍出版社，2011年），頁166。

19 郭維森、許結，《中國辭賦發展史》（南京：江蘇教育出版社，1996年）頁280、283。

20 王琳，《六朝辭賦史》（哈爾濱：黑龍江教育出版社，1998年）頁231。

作在內容與形式兩方面求同存異的過程。」21雖然清初吳
淇主張：「擬作」應「形神俱似」於「原作」——「大抵
擬詩如臨帖。然古人作字，有古人之形神，我作字，有我
之形神，臨帖者須把我之形墮黜淨盡，純依古人之形，卻
以我之神逆古人之神，併而為一，方稱合作。」22但要完
全「黜我之形」且「逆古人之神」，一則可懷疑「有無可
能」，再則也可探討「是否必要」。劉知幾《史通》便認
為後人「擬《春秋》」記載史事，未必在「心」、「貌」
兩方面全然蹠武原作，故曰：

> 蓋模擬之體，厥途有二：一曰貌同而心異，二曰貌
> 異而心同。23

林聯桂《見星廬賦話》甚至提出「以不似為似」的仿擬形
態：

> 賦家擬體，譬諸書家臨帖，正如雙鵠摩空，不必此
> 鵠之貌似彼鵠也，而不能禁此鵠之神不似彼鵠也，
> 故擬古之賦，有貌似者，有神似者，有神貌俱不似

---

21 陳恩維，《模擬與漢魏六朝文學嬗變》（北京：中國社會科出版社，
　　2010年），頁26。
22 吳淇，《六朝選詩定論》（揚州：廣陵書社，2009年），卷10，頁
　　245。
23 劉知幾著，浦起龍通釋，《史通通釋》（上海：上海古籍出版社，2009
　　年），卷8〈模擬〉，頁203。

而以不似為似者，唐賢以來多矣。[24]

但即使「擬作」非蓄意疏遠「原作」，兩者間終究只是「和而不同」，其故乃在「原作」裡的「召喚結構」[25]尚待填充，當「讀者各以其情而自得」[26]，所識得的「原作」之「貌」、「原作」之「神」，自然也就不同：

> 一部文學作品所描寫的世界與讀者的經驗世界不會相同，作者與讀者、讀者與讀者的想像也不會完全吻合，因此，從一部作品中得到的結論也必然會有所不同，甚至有時差異還會相當大，而這種差異正是不同的讀者運用各自的想像力所賦予「未定性」的不同含義以及填補在意義空白中的不同內容在起作用。伊澤爾在《文本的召喚結構》中指出：「未定性與空白在任何情況下都給予讀者如下可能 —— 把作品與自身的經驗以及自己對世界的想像聯繫起

---

24 林聯桂，《見星廬賦話》，卷 4，收於王冠編，《賦話廣聚》（北京：北京圖書館出版社，2006 年），冊 3，頁 494。

25 龍協濤《讀者反應理論》（臺北：揚智文化事業公司，1997 年）：「文學作品的意義並不像傳統詮釋學所認為的那樣是作品中原先固有的。……作品的意義只有在閱讀過程中才能產生。……作品的未定性與意義空白，促使讀者去尋找作品的意義，它呼籲、導引、召喚、邀請讀者，賦予他參與作品意義構成的權利。因此，未定性與意義空白構成作品的基礎結構，這就是伊舍（WolfgangIser）的『召喚結構』。」（頁 101-104）

26 王夫之，《薑齋詩話》（北京：人民文學出版社，2006 年），卷 1，詩譯第 2 則，頁 140。

　　來，產生意義反思。這種反思是歧異百出的。從這
　　種意義上說，接受過程是一種再創造的過程。」[27]

因此，當後世的讀者們「神入」[28]鮑照〈舞鶴賦〉的「召
喚結構」時，原本就因「各以其情」而感受各異，亦即對
鮑照〈舞鶴賦〉這「可寫的」（Scriptible）文本[29]進行了
多種可能的「再創造」；若其中部分讀者欲以「神入」時
「再創造」的「意義反思」爲基礎，繼續「賦形」寫出〈擬
舞鶴賦〉，即使此〈擬舞鶴賦〉僅是「可讀的」（Lisible）
文本，它的讀者從其中所提取的意義，也不可能是鮑照的
原始心靈。

　　曹敬〈擬鮑明遠舞鶴賦〉寫於鮑照〈舞鶴賦〉後一千
三百多年，其仿擬之由「神入」至「賦形」，自與原作有

---

27 王彥霞，《文學理論向度研究》（北京：中國傳媒大學出版社，2009
　　年），頁157。

28 梅家玲〈漢晉詩賦中的擬作、代言現象及其相關問題 —— 從謝靈運《擬
　　魏太子鄴中集詩八首并序》的美學特質談起〉認爲：「由閱讀活動中
　　的『具體化』，到創作活動中的『神入』和『賦形』，是『擬作』
　　作爲一種美學活動所必經的歷程。」「成功的擬作，必當始於擬作者
　　的由『神入』於原作者之位，回到自己，回到『他』以外的位置，並
　　以其作爲擬作者的唯一視域，將所『看』到的種種詮釋組織，賦予形
　　式。由於『我』看到了『他』之所不能看，故能補充其視域之所限，
　　而將其提升至完整的狀態。」同上所揭書，頁39、37。

29 依照羅蘭‧巴特（Roland Barthes）的看法，文本可分爲「可讀的」
　　（Lisible）和「可寫的」（Scriptible）兩類：前者的讀者是被動的消
　　費者，閱讀時獲得「愉悅」（Pleasure）；而後者的讀者是能動的生
　　產者，「玩文本如同玩遊戲」（To Play the Text as One Playsa Game），
　　閱讀時獲得「極樂」（Bliss）。楊大春，《後結構主義》（臺北：揚
　　智文化事業公司，1997年），頁162-165。

一段距離。首先，曹敬擬作裡的鶴只有「或飲啄於江皋，時迴翔乎林壑」、「思掠乎蓬山之表，欲遊於雲水之鄉」，未曾有鮑照原作「厭江海而游澤，掩雲羅而見羈」那樣的遭遇，也沒有「歸人寰之喧卑」的煩惱，是以鶴未舞時「形無束縛」，舞畢後「倍覺欲仙」，一切「隨性」、「任情」、「適情」：

> 是蓋為品則高，適情則喜。忽集忽翔，或飛或止。
> 莫不隨其性之馳騁，莫不任其情以縱弛。

曹敬筆下的鶴既不再像鮑照原作裡「惆悵以驚思」、「長悲於萬里」，擬作遂全力鋪寫其「飛去隨機，舞來自樂」，全賦從「方其未舞」、「翼乍舒而乍斂」一路寫到「凌空取勢」、「翩翩乎四野」、「遍遶長空」、「倦游下立」，將整個飛翔的歷程逐層洗發，依次開展為數個段落。此一特別注重「每一題到手，須將題之前後細想一番，分作數層」[30]的謀篇方式，無疑來自當時「題有層次，由淺入深，由虛入實，與時文無異」[31]的書寫認知。於是，曹敬的擬作不僅讓「鶴」的「心」由哀轉樂，也讓「舞」之「貌」愈為細膩生姿，遂亦使整篇「賦」的「貌」與「神」，有著不同於鮑照原作的鋪敘形式和氣質風格。

---

30 顧南雅，《律賦必以集》（道光壬午重刊本），「例言」。
31 汪廷珍，《作賦例言》，收於王冠編，《賦話廣聚》（北京：北京圖書館出版社，2006年），冊3，頁351。

　　此不同於鮑照原作的鋪敘形式和氣質風格，另亦來自曹敬於擬作時改用律賦體。依現存唐代《賦譜》[32]來看，唐人所發展的「新體」賦[33]，其主要特徵在於句型組合：

> 約略一賦內用六、七「緊」，八、九「長」，八「隔」，一「壯」，一「漫」，六、七「發」；或四、五、六「緊」，十二、三「長」，五、六、七「隔」，三、四、五「發」，二、三「漫」、「壯」；或八、九「緊」，八、九「長」，七、八「隔」，四、五「發」，二、三「漫」、「壯」。[34]

上述除了「發」爲發語詞或連接詞，其餘「漫」、「壯」、「緊」、「長」、「隔」係構成賦篇的主要句型 ——「漫」爲非對仗句，「壯」爲三言聯句，「緊」爲四言聯句，「長」爲五、六、七、八、九言聯句，「隔」則是隔句對，又可分「輕隔」（上四下六言聯句）、「重隔」（上六下四言聯句）、「疏隔」（上三下不限言聯句）、「密隔」（上

---

32 現存《賦譜》是日本平安朝（794～1186）時期的抄本，可能是由名僧圓仁於唐宣宗大中元年（847）攜回日本，現藏東京五島美術館。《賦譜》原著者不詳，但書中數度引用浩虛舟〈木雞賦〉，浩虛舟爲唐穆宗長慶二年（822）進士，〈木雞賦〉爲當年試題，固可推知其成書必在西元822年之後，而可能在西元847年之前。

33 《賦譜》：「凡賦體分段，各有所歸。但『古賦』段或多或少，若〈登樓〉三段，〈天臺〉四段，至今『新體』，分爲四段。」

34 詹杭倫，《賦譜校注》，收於詹杭倫、李立信、廖國棟合著，《唐宋賦學新探》（臺北：萬卷樓圖書公司，2005年），頁80。

五下六言聯句）、「平隔」（上四下四言聯句，或上五下
五言聯句）、「雜隔」等。而「新體」賦的核心要素即在
「隔」[35]：

> 凡賦以「隔」為身體，「緊」為耳目，「長」為首
> 足，「發」為唇舌，「壯」為粉黛，「漫」為冠履。……
> 身體在中而肥健。[36]

曹敬〈擬鮑明遠舞鶴賦〉雖無題下限韻字，但於全賦九段
中的一、三、四、五、六、七、八、九段均有一「隔」：

> ①此其形容皎皎，雖共誇天趣之橫生；而意態翩翩，
> 　實難狀風神之洒落也。
> ②雪羽摩霄，追風逐電；霜毛映日，百轉千盤。
> ③乘機奮發，孤騫則聽其所之；作勢盤旋，一瞥而
> 　颺然去也。

---

35 鄭健行〈初唐題下限韻律賦形式的審察及引論〉曾就三組樣本 ──（1）
南朝梁簡文帝、江淹、庾信、徐陵四人的全部賦篇、（2）初唐十三
篇題下有限韻標示的賦篇、（3）中唐李程〈日五色賦〉及晚唐宋言
〈漁父辭劍賦〉 ── 加以比較，結果發現：第二組樣本使用「隔」的
頻率（平均一篇使用五聯）比第一組樣本高出許多，但二、三組樣本
的使用頻率則無甚差別。參閱鄭健行，《科舉考試文體論稿：律賦與
八股文》（臺北：臺灣書店，1999 年），頁 56-70。再就唐人律賦傳
世最多的王棨來看，其賦「隔」的使用頻率，平均每篇約六聯。參閱
陳鈴美，《王棨律賦研究》（臺中：逢甲大學中文系碩士論文，2005
年），頁 79、附錄。
36 張伯偉，《全唐五代詩格彙考》（南京：鳳凰出版社，2005 年），
頁 563。

④卻喜雲頭欲下，且漸匆匆；忽看天末猶盤，依然
故故。

⑤但見其盡態極妍，連軒兮霞舉；誰同其循聲按節，
飄乎兮雲浮。

⑥回思奮翼迴旋，片刻儼然如夢；更喜倦游下立，
爾時倍覺欲仙。

⑦漫笑骨癯形瘦，難窮雲路千層；請看羽滿毛豐，
度得鵬程萬里。

如此「律化」〈舞鶴賦〉的寫法，在本章所觀察的十六篇
擬作中是絕無僅有的[37] —— 其餘十五篇只有馮鳴鶴〈擬鮑
明遠舞鶴賦〉偶用一聯隔句對（遠而望之，若踆鳥之升東
方；近而迎之，若儀鳳之臨西土）。元代祝堯《古賦辯體》
曾對鮑照〈舞鶴賦〉僅「盡辭之妙」頗有訾議：

> 〈舞鶴賦〉，賦也。形狀舞態極工，其「若無毛質」、
> 「整神容以自持」等語皆超詣。……蓋六朝之賦，
> 至顏、謝工矣；若明遠，則工之又工者也。其所以
> 工者，盡辭之妙而惟其辭之不盡，豈知古人之賦，
> 寧不能盡其辭而使之工哉？每留其辭而不使之盡

---

37 《全臺賦》於曹敬〈擬鮑明遠舞鶴賦〉「提要」略曰該篇「寫作手法
亦有所新創」（頁 210），劉德玲〈臺灣先賢曹敬賦作析論〉（《輔
仁國文學報》31 期，2010 年 10 月，頁 165-182）亦略謂曹氏此篇呈
顯鶴「行止的特殊風格」，其實曹敬〈擬鮑明遠舞鶴賦〉與原作及其
他擬作的最大創新之處，即在使用律賦體。

> 哉！誠欲有餘之情溢於不盡之辭，則其意深遠，不
> 在於辭之妙，而在於情之妙也。[38]

但如果我們只將「工於辭，略於情」當成是賦體結構「主
導要素」（the dominant）的轉移，則曹敬淡化「鶴為何起
舞」的情感敘寫，專注於「鶴如何起舞」的姿態描摹，可
說是把鮑照「工之又工」的「辭」更加「前景化」
（foregrounding）[39]，且改由對偶更精緻巧密、編製難度也
更高的隔句對承擔「推陳出新」的任務，亦展現將鮑照原
作「陌生化」（defamiliarization）後的新奇感。

第三節　眾變繁姿： 內地〈擬鮑明遠舞鶴賦〉的拓新

曹敬〈擬鮑明遠舞鶴賦〉之外的十五篇擬鮑照之作，

---

38 祝堯，《古賦辯體》，（臺北：臺灣商務印書館影文淵閣四庫全書，
　　冊 1366，1983 年），卷 6，頁 796。
39 早年的俄國形式主義學者（如希柯洛夫斯基 Shklovsky）認為：文學
　　語言和日常實用的語言是相對立的，文學就是運用諸多技巧將熟悉的
　　經驗變得「陌生化」（defamiliarization）。但後期的形式主義學者則
　　不再只說是文學把現實陌生化，他們也開始注意到文學本身的陌生
　　化，意即文學作品中原本有其「前景化」（foregrounding）的成分（即
　　「主導要素」），也有另外一些不居主導地位的成分。當原本的「主
　　導要素」因「通行既久」而「自成習套」，後代作者見「難於其中
　　自出新意」，便會轉向偏重原來不居主導地位的成分「以自解脫」，
　　作品也就因改由其他成分主導而開創了新的風貌。參閱 Jeremy
　　Hawyhorn, *A Concise Glossary of Contemporary Literary Theory*,（New
　　York: Edward Arnold, 1992），p.51。

與原作間也各自有著或遠或近的距離；其中十篇在形式上採取常見的「限韻」策略 —— 兩篇刻意用鮑照〈舞鶴賦〉的原韻，兩篇是「以題為韻」，另有六篇是以鮑照〈舞鶴賦〉中的句子為韻（如下表）。這些內地限韻的擬作，雖然韻腳的擇用方式襲自律賦，但為了維持與鮑照原作相似的兩句協韻，遂極罕見以「隔」構句者。故大量使用「隔」於篇中，實為曹敬〈擬鮑明遠舞鶴賦〉獨樹一幟的表現。

作者與賦題	題下限韻字
闕名〈擬鮑明遠舞鶴賦〉	以題為韻
周玉麒〈擬鮑明遠舞鶴賦〉	以「指會規翔臨岐舉步」為韻
汪士鐸〈擬鮑明遠舞鶴賦〉	用原韻
秦士科〈擬鮑明遠舞鶴賦〉	無（押十韻）
孫奎〈擬鮑明遠舞鶴賦〉	無（押八韻）
蔣賡壎〈擬鮑明遠舞鶴賦〉	以「態有餘妍貌無停趣」為韻
胡鑑〈擬鮑昭舞鶴賦〉	無（押八韻）
水雲〈擬鮑昭舞鶴賦〉	以「煙交霧凝若無毛質」為韻
馮鳴鶴〈擬鮑明遠舞鶴賦〉	以題為韻
楊際春〈擬鮑明遠舞鶴賦〉	以「朝戲芝田夕飲瑤池」為韻
姜承瀛〈擬鮑明遠舞鶴賦〉	用原韻
秦毓麒〈擬鮑明遠舞鶴賦〉	無（押七韻）
李逢辰〈擬鮑明遠舞鶴賦〉	無；但可推知以「態有餘妍貌無停趣」為韻
劉士璋〈擬鮑明遠舞鶴賦〉	無（押九韻）
徐寶善〈舞鶴賦〉	無；但可推知以「朝戲芝田夕飲瑤池」為韻

　　從摘自鮑照原作的限韻字句 ——「指會規翔，臨岐舉步」、「態有餘妍，貌無停趣」、「煙交霧凝，若無毛質」、「朝戲芝田，夕飲瑤池」，可略窺後代讀者所偏好的鮑照〈舞鶴賦〉佳句，其中「煙交霧凝，若無毛質」頗受嘆賞：

　　（南朝）宋鮑昭〈舞鶴賦〉云：「煙交霧凝，若無毛質。風去雨還，不可談悉。」何焯批《文選》，極賞四句。[40]

此四句形容鶴疾翔於空中，倐忽如一陣風雨，乍見似一團煙霧，完全看不清原本的體態，可說是善用譬喻，誇顯鶴舞出神入化的極至境界。後世擬作對這樣不同凡響的形容，自是競相仿效，甚至試圖追加。曹敬〈擬鮑明遠舞鶴賦〉即有句云：

　　雪羽摩霄，追風逐電；霜毛映日，百轉千盤。風雨離合[41]，花草團欒。

此句沿用鮑照原作的「風」、「雨」，外加「雪」、「霜」、「電」等其他天文意象，並試著另闢蹊徑，增添以「花草」為喻。其餘擬作者們也沒錯過這個學習與挑戰的機會，有極接近鮑照〈舞鶴賦〉原句者：

　　逞身迅疾，作勢迴環。儗雲烟之離合，譬風雨之去

40　李調元著，詹杭倫、沈時蓉校證，《雨村賦話校證》（臺北：新文豐出版公司，1993 年），卷 8，頁 130。
41　《全臺賦》頁 211 作「風雨難合」。查閱《全臺賦影像集》下冊所收兩種手稿本，一作「難合」（頁 422），一作「離合」（頁 426），當以「離合」為是。

還。（孫奎〈擬鮑明遠舞鶴賦〉）

聳身迅躍，振翰皓瑩。擬雲烟之離合，譬風雨之縱
橫。（秦毓麒〈擬鮑明遠舞鶴賦〉）

或類似曹敬般添加「雲」、「電」、「霜」、「霰」、「雪」
或「花草」、「梨花」、「柳絮」等為喻：

赴機迅疾，作勢盤旋。風雨離合，花草芊綿。……
颯拉合拜，紛颼騰趨。……雪驟風馳，煙迷霧罩。
（蔣虡壎〈擬鮑明遠舞鶴賦〉）

甫若傾以如竦，倏既往而仍旋。訝流風之迴雪，疑
舞絮之縈烟。（劉士璋〈擬鮑明遠舞鶴賦〉）

及乎掣電震迅，挈雲盤旋。參差隱霧，泝密迷煙。
動無停趣，靜有餘妍。奮屬若風馳雨驟，連續比峙
阜流川。（楊際春〈擬鮑明遠舞鶴賦〉）

如鳳而翔，如鴻而戲。蹴柳絮之一庭，隨梨花而滿
地。……然後低落月於空階，迴翔風於矯翅。素影
偎烟，羽衣撲雪。（胡鑑〈擬鮑昭舞鶴賦〉）

逸態頻呈，妍姿屢作。頂側星流，身橫練約。霜鍔

> 兩飛，銀丸齊落。樹下梨迷，林間梅錯。……乍興
> 忽斂，將旋又徂。……雪迴霰集，玉貌萬殊。雨還
> 風去，何有何無。（水雲〈擬鮑昭舞鶴賦〉）

亦有別出心裁，想出「匹練」、「輕綃」、「流星」、「出劍」等更新鮮的形容：

> 勢迅機翩，縱焉稍稍。……風去雨還，煙迷霧罩。……
> 忽委素以欲下，又戛起以搏扶。……製匹練於天半，
> 飄輕綃而有無。……忽翻身而顧影，憐玉質之亭亭。
> 乍繽紛其若霙，旋揮霍以如星。徐昂藏以卓立，儼
> 鵠峙而鷩停。（李逢辰〈擬鮑明遠舞鶴賦〉）

> 既而變動不居，往來交錯。機迅身輕，天高宇廓。
> 嚴霜自飛，纖塵不掠。蓬轉風而飄搖，劍出匣而閃
> 鑠。八門闢而俱開，九日挾而迸落。倏白雲之墮空，
> 訝奔星之靡託。（秦士科〈擬鮑明遠舞鶴賦〉）

這些「比體雲構」的形容固然「誇張聲貌」、「搜選詭麗」，但也滿足了擬作者們「因物造端，敷弘體理，欲人不能加也」（皇甫謐〈三都賦序〉）的書寫企圖。

　　如此專注於「鶴如何非飛舞」的書寫，其實與擬作者

們閱讀鮑照〈舞鶴賦〉時「想讀到什麼」的先在理解[42]有關;有相同的閱讀期待,不同的個別讀者也能看出同樣的需求。不同於祝堯《古賦辯體》深以鮑照〈舞鶴賦〉「徒見辭,不見情」為憾,清代人讀鮑照〈舞鶴賦〉,往往索求其工於摹寫處。前述「極賞」賦中「煙交霧凝,若無毛質。風去雨還,不可談悉」的何焯,便於《義門讀書記》點出:「疊霜毛而弄影,振玉羽而臨霞」是「虛引『舞』字」,至「舞飛容於金閣」乃「入『舞』字」[43]。鮑桂星《賦則》對鮑照〈舞鶴賦〉的總評也是:

> 摹寫舞態,羌無故實,惟妙惟肖。[44]

鮑桂星於圈評內文時,同樣細細指出:鶴未起舞前「『翻翰』、『迴鶩』、『頓趾』、『弄影』等語已逗出『舞』字」,「於是窮陰殺節⋯⋯既而氛昏夜歇⋯⋯」是將「舞鶴之時分兩層寫」,行至「始連軒以鳳蹌,終宛轉而龍躍」方「入『舞』字」,賦中「感寒雞之早晨,憐霜雁之違漠」

---

42 龍協濤《讀者反應理論》(臺北:揚智文化事業公司,1997 年):「任何一位讀者,在其閱讀一部具體文學作品之前,都已處在一種先在理解或先在知識的狀態,沒有這種先在理解與先在知識結構,任何文本都不可能為經驗所接受。這種先在理解就是文學的期待視野。」(頁 93)

43 何焯,《義門讀書記》(臺北:臺灣商務印書館影文淵閣四庫全書,冊 860,1983 年),卷 45,頁 657。

44 鮑桂星,《賦則》,卷 2,收於王冠編,《賦話廣聚》(北京:北京圖書館出版社,2006 年),冊 6,頁 217。

「是襯法」，賦末以「仰天居之崇絕，更惆悵以驚思」「應前『帝鄉』作結」。他們所以積極提供「怎樣寫才妥善對應『舞』字」的訊息，實來自習賦歷程中「審題」的需要：

> 賦貴審題。拈題後，不可輕易下筆，先看題中著眼在某字，然後握定驪珠，選詞命意，斯能掃盡浮詞，獨詮真諦。[45]

> 如〈涼風至〉、〈小雪〉、〈握金鏡〉諸賦，須看其處處不脫「至」字、「小」字、「握」字，不然，便可移入「涼風」、「雪」、「金鏡」題去矣。[46]

> 唐謝觀〈越裳獻白雉賦〉云：「作獻靡遼東之豕，不緇殊墨子之絲。一以見澤兼鳥獸，一以彰德被蠻夷」，帶定「獻」字落墨，不是專賦「白雉」，古人相題精審如此。[47]

因此，鮑照〈舞鶴賦〉所以成為佳作，絕非泛詠「鶴」，而在不脫「舞」字；據此觀點仿擬〈舞鶴賦〉，自然也須

---

[45] 余丙照著，詹杭倫、沈時蓉等校注，《賦學指南校正》，卷 2，收於詹杭倫、沈時蓉等校注，《歷代律賦校注》（武漢：武漢大學出版社，2009 年），附錄三，頁 725。

[46] 浦銑，《復小齋賦話》，卷上，見何沛雄編，《賦話六種》（香港：三聯書店，1982 年），頁 64。

[47] 李調元著，詹杭倫、沈時蓉校證，《雨村賦話校證》（臺北：新文豐出版公司，1993 年），卷 3，頁 48。

看清題中著眼何處，帶定「舞」字落墨，體會鮑照經營文字的用心。

　　不過，鮑照經營「舞」字的用心雖然顯而易見，但「鶴」所以「舞」於急景凋年、「舞」於丹墀金閣的用心 —— 或者說隱藏於「鶴」後的作者的心思，則一如賦中所云：「煙交霧凝」，「不可談悉」。因此，不同的擬作者「神入」鮑照〈舞鶴賦〉中與此相關的「召喚結構」時，自然也產生「作者之用心未必然，而讀者之用心何必不然」[48]的諸種聯想。前述曹敬〈擬鮑明遠舞鶴賦〉避開原作中「掩雲羅而見羈」的遭遇，拒絕讓鶴舞於急景凋年、舞於丹墀金閣，只讓鶴任情縱馳，也是鮑照〈舞鶴賦〉的一種接受方式；那麼，其他十五篇內地的擬作，又是如何理解鶴的處境？

　　大致來說，擬作者們多延續鮑照〈舞鶴賦〉「厭江海而游澤，掩雲羅而見羈」的敘述，強調鶴棲於人寰是偶然的，而且可能出於自願，並非強遭拘絆。此處的「雲羅」可指宦途，或可暗指塵網，亦即只要身在人世便無可逃避的困境：

> 非絲鸚之就縛，非羅鶭之受羈。（周玉麒〈擬鮑明遠舞鶴賦〉）

> 謝鸚鵡之受羈，殊孔雀之羅致。（楊際春〈擬鮑明

---

48 譚獻，〈復堂詞錄敘〉，譚獻，《復堂詞》（上海：華東師範大學出版社，2010年），頁58。

遠舞鶴賦〉）

曾翱翔於雲路，偶棲息夫人寰。（孫奎〈擬鮑明遠舞鶴賦〉）

暫辭路於天閶，聊浮游乎吳市。（秦士科〈擬鮑明遠舞鶴賦〉）

因蘭澤之暫遊，值雲羅之偶遇。（水雲〈擬鮑昭舞鶴賦〉）

因此，鶴基本上是行動自由的，即使「去江海之阻修，滯園林之淹久」（李逢辰〈擬鮑明遠舞鶴賦〉），畢竟仍身處園林。但部分擬作者又較鮑照原作多了些想像──「雖睽離乎鶊網，或淹抑於雞群」（劉士璋〈擬鮑明遠舞鶴賦〉），賢愚不分的園林，使鶴就算溫飽度日，也因懷才不遇而感到不滿，甚至因自恃不凡而感到不齒：

立雞群而弗屑。（周玉麒〈擬鮑明遠舞鶴賦〉）

恥雞鶩以同群。（李逢辰〈擬鮑明遠舞鶴賦〉）

名雖錫以仙禽，遇竟儕乎凡鳥。（孫奎〈擬鮑明遠舞鶴賦〉）

> 彼山雞獻伎於林藪，野鶩肆志於寒廊。雖各奏其能
> 事，曾何足方乎舞鶴。（闕名〈擬鮑明遠舞鶴賦〉）

在這樣的困境中，擬作者們筆下的鶴遂展現出幾種不同的
處世態度。最起碼的是堅持操守，不能因受委屈而見風轉
舵：

> 縱雜處於雞群，自永貞其常度。（孫奎〈擬鮑明遠
> 舞鶴賦〉）

> 雖見羈於樊籠兮，守耿介之常度。（秦毓麒〈擬鮑
> 明遠舞鶴賦〉）

> 雖鼓翼以向人，仍從心而絜矩。（周玉麒〈擬鮑明
> 遠舞鶴賦〉）

> 慨時世之不識，還故我而自持。保玉躬而獨立，望
> 瑤島以相思（姜承瀛〈擬鮑明遠舞鶴賦〉）

在「匪爭長於燕雀，詎溷迹於鶺鴒」（楊際春〈擬鮑明遠
舞鶴賦〉）的同時，以「養翮」自勉，暫且雌伏，等待來
日一飛千里，高步雲衢：

或養翮於庭除，匪繫志於饜飽。（闕名〈擬鮑明遠舞鶴賦〉）

既鳴和之相應，惟潔清以自持。信幽隱而必達，感遲暮之能知。喜養翮之豐滿，得軒翥天池。（楊際春〈擬鮑明遠舞鶴賦〉）

願永貞其素守，無忽改乎此度。鳴自和於在陰，警每因乎清露。試一舉百里兮，得扶搖於雲路。（蔣鏞壎〈擬鮑明遠舞鶴賦〉）

然而含海嶽之豪性，就園林之隘區。飽稻粱而馴擾，瘁毛羽之紛敷。雖仙禽之可貴，與凡鳥兮何殊。寄遐思乎萬里，願高步乎雲衢。（秦毓麒〈擬鮑明遠舞鶴賦〉）

不過，也有自覺「雖惠養之有期，恐能馴之無具」，既是「居羽族而稱仙，播芳名於萬里」的不羈之才，就無須守在園林裡等待，應儘早另覓天地，逞凌雲之志：

唳清響以延佇，鼓朗翼以自豪。豈效能於一室，思長鳴於九皋。飛容神質，姿態橫逸。舞節已終，舞情未畢。儗王子之上乘，哂羊家之鮮實。欲繪鶴舞之圖，愧乏凌雲之筆。（水雲〈擬鮑昭舞鶴賦〉）

此外，亦有認清園林的生存法則不適合自己，「志本厭夫卑喧，思早忘夫機巧」（馮鳴鶴〈擬鮑明遠舞鶴賦〉），「陋時鳥之好音，卑孔雀之炫彩」（汪士鐸〈擬鮑明遠舞鶴賦〉），既然不願將來仍得獻技以求榮寵，不如「辭衛國之乘軒」[49]（秦士科〈擬鮑明遠舞鶴賦〉），從此斂翮隱退，遠離權力是非：

> 何如遠瞻霄漢，永謝攀龍。不矜末技，自馭長風。梳修翎而軼俗，摩健翮以橫空。（孫奎〈擬鮑明遠舞鶴賦〉）

> 士也匿采韜光，守真葆素。苹鹿之宴堪懷，木雞之養早裕。化直等於鵾鵬，序將聯夫駕鶩。（馮鳴鶴〈擬鮑明遠舞鶴賦〉）

> 昔鷺侶之同驂，今雞群而立之。媿孤雲之無求，舞迴風而莫持。將匿影於華表，勿奮翼而遐思。緬羊公之賞識，終甄甋之可恥。欲遐鶩而逞技，直斂翮而中止。鄙鸚鴿之獻媚，非山雞之足儗。惘在林之恩怨，慕大隱於朝市。（汪士鐸〈擬鮑明遠舞鶴賦〉）

---

49 典故出自《左傳・閔公二年》：「冬，十二月，狄人伐衛，衛懿公好鶴，鶴有乘軒者，將戰，國人受甲者，皆曰：使鶴。鶴實有祿位，余焉能戰？」

　　上述擬作者們所描寫的鶴「竟雞群之並擬」（姜承瀛
〈擬鮑明遠舞鶴賦〉）的落魄、「恍雄飛之有志，豈雌伏
而不辭」（周玉麒〈擬鮑明遠舞鶴賦〉）的掙扎、「非琪
樹與琅玕，曾何足以寄其志」（李逢辰〈擬鮑明遠舞鶴賦〉）
的奮勉、以及待時或隱退的處世抉擇，幾乎都不在鮑照〈舞
鶴賦〉的內容中。事實上，擬作的根據，原「不僅是以既
存的書寫品形態出現的、特定的『原作』，同時也涵括由
相關詩文、史傳資料所匯整出來的詮釋模式」[50]，故當他
們閱讀鮑照〈舞鶴賦〉，腦中同時也浮現出另一篇詠鶴名
作 —— 唐代皇甫湜的〈鶴處雞群賦〉。皇甫湜於此賦中痛
陳：鶴與雞「靜躁殊致」、「仙凡異德」，鶴處雞群實「同
李陵之入胡，滿目異類；似屈原之在楚，眾人皆醉」。在
這悲哀的困窘中，鶴只好「涅而不緇，素以為表」，「和
而不同，卑以自牧」。但鶴始終「抱清迴之心」，「自謂
鳥中之賢，且具天下之美」，也堅信「時乎有在，物不終
否。爾惡能浼我哉，吾當一舉千里」[51]。這些皇甫湜〈鶴
處雞群賦〉中的自信與激昂，反而是鮑照〈舞鶴賦〉的擬
作者們用來填補原作「召喚結構」的素材，也使得後續的
擬作不只是無奈的「守馴養於千齡，結長悲於萬里」，而

---

50 梅家玲，〈漢晉詩賦中的擬作、代言現象及其相關問題 —— 從謝靈運
　《擬魏太子鄴中集詩八首并序》的美學特質談起〉，同上所揭書，頁
　11。
51 陳元龍編，《歷代賦彙》（南京：鳳凰出版社，2004 年），卷 128，
　頁 153。

能進一步反思如何從「雲羅」走向「雲路」,解除生命的
困惑。

　　比較特殊的是徐寶善《壺園賦鈔》中所收的〈舞鶴賦〉,
此賦未以「擬」爲題,實有意「以反爲擬」[52],略承賈彪
反張華〈鷦鷯賦〉而作〈大鵬賦〉、傅咸反張華〈鷦鷯賦〉
而作〈儀鳳賦〉的軌跡[53]:

> 昔宋鮑照〈舞鶴賦〉以仙禽見羈,供人愛玩,其言
> 曰:「去帝鄉之岑寂,歸人寰之喧卑」,若不勝其
> 鬱悒侘傺焉者。余惟丹墀金閣,非紲絆可比,饑啄
> 渴飲蒙惠養之德,食其祿者,宜徇所知,<u>故反其意</u>
> <u>而為賦曰</u>:……

作者認爲:鶴雖「暫違蓬島,寄跡軒墀」,但「非累乎羈
紲」,且過著「棲以長松,飼以靈芝,游乎紫閣,嬉乎丹

---

52 揚雄著〈反離騷〉,係「以爲君子得時則大行,不得時則龍蛇,遇不
　　遇命也,何必湛身哉!乃作書,往往摭〈離騷〉文而反之,自岷山投
　　諸江流以吊屈原,名曰〈反離騷〉」,被視爲「反意模擬」的濫觴。
　　西晉陸雲〈逸民箴・序〉:「余昔爲〈逸民賦〉,大將軍掾何道彥,
　　大府之俊才也,作〈反逸民賦〉,盛稱官人之美,寵祿之華靡,偉名
　　位之大寶,斐然其可觀也。」又南朝江淹撰〈恨賦〉,唐代李白〈擬
　　恨賦〉擬之,清代尤侗〈反恨賦〉則爲反意模擬。
53 賈彪〈大鵬賦・序〉:「余覽張茂先〈鷦鷯賦〉,以其質微處褻,而
　　偏於受害,愚以爲未若大鵬栖形遐遠,自育之全也,此固禍福之機,
　　聊賦之云。」(《全晉文》卷 89)傅咸〈儀鳳賦・序〉:「〈鷦鷯
　　賦〉者,廣武張侯之所造也,以其形微處卑,物莫之害也。而余以爲
　　物生則有害也,有害而能免,所以貴乎才智也。夫鷦鷯既無智足貴,
　　亦禍害未免,免乎禍害者,其唯儀鳳也。」(《全晉文》卷 51)

牴」的優渥生活，實應「感主人之惠養」。故賦末曉諭食
人之祿者，不必侈言凌雲之志，而該心懷知遇之恩：

> 抱質炯炯，含情飄飄，為羽族之宗長，方聲價於瓊
> 瑤。何必傺海嶠，徙天池。慕廣莫，怨藩維。縱矯
> 志於萬里，猶奏能於一時。匪徇好於邇玩，庶求報
> 於我知。彼搶榆之燕雀，仰寥廓以奚疑。

此論雖冒奴顏婢膝之譏，實亦有警佞戒妄之效，對徬徨於
「雲羅」之下的人士，也稱得上是中肯的建議。

　　故整體來說，鮑照〈舞鶴賦〉中的鶴，原本偏屬「窮
鳥」意象[54]，作者藉以感慨身世，抒發哀傷。但清代的擬
作，則加入了出處進退的深刻思考，也融合了皇甫湜〈鶴
處雞群賦〉的部分形象，因而使〈擬鮑明遠舞鶴賦〉或〈擬
鮑昭舞鶴賦〉的鶴，亦帶有不屑同流合污的「鷙鳥」性格，
且別具為人生解惑的「惑鳥」功能。鮑照〈舞鶴賦〉也就
在後世「各以其情而自得」的接受過程中，成為可容納多
種詮釋、意義可無限開發的經典之作。

---

54 侯立兵《漢魏六朝賦多維研究》（北京：人民出版社，2007 年）認
　　為，漢魏六朝「鳥」意象大致有三種範型：一是惑鳥型，指賦家為解
　　除內心人生疑惑所塑造的鳥意象，例如賈誼〈鵩鳥賦〉。二是窮鳥型，
　　指賦家藉以隱喻懷才不遇、困頓落拓的鳥意象，例如禰衡〈鸚鵡賦〉。
　　三是鷙鳥型，是賦家表現卓爾不群、勇於抗爭的鳥意象，例如曹植〈鷂
　　賦〉。（頁 341-347）

第四節　後先競爽：

清代〈擬鮑明遠舞鶴賦〉的賦學意識

　　清代擬古賦為數眾多，單就《賦海大觀》而言，即可檢得「擬……」的題目至少八十——僅題數而非篇數，且不包含襲用前代同題之作。由此亦可推知，清代對學賦一事，相當重視前人所遺留的資產，例如科舉場合常用的律賦[55]，不少論者均主張效法唐賢：

> 效古者法漢，效律者法唐，其亦得所準繩而無憾矣。然人第知律詩惟唐為盛，不知律賦亦惟唐為盛也。（邱先德《唐人賦鈔·序》）

> 揆厥正宗，終當以唐賦為則。（李調元《賦話》卷五）

> 欲求為律賦，舍唐人無可師承矣。（鮑桂星《賦則·凡例》）

---

55 余丙照《賦學指南》「序」：「自有唐以律賦取士，而賦法始嚴。……我朝作人雅化，文運光昌，欽試翰院既用之，而歲、科兩試及諸季考，亦藉以拔錄生童，預儲館閣之選，賦學蒸蒸日上矣。」陶福履《常談》：「國朝專為翰林供奉文字、庶吉士月課、散館、翰詹大考皆試賦，外如博學鴻詞及召試亦試賦，而學政試生員亦用詩賦。」

初學作賦，總宜按部就班，取法唐賦為是。（余丙
照《賦學指南・雜體》）

學者為律賦，必於唐師焉，猶律詩之不能不法唐也。
（陳壽祺〈律賦選序〉）

作賦不由唐人律賦尋取門徑，雖有沉博絕麗之觀，
猶木衣綈錦、土被朱紫耳。（潘遵祈《唐律賦鈔・
序》）

初學作賦者，每苦無生發，以不講層次之故也。……
熟讀唐賦自得其妙。（顧南雅《律賦必以集・例言》）

但師法古人，絕非要成為古人的附庸，故「影響的焦慮」[56]
往往也伴隨而來。《漢書・揚雄傳》：「先是時，蜀有司

56　「影響的焦慮」，這個術語來自當代美國文學批評家 Harold Bloom 在
1973 年所出版的同名著作《影響的焦慮》（The Anxiety of Influence: A
Theory of Poetry）。過去我們所謂的「影響」，概指後輩對前輩的模
倣學習，但 Bloom 則認為：「一位抱負不凡的作家，必定會以某種方
式摧毀先驅作家的勢力 —— 通常是一位如日中天、備受尊崇的偉大先
進，並扭曲他的權威，接收他的勢力。……Bloom 強調，這種因為『影
響』而產生的『焦慮』，其實與弗洛依德（Freud）所定義的『伊底帕
斯情結』（Oedipus complex）具有相同的特徵，每位作家對於先驅前
輩的態度，都混雜著既崇拜又想與之競爭的焦慮與不安。」以上參閱
並譯自 Jeremy Hawthorn, A Concise Glossary of Contemporary Literary
Theory（New York: Edward Arnold, 1992），"Revisionism", p.153。

馬相如，作賦甚弘麗溫雅，雄心壯之，每作賦，常擬之以
為式」，但揚雄固然以司馬相如為仿習典範，卻也希望自
己登頂後便無人能及：

> 賦者，將以風也，必推類而言，極麗靡之辭，閎侈
> 鉅衍，競於使人不能加也。[57]

六朝賦常見的「同題共作」，即為漢代賦家在宮廷中「朝
夕論思，日月獻納」的「貴遊爭勝之跡」，當時貴遊文士
競相於宴遊吟詠中加入聲律、隸事、對偶等時髦的語文技
巧，也是欲「使人不能加」，充滿「互別苗頭的意味」[58]。
清代賦家跨時代的同題繼作，當然也是想擠落前賢，在賦
史中奪得一席之地。例如吳東昱在《賦學指南》的「序」
裡，便盛稱清代賦學可與漢、唐並駕：

> 我朝文運昌明，自翰院以及小試，莫不試士以賦，
> 賦學之盛，追漢、唐而軼宋、明矣。[59]

鮑桂星《賦則》甚至對唐人律賦頗有批評，以「唐賦措筆

---

57 班固著，顏師古注，《漢書》（臺北：宏業書局，1984 年），卷 87
　下〈揚雄傳下〉，頁 901。
58 簡宗梧，《賦與駢文》（臺北：臺灣書店，1998 年），頁 123。
59 余丙照著，詹杭倫、沈時蓉等校注，《賦學指南校正》，序，收於詹
　杭倫、沈時蓉等校注，《歷代律賦校注》（武漢：武漢大學出版社，
　2009 年），附錄三，頁 719。

輕清，修詞麗則，然千篇一律，讀之令人意倦。又每篇中
多瑕纇，……不一而足，皆唐人之病也。」[60]李元度《賦
學正鵠》亦認為唐賢固當尊崇，但「唐律巧法未備」，「時
彥」所作「今賦」實有過之，堪為楷模：

> 今功令以詩賦試士，館閣猶重之。試賦除擬古外，
> 率以清醒流利、輕靈典切為宗，正合唐人律體。特
> 唐律巧法未備，往往瑕瑜互見，宋、元亦然，今賦
> 則斟酌益臻完善耳。……學者就時彥中擇其最精者以
> 為鵠，即不啻瓣香唐賢，不必復陳大輅之椎輪矣。[61]

徐光斗《賦學僊丹・賦學秘訣》也指出「唐律法疏意簡，
時賦則細密華贍」，建議「學賦者固去唐律而尚時趨」[62]。
此種既欲「思齊」又欲「爭勝」的複雜心理，在曹敬等清
代人的〈擬鮑明遠舞鶴賦〉或〈擬鮑昭舞鶴賦〉中，恰好
有著微妙的表現。

　　此十餘篇賦雖號為「擬」，但實際上都或多或少的試
圖超越、甚至有意脫離鮑照原作。一如上文所指出，鮑照
〈舞鶴賦〉原本僅以「煙交霧凝，若無毛質，風去雨還，
不可談悉」比喻鶴舞的迅疾恍惚、出神入化，但擬作者們

60　鮑桂星，《賦則》，卷3，收於王冠編，《賦話廣聚》（北京：北京
　　圖書館出版社，2006年），冊6，頁278-279。
61　李元度，《賦學正鵠》（清光緒17年經綸書局刊本），「序目」。
62　轉引自詹杭倫，《清代賦論研究》（臺北：臺灣學生書局，2002年），
　　頁396。

不甘後人，又想出如風馳、如雪驟、如掣電、如柳絮、如梨花、如縞練、如流星、如出劍等，追求「因夸以成狀，沿飾而得奇」的效果；鮑照〈舞鶴賦〉原本只是感慨落居「人寰」、身陷「雲羅」的悲哀，擬作者們卻別具隻眼，加入「鶴處雞群」的想像，進一步探討去或留、委屈或灑脫、入世或避世的抉擇，較諸原作更添反思意義。至於形式方面，無論是摘取鮑照〈舞鶴賦〉的文句限制韻部，或是按鮑照〈舞鶴賦〉的原韻重新變造文句，又或是改用隔句對製造賦篇的亮點，都藉由書寫難度的提高，各自展現鋪采摛文的本領。

於是，每篇賦便如同其所詠之鶴，舞藝超凡，登峰造極，賦家們修改了鮑照原作用的「態有遺妍」一詞，謂之「盡態極妍」：

> 但見其盡態極妍，連軒兮霞舉。（曹敬〈擬鮑明遠舞鶴賦〉）

> 盡態極妍，莫不昭悉。（姜承瀛〈擬鮑明遠舞鶴賦〉）

> 循聲按節，盡態極妍。（蔣虧壎〈擬鮑明遠舞鶴賦〉）

> 有神無迹，盡態極妍。（楊際春〈擬鮑明遠舞鶴賦〉）

> 如尋聲而赴節，迺盡態而極妍。（孫奎〈擬鮑明遠

舞鶴賦〉）

雖初發以遞進，已盡態以極妍。（李逢辰〈擬鮑明
遠舞鶴賦〉）

逸態頻呈，妍姿屢作。（水雲〈擬鮑昭舞鶴賦〉）

節無變而不赴，態無逞而不妍。（胡鑑〈擬鮑昭舞
鶴賦〉）

但儘管姿態曼妙無與倫比，每篇賦及每篇賦裡的鶴，仍該
是獨立的主體，各擅勝場，不容模仿：

誠難方物，亦覺寡儔。不同飛燕，絕異鳴鳩。（曹
敬〈擬鮑明遠舞鶴賦〉）

千態萬形，莫可擬仿。（秦毓麒〈擬鮑明遠舞鶴賦〉）

未可端倪，奚容摹仿。（孫奎〈擬鮑明遠舞鶴賦〉）

不可思擬，亦窮仿傚。（蔣賡墢〈擬鮑明遠舞鶴賦〉）

〈擬鮑明遠舞鶴賦〉或〈擬鮑昭舞鶴賦〉分明已於篇題上
揭示爲「擬」，卻又屢屢於賦中強調「莫可擬仿」、「奚

容摹仿」，這「思齊」與「爭勝」的糾結交織，無疑正反映了清代賦家們對於學古或學唐人律賦的集體思維。效仿前賢，卻又不為前賢所限，才是真正「凡骨既蛻，仙才不羈」（秦士科〈擬鮑明遠舞鶴賦〉），也始能做「絕塵埃之凡狀」（姜承瀛〈擬鮑明遠舞鶴賦〉）「已迥超乎塵垢」（蔣賡墀〈擬鮑明遠舞鶴賦〉）的沖天一飛。余丙照《賦學指南》卷六「論賦品」於論「灑脫品」時曾曰：

> 賦家化板為活，莫如灑脫一法。蓋落筆瀟灑，超脫不群，自然亦風亦雅，盡態極妍。[63]

此處形容風格「灑脫」的理想賦篇，固當「超脫不群」，也少不了「盡態極妍」。於是，無論劉士璋〈擬鮑明遠舞鶴賦〉欲「觀其瀟灑昂藏之志」的鶴，或曹敬〈擬鮑明遠舞鶴賦〉「實難狀風神之洒落也」的鶴……，似乎都成為「賦」的隱喻，含藏了清代賦學「盡態極妍」的追求與「奚容摹仿」的自信。

63　余丙照著，詹杭倫、沈時蓉等校注，《賦學指南校正》，卷6，收於詹杭倫、沈時蓉等校注，《歷代律賦校注》（武漢：武漢大學出版社，2009年），附錄三，頁748。

第五節　結　語

　　賦是講究技術的文類[64]。枚乘在〈七發〉中，便已道出言語侍從之臣必須「原本山川，極命草木」；西漢宮廷的賦家，既為了增強口誦效果而大量使用雙聲或疊韻的聯緜詞，又為了使摹寫生動而費心提煉口語中的聲貌形容詞，致使瑋字瑰怪聯邊，層出不窮[65]；故相傳司馬相如嘗謂：「合纂組以成文，列錦繡而為質，一經一緯，一宮一商，此賦之迹也」[66]。日後《文心雕龍》以聲訓解說「賦」與「詩」的特質——「賦者，鋪也，鋪采摛文，體物寫志也」、「詩者，持也，持人情性」[67]，似乎也指出：「賦」對辭采和描摹的注重高於情志抒發，乃其與「詩」的最大殊異。於是，賦的擬作若欲「過人」或「使人不能加」，仍以鋪采摛文的技藝為主要途徑。從本章所觀察的十六篇

64　「根據文學的技巧概念，文學是一種技藝，……與表現概念不同的地方是，它認為寫作過程，不是自然表現的過程，而是精心構成的過程。……例如，博學強記的辭賦、詞藻華麗的駢文，以及其他具有嚴格技巧規則的文體，其作者全神貫注於格律與修辭的細節，而時常忽略了思想或情感的表現，他們可以說贊同了文學的技巧概念。」見劉若愚著，杜國清譯，《中國文學理論》（臺北：聯經出版公司，1991年），頁185。

65　簡宗梧，《漢賦史論》（臺北：東大圖書公司，1993年），頁218。

66　撰者不詳，《西京雜記》（臺北：臺灣商務印書館，1979年），頁8。

67　劉勰著，王更生注譯，《文心雕龍讀本》（臺北：文史哲出版社，1998年），頁132、83。

清代〈擬鮑明遠舞鶴賦〉或〈擬鮑昭舞鶴賦〉即可發現：擬作者們有興趣的，並非〈舞鶴賦〉原作者鮑照的所思所感，而是如何進一步展現賦中之鶴的「神乎技矣」（孫奎〈擬鮑明遠舞鶴賦〉），讓讀者「嗟妙技之神化」（秦毓麒〈擬鮑明遠舞鶴賦〉）—— 事實上，賦篇中「盡態極妍」的鶴體也相當於賦篇本身的文體，擬作者們也無不希望其賦「神乎技矣」，故紛紛藉由限韻或隔句對的增衍，讓賦體「盡態極妍」。

　　雖然擬作者們無意探求鮑照的所思所感，但無論他們是從鶴「掩雲羅而見羈」延伸出各自的應世態度，或是完全避談「歸人寰之喧卑」的處境，其實也算得上是「以生命印證生命」—— 只是未必要與鮑照同情共感，而是各依經歷或興趣選擇鶴的假擬情境，仍不脫「各以其情而自得」。

　　本章的探索起點 —— 曹敬〈擬鮑明遠舞鶴賦〉，在清代臺灣賦中唯見一篇，但透過它卻能發現，清代還有不少賦家擬作鮑照〈舞鶴賦〉，而這群賦篇對鶴舞的鋪張揚厲，其實正隱含著清代賦學「思齊」與「爭勝」交錯的意識形態。雖然今日可見的清代臺灣賦篇不多，但清代臺灣賦做為整個清代賦學的海外別支，那些看起來缺乏本土地理景觀的賦篇，反而因其混入清代賦集之無所「異」，而能觀見臺灣賦和清代賦學之所「同」。相信透過「由（海）外而內（地）」、「因小識大」的累積，終有助於我們對臺灣賦提供更充分的詮釋。

第三章　儲舊露新與除舊布新：
清代臺灣賦家的唐律賦記憶

第一節　引　言

「文類在任何時期都無法做到平均的 ── 更別提完整的 ── 分佈。在每一個年代之中，可供讀者和批評家熱情回應的文類實在不多，而可供作家運用的類目更是有限」[1]。所以如此，一方面固然是每個人的記憶容量終有限度，無法記住並操作自古以來多不勝數的文類，但更重要的是，在該時期內總會有些主導力量，要大家記住什麼，或者遺忘什麼。例如唐人所寫的賦，儘管為數頗多，明代李夢陽（1472～1527）、何景明（1483～1521）卻宣稱「唐無賦」[2]，意欲抹去「嘗觀唐人文集及《文苑英華》所載，

1　Harold Bloom 著，高志仁譯，《西方正典》（The Western Canon，臺北：立緒文化事業有限公司，1998 年），上冊，頁 28。

2　李夢陽〈潛虬山人記〉：「山人商宋梁時，猶學宋人詩。會李子客梁，謂之曰：『宋無詩』，山人於是遂棄宋而學唐矣。已問唐所無，曰：『唐無賦哉！』問漢，曰：『無騷哉！』山人於是則又究心賦、騷於

唐賦無慮以千計」[3]的事實，使眾人不再記得它們。到了清代，陸續出現「詩莫盛於唐，賦亦莫盛於唐」[4]、「初學作賦，總宜按部就班，取法唐賦爲是」[5]等看法，眾人才又恢復有關唐賦的記憶。

　　律賦是唐人作賦的主要選擇[6]，也是後代想不想記得唐賦的關鍵因素 ── 欲遺忘唐賦者，即以賦「迨律賦興而斬然盡矣」[7]、律賦「名雖曰賦，實非賦也」[8]，將律賦裁爲「僞體」，使之與學習者隔絕；相反的，要記取唐賦者，乃認爲「作賦則當自律賦始，以此約束心思，而堅整其筆

漢唐之上。」（李夢陽《空同集》卷 48，臺北：臺灣商務印書館影文淵閣四庫全書，冊 1262，頁 446。）何景明〈雜言十首之五〉：「秦無經，漢無騷，唐無賦，宋無詩。」（何景明《大復集》卷 38，臺北：臺灣商務印書館影文淵閣四庫全書，冊 1267，頁 351。）又崔銑〈胡氏集序〉亦云：「其時北郡李夢陽、申陽何景明表詩法曰：漢無騷，唐無賦、宋無詩。」（崔銑《洹詞》卷 10，臺北：臺灣商務印書館影文淵閣四庫全書，冊 1267，頁 602。）

3　祝堯，《古賦辯體》（臺北：臺灣商務印書館影文淵閣四庫全書，冊 1366），卷 7〈唐體〉，頁 801。

4　王芑孫，《讀賦卮言》，「審體」。見何沛雄編，《賦話六種》（香港：三聯書店，1982 年），頁 5。

5　余丙照著，詹杭倫、沈時蓉等校注：《賦學指南校正》，賦法諸論，收於詹杭倫、沈時蓉等校注：《歷代律賦校注》（武漢：武漢大學出版社，2009 年），附錄三，頁 817。

6　據葉幼明的統計，《全唐文》以「賦」爲名的作品 1622 篇中，「律賦」有 950 篇，約佔 59%。參見葉幼明，《辭賦通論》（長沙：湖南教育出版社，1991 年），頁 107。

7　袁黃撰，沈昌世增訂，《增訂群書備考》（明崇禎 5 年刊本），卷 1。

8　陳繹曾《文筌‧賦譜‧唐賦賦說》：「唐賦外有『律』，始於隋進士科，至唐而盛，及宋而纖巧之變極矣。然賦本古詩之流也，律賦巧，或以經語爲題，其實則押韻講義，其體則押韻四卞，名雖曰賦，實非賦也。」（元刊本《新刊諸儒奧論策學統宗增入文筌詩譜》，現藏臺北國家圖書館）

力」[9]，而「學者爲律賦，必於唐師焉」、「欲求爲律賦，舍唐人無可師承矣」[10]。清代士子爲了參加科舉考試，自得「從最上乘、具正法眼」[11]，儲備足夠的唐律賦記憶。清代臺灣賦即具體而微的反映了此一清代賦學形貌 —— 如果從「名篇擬作」或「同題繼作」這些最顯而易辨的線索，檢視清代臺灣「文集賦」中的唐賦記憶，大概除了洪繻〈春思賦〉所追仿的唐代王勃（約 650～676）〈春思賦〉（《御定歷代賦彙》卷 10）外，其餘皆集中於律賦。

第二節　賦作的儲舊露新

一、儲存唐人舊作

　　清代臺灣賦家對唐人律賦的追懷，並未寫下論述式的品評，也沒有以「擬某人某賦」爲題的「名篇擬作」（此類賦題僅曹敬〈擬鮑明遠舞鶴賦〉、陳奎〈擬庾子山小園賦〉，鮑照〈舞鶴賦〉和庾信〈小園賦〉均非唐人之作），但有不少「同題繼作」。透過這些「同題繼作」，可略窺他們對這批文學遺產的記憶並非無所不包，淆雜良莠。

9　王芑孫，《讀賦巵言》，「律賦」。見何沛雄編，《賦話六種》（香港：三聯書店，1982 年），頁 12。

10　陳壽祺〈律賦選序〉：「學者爲律賦，必於唐師焉，猶律詩之不能不法唐也。」鮑桂星《賦則・凡例》：「欲求爲律賦，舍唐人無可師承矣。」

11　借嚴羽《滄浪詩話》語。

　　清代臺灣賦中完全沿用唐人舊題來寫作的賦篇，有：
①鄭用錫〈謙受益賦〉，用唐代吳連叔〈謙受益賦〉、孟
翺〈謙受益賦〉（《御定歷代賦彙》卷67）舊題；②曹敬
〈競渡賦〉，用唐代范慥〈競渡賦〉舊題（《御定歷代賦
彙》卷104）；③賴世觀〈玉壺冰賦〉，用唐代兩篇闕名
之〈玉壺冰賦〉舊題（《御定歷代賦彙》卷114）[12]；④陳
宗賦〈三箭定天山賦〉，用唐代王棨〈三箭定天山賦〉舊
題（《御定歷代賦彙》卷64）。此外，陳宗賦〈秋色賦〉
也用唐代黃滔〈秋色賦〉舊題（《御定歷代賦彙》卷12），
但陳氏此賦的文字，與《賦海大觀》卷4所收一篇署名「吳
鍾駿」（1798～1853）的〈秋色賦〉幾乎雷同，原因為何，
尚待釐清[13]。

　　近乎全用唐人舊題來寫作的賦篇，有：①施瓊芳〈海
旁蜃氣象樓臺賦〉，取唐代王起〈蜃樓賦〉（《御定歷代
賦彙》卷137）之限韻字「海旁蜃氣象樓臺」（該句典出
《史記‧天官書》）為賦題，可視為王氏之賦的同題繼作；
②洪繻〈項王垓下聞楚歌賦〉，借唐代闕名〈垓下楚歌賦〉
（《御定歷代賦彙》卷64）舊題；③洪繻〈鯤化鵬賦〉，
借唐代高邁〈鯤化為鵬賦〉（《御定歷代賦彙》卷128）
舊題；④陳宗賦〈鶴立雞群賦〉，借唐代皇甫湜〈鶴處雞

---

12 該卷另有唐代陶翰、崔損的〈冰壺賦〉，皆以「清如玉壺冰何慚宿昔
　　意」為韻。
13 陳宗賦生於同治3年（1864）；吳鍾駿（江蘇吳縣人）生於嘉慶3
　　年（1798），道光12年（1832）殿試一甲第一名，授翰林院修撰，
　　曾任福建學政、浙江學政等職。

群賦〉（《御定歷代賦彙》卷 128）舊題；⑤陳宗賦〈海客狎鷗賦〉，借唐代黃滔〈狎鷗賦〉（《御定歷代賦彙》卷 131）舊題；⑥陳宗賦〈司馬[14]題橋賦〉：借唐代李遠〈題橋賦〉（《御定歷代賦彙》卷 40）舊題。

這些「同題繼作」涉及的唐代賦家，多屬中、晚唐時期[15]，如王起（760～847，德宗貞元 14 年進士）、皇甫湜（777～835，憲宗元和年間進士）、李遠（？～約 860，文宗太和 5 年進士）、王棨（生卒年不詳，懿宗咸通 3 年進士）、黃滔（約 840～？，昭宗乾寧 2 年進士）等。他們在一些清代賦話如浦銑《復小齋賦話》、李調元《雨村賦話》看來，也是一代巨擘：

> 黃文江、王輔文，唐昭、僖時人，俱以律賦擅長，其句法大略相同，而黃更有豔情，加以琢句鍊字，奕奕生新，真小賦第一手。[16]

---

14 司馬，指西漢司馬相如。司馬相如未遇時，嘗題詩於橋柱以見其志。後世相關戲曲如宋元南戲〈司馬相如題橋記〉、明代無名氏〈漢相如獻賦題橋〉、陸濟之〈題橋記〉等。

15 嚴羽《滄浪詩話》原有「唐初體、盛唐體、大曆體、元和體、晚唐體」之說，元代楊士弘編《唐音》則分爲「唐初盛唐、中唐、晚唐」三期，明初高秉編《唐詩品匯》又分爲「初唐、盛唐、中唐、晚唐」四期，至今沿用。目前較通行的看法是以高祖至睿宗（618-712）爲「初唐」，玄宗至代宗永泰（713-765）爲「盛唐」，代宗大曆至敬宗（766-826）爲「中唐」，文宗至哀帝（827-906）爲「晚唐」。參閱周勛初主編，《唐詩大辭典》（南京：江蘇古籍出版社，1992 年），頁 513。

16 浦銑，《復小齋賦話》，卷上，見何沛雄編，《賦話六種》（香港：三聯書店，1982 年），頁 60。

晚唐律賦較前人更為巧密，王輔文、黃文江，一時
之瑜、亮也。文江戛戛獨造，不肯一字猶人；輔文
則錦心繡口，丰韻嫣然，更有漸近自然之妙。[17]

唐王起〈蜃樓賦〉云：「出彼波濤，必麗天以成象；
化為軒檻，寧假日以銷憂」，對法活潑，善于運古。[18]

唐王起〈墨池賦〉云：「映楊髻之鯉，自謂奪朱；
沾曳尾之龜，還同食墨。」又云：「倘北流而浸稻，
自成黑黍之形；如東門之漚麻，更學素絲之變。」
詳雅安和，不露刻畫痕跡，非晚季諸人所能望其背
項。[19]

唐人有言曰：「許渾詩、李遠賦，不如不做。」……
然求古篇什，雄視晚唐，而此君律賦，亦精妙無匹。
如〈題橋賦〉云：「神催下筆，俄聞風雨之聲；影

---

17 李調元著，詹杭倫、沈時蓉校證，《雨村賦話校證》（臺北：新文豐
出版公司，1993年），卷2，頁28。又卷4以「文囿之兩雄」稱之：
「唐黃滔〈誤筆牛賦〉云：『臨風緬想，滿輪之桂月鋪開；對景嗟歎，
一點之松烟飄著』，題前虛景，生趣盎流。王棨〈詔遺軒轅先生歸羅
浮舊山賦〉云：『既臻蘿洞，乃闢松軒。別後而嵐光未老，來時之春
色依然。白鹿青牛，卻放煙霞之地；玉芝瑤草，終存雨露之恩。』兜
裹全題，情味濃至，晚唐時有此好手，固文囿之兩雄。」（同上所揭
書，頁65。）

18 李調元著，詹杭倫、沈時蓉校證，《雨村賦話校證》（臺北：新文豐
出版公司，1993年），卷2，頁34。

19 李調元著，詹杭倫、沈時蓉校證，《雨村賦話校證》（臺北：新文豐
出版公司，1993年），卷3，頁47。

落中流，已動龍蛇之狀。」皆能于虛處傳神。一時
愛憎之口，固不足以為定評。亦可見唐人誦法高雅，
今之所謂工麗縣密者，在當日則卑之無甚高論者。[20]

又依據〈清人選唐律賦之考察〉[21]一文統計七種清代賦學
總集[22]的蒐錄狀況，受選家青睞的前三名是：王棨（22 篇
賦獲選錄）、黃滔（8 篇賦獲選錄）、王起（7 篇賦獲選錄），
與上述的評論也極為吻合。

　　在清代臺灣賦中雖然未見唐賦的「名篇擬作」，但清
代此類賦篇甚多，可暫取楊浚（1830～1890）《冠悔堂賦
鈔》[23]參看。楊浚並非臺籍人士（福建晉江人），但曾在
同治八年、九年間短期居臺。《冠悔堂賦鈔》卷一共收 35
篇擬古之作，除〈擬何平叔景福殿賦〉和〈擬陶靖節閒情
賦〉外，其餘 33 篇皆仿擬唐人名篇——〈擬康僚漢武帝重
見李夫人賦〉2 篇、〈擬黃滔融結為河嶽賦〉3 篇、〈擬唐

20　李調元著，詹杭倫、沈時蓉校證，《雨村賦話校證》（臺北：新文豐
　　出版公司，1993 年），卷 4，頁 62。
21　簡宗梧、游適宏，〈清人選唐律賦之考察〉，《逢甲人文社會學報》
　　5 期（2002 年 11 月），頁 28-29。
22　七種清代賦學總集為：①王修玉《歷朝賦楷》（唐人賦作在所選的
　　167 篇賦中佔 60 篇）、②潘遵祁《唐律賦鈔》、③邱先德《唐人賦
　　鈔》、④顧南雅《律賦必以集》（唐人賦作在所選的 73 篇賦中佔 55
　　篇）、⑤馬傳庚《選注六朝唐賦》（唐人賦作在所選的 40 篇賦中佔
　　27 篇）、⑥楊承啓《鋤月山房批選唐賦》、⑦雷琳、張杏濱《賦鈔
　　箋略》（唐人賦作在所選的 128 篇賦中佔 45 篇），包括通代賦選集、
　　唐代賦選集、唐代律賦專門選集。
23　參見黃永哲、吳福助主編，《全臺文》（臺中：文听閣圖書公司，2007
　　年），第 16 冊。

人慶雲抱日賦〉2篇、〈擬陳章艾人賦〉2篇、〈擬溫岐再生檜賦〉2篇、〈擬賈餗太阿如秋水賦〉2篇、〈擬白居易黑龍飲渭水賦〉2篇、〈擬侯喜秋雲似羅賦〉2篇、〈擬賈餗蜘蛛賦〉3篇、〈擬張九齡白羽扇賦〉2篇、〈擬白居易雞距筆賦〉1篇、〈擬張九齡荔支賦〉3篇、〈擬白居易荷珠賦〉1篇、〈擬吳融古瓦硯賦〉3篇、〈擬丁春澤日觀賦〉3篇。歸納起來，這些擬作共涉及唐代賦家10位，除了張九齡外，皆為中、晚唐人；而所擬的唐人原作，也為李調元《雨村賦話》所樂道：

> 唐康僚〈漢武帝重見李夫人賦〉云：「盈盈不笑，如羞久別之容；眷眷無言，莫問平生之事」，又「翡翠簾前，悵望三千之女；芙蓉帳裡，分明二八之人」，自然娟麗，不假雕飾，東坡所謂「卻扇一顧時」也。[24]

> 詩家以鍊字為主，惟賦亦然，句中有眼，則字字軒豁呈露矣。唐黃文江滔單講此訣，詞必己出，苦吟疾書，故能於帖括中自豎一幟。其〈融結為河嶽賦〉云：「則有龜負龍攀，文籍其陽九陰六；共觸愚移，傾缺其天樞地軸。如疏樸略，波萬壑以派分；似截淳浣，仞千巖而雲矗」，戛戛獨造，不肯一字猶人。[25]

---

24 李調元著，詹杭倫、沈時蓉校證，《雨村賦話校證》（臺北：新文豐出版公司，1993年），卷4，頁61。
25 李調元著，詹杭倫、沈時蓉校證，《雨村賦話校證》（臺北：新文豐

唐人體物最工，么麼小題，卻能穿穴經史。……陳章〈艾人賦〉云：「當戶而居，惡莠言兮結舌；負牆而立，甘菜色以安身」，……字字典則，精妙無雙，宋以後諸公所不能及。[26]

唐溫岐〈再生檜賦〉云：「以狀而方，生蔑之枯楊若此；以理而喻，易葉之僵柳昭然」，以史對經，銖兩悉稱。飛卿此賦，作于未更名之時，蓋其少作也。史稱其才思豔麗，工於小賦，每入試押官韻作賦，凡八叉手而韻成，多為鄰鋪假手。而律賦流傳者，僅此一篇，想散擲不復收拾耶。天骨開張，刊落浮豔，使作儷體，當不減玉溪生。[27]

唐賈餗〈太阿如秋水賦〉云：「千里萬里之斜漢，耿耿方侔；八月九月之洞庭，沉沉相似」，又「流影耀金精之上，涯涘皆空；涼飆鳴玉匣之中，波濤不起」，刻琢中仍帶清勁，論其品概，固當度越晚唐。[28]

出版公司，1993年），卷2，頁31。
26 李調元著，詹杭倫、沈時蓉校證，《雨村賦話校證》（臺北：新文豐出版公司，1993年），卷4，頁64。
27 李調元著，詹杭倫、沈時蓉校證，《雨村賦話校證》（臺北：新文豐出版公司，1993年），卷3，頁46。
28 李調元著，詹杭倫、沈時蓉校證，《雨村賦話校證》（臺北：新文豐

唐賈餗〈蜘蛛賦〉云：「其身也，或垂之如墜；其
絲也，亦動而愈出。成章無札札之聲，不漏得恢恢
之質。夜居于外，同熠耀之宵行；日就其功，異蟻
子之時術。」么麼小題，卻能驅使六籍，由其讀書
貫串，故信手拈來，無不入妙也。[29]

賦押虛字，惟「亦」字最難自然，如侯喜〈秋雲似
羅賦〉以「蘭亦堪采」為韻，賦末押「一言有以，
千秋只亦」之類。[30]

唐白居易〈雞距筆賦〉云：「視其端，若武安君之
頭小；窺其管，如玄元氏之心空」，滑稽之談，意
外巧妙。其通篇變化縱橫，亦不似律賦尋常蹊徑，
千古絕作也。[31]

出版公司，1993 年），卷 3，頁 44。賈餗也是李調元甚為推崇的賦
家，《雨村賦話》卷 2 云：「元和、長慶以後，工麗密緻而又不詭于
大雅，無踰賈相矣。」（同上所揭書，頁 25）

29 李調元著，詹杭倫、沈時蓉校證，《雨村賦話校證》（臺北：新文豐
出版公司，1993 年），卷 2，頁 30。

30 李調元著，詹杭倫、沈時蓉校證，《雨村賦話校證》（臺北：新文豐
出版公司，1993 年），卷 4，頁 62。又卷 2 云：「唐侯喜〈秋雲似
羅賦〉云：『擬六銖而披拂，伴仙女降衣；臨七夕以輕盈，助牽牛納
采』，亦有生趣。……凡賦題限韻，莫不于本題相附麗，惟此題限以
『蘭亦堪采』為韻，殊屬風馬牛，此唐人賦題所少。」（同上所揭書，
頁 27。）

31 李調元著，詹杭倫、沈時蓉校證，《雨村賦話校證》（臺北：新文豐
出版公司，1993 年），卷 3，頁 45。

> 唐吳融子華，律賦流傳者絕少，其〈古瓦硯賦〉云：
> 「陶甄已往，含古色之幾年；磨瑩俄新，貯秋光之
> 一片」，即此可見一班。音韻淒清，詞華茂密，天
> 隨子之流亞也。[32]

　　這些唐人賦篇，雖然與清代臺灣賦家「同題繼作」的唐人賦篇不同，但記憶的重心，都放在中、晚唐律賦家群。而從「黃滔」為其共同的記憶對象以及《雨村賦話》涵蓋其記憶內容來看，清代臺灣賦家對唐人律賦的「同題繼作」，既分享了清代賦家群體對唐人律賦的記憶，也是組成整個清代唐律賦記憶的其中一塊拼圖。正如哈布瓦赫（Maurice Halbwachs）所指出：人們須透過「集體記憶」才能喚起個人記憶[33]。雖然清代臺灣賦家記憶的方式，不是編纂選集、條述評論，卻與「名篇擬作」一樣，在「同題繼作」的實際書寫活動中，儲存了唐人律賦「高手」與「傑作」的相關記憶。

二、披露清人新作

　　以實際進行書寫的「名篇擬作」或「同題繼作」進行

---

32 李調元著，詹杭倫、沈時蓉校證，《雨村賦話校證》（臺北：新文豐出版公司，1993年），卷3，頁45。

33 陶東風，〈記憶是一種文化建構 —— 哈布瓦赫《論集體記憶》〉，《中國圖書評論》2010年9期，頁69-74。

記憶，看似沉默的亦步亦**趨**，但在賦題上明揭「擬某人某篇」，或賦題複製向爲人知的某一名篇，多少帶有一些「**趨炎附勢**」的意圖 ── 替原本名不見經傳的自己，製造隨侍於前代「高手」與「傑作」身邊的機會，以易於爲後世讀者瞥見。因此，「儲舊」固是爲了摹體以定習，但也藉著依附巨艦成爲「露新」的小舟，在文學的汪洋試航。例如陸機〈九愍序〉：「昔屈原放逐，而〈離騷〉之辭興，自今及古，文雅之士莫不以其情而玩其辭而表意焉，遂廁作者之末而述〈九愍〉」（《全晉文》卷 101），雖謙稱「廁作者之末」，還是刻意與屈原拉上關係，與〈離騷〉連上線。陶淵明〈閑情賦‧序〉謂：「初，張衡作〈定情賦〉、蔡邕作〈靜情賦〉，……綴文之士，奕代繼作，並因觸類，廣其辭義。余園閭多暇，復染翰爲之」（《全晉文》卷 111），則主動論資排輩，把自己列入張衡、蔡邕之流。又如曹植作〈七啓〉、晁補之作〈七述〉、何景明作〈七述〉，都要上溯枚乘作〈七發〉等諸位前賢之作，好替自己的作品在「七」體族譜中安排一個位置：

> 昔枚乘作〈七發〉、傅毅作〈七激〉、張衡作〈七辯〉、崔駰作〈七依〉，辭各美麗，余有慕之焉，遂作〈七啟〉，并命王粲作焉。（曹植〈七啟〉序）

> 蘇公為予道杭之山川人物，……且稱枚乘、曹植〈七發〉、〈七啟〉之文，以謂引物連類，能究情狀，

退而深思，仿其事為〈七述〉。（晁補之〈七述〉序）

枚乘作〈七發〉，曹子建作〈七啟〉，張景陽作〈七命〉，皆遞為擬襲。予病居，客有述遊觀之盛者以啟予者，凡七事，乃作〈七述〉。（何景明〈七述〉序）

前一章論清代諸篇〈擬鮑明遠舞鶴賦〉，其中秦士科、蔣賡墉、水雲、姜承瀛四人，在《歷代辭賦總匯》[34]裡唯存一篇〈擬鮑明遠舞鶴賦〉。他們畢生寫了多少賦，無從得知，但所以能存下一篇，就是因為《賦海大觀》收錄了一群〈擬鮑明遠舞鶴賦〉。所以，秦士科、蔣賡墉、水雲、姜承瀛四人可說是依附了鮑照〈舞鶴賦〉，才讓他們有能見度。他們記住〈舞鶴賦〉而進行仿擬，撰成的〈擬鮑明遠舞鶴賦〉也讓他們有機會成為後人的記憶。

　　想「廁作者之末」的仿擬者，其實也不甘於毫無突破。例如陳宗賦的〈三箭定天山賦〉是唐代王棨〈三箭定天山賦〉的「同題繼作」。王棨〈三箭定天山賦〉，係詠唐代名將薛仁貴的事蹟，《新唐書》卷 111：「時九姓眾十餘萬，令驍騎數十來挑戰，仁貴發三矢，輒殺三人，於是虜氣懾，皆降。仁貴慮為後患，悉坑之，轉討磧北餘眾。」王棨的寫法是側重於「發三矢」，用三段的篇幅來鋪寫：

34　馬積高主編，《歷代辭賦總匯》（長沙：湖南文藝出版社，2014 年）。該書共收賦三萬多篇，輯為 23 冊（另有 3 冊索引），其中清代卷佔 14 冊。

於是控彼烏號,伸茲猿臂。軍前而弦斷邊月,空際而號鳴朔吹。聲穿勁甲,俄駭膽於千夫;血染平沙,已僵屍於一騎。斯一箭之中也,尚猖狂而背義。
是用再調弓矢,重出麾幢。曜英武於非類,昭雄稜於異邦。赤羽遠開,騁神機而未已;胡雛又斃,驚絕藝以無雙。斯二箭之中也,猶憑陵崦未降。

且曰:志以安邊,誓將去害。苟犬羊之眾斯舍,則衛霍之功不大。又流鏑以虵飛,復應弦而狼狽。斯三箭之中也,遂定七戎之外。

陳宗賦的〈三箭定天山賦〉則對「發三矢」只用「發三矢於片時,三捷收效;制三人於俄頃,三誓協和。誇神技之穿楊,三舍見逃醜虜;振先聲之破竹,三敗見逐交河」約略帶過,將王棨輕描淡寫的「轉討磧北餘眾」做較深入的鋪敘:

遂乃賈其勇餘,追其逃竄。過磧騎精,踰河矛鍛。六出雪不畏飢寒,九姓人無憂離畔。神堪號箭,酋長難保單生;虜已絕糧,群醜因之四散。何異越椒兩矢,息平無取多謀;更駕子房一椎,秦擊空存浩歎。由此兵餘八百,臨塞地而削去貊歌;敵聚萬千,畏將軍如飛來天漢。

又如楊浚〈擬康僚漢武帝重見李夫人賦〉，尚就唐代康僚〈漢武帝重見李夫人賦〉進行矯枉修正。康僚〈漢武帝重見李夫人賦〉以「神仙異術變化通靈」為韻，從限韻字就可推知賦中所述的「漢武帝」，是透過方士「神仙有術，能生一夕之中」才得以重見「李夫人」：

> 悲豔質以長逝，恨深情之莫通。夢想徒勞，寧及九泉之下；神仙有術，能生一夕之中。帝乃暫釋幽懷，將觀異變。儼宸儀於玉座，張翠幄於蘭殿。清風拂戶，疑髮鬃以徐來；皎月臨軒，尚朦朧而未見。且其駐視潛聽，虔思效靈。燎金爐之馥馥，燦銀燭以熒熒。寂寞而求，瞥爾而風生綺席；從容以俟，俄然而影在花屏。

楊浚的擬作有二，其一循康僚原來的設想，認為是「神君之幻術」讓已逝世卻「巧笑如生，與人何異」的「李夫人」來見「漢武帝」：

> 帝乃悄居別殿，虔叩中庭。……俄而條脫微聞，佩璫倏至。仍依落葉重烏，自埽修眉八字。巧笑如生，與人何異。……蓋非返魂覓藥，亦非句漏求仙。乃藉人間符籙，遂降天上輔軺。……訂後會於何時，感神君之幻術。

但在第二篇〈擬康僚漢武帝重見李夫人賦〉前，楊浚卻以
史書記載爲證，指出「漢武帝」因「幻術」所見到的根本
不是「李夫人」，而是「王夫人」：

> 太史公〈孝武本紀〉、〈封禪書〉云：「上有所幸
> 王夫人，夫人卒，少翁以方術蓋夜致王夫人及竈鬼
> 之貌云，天子自帷中望見焉。」又〈外戚世家〉云：
> 「衛后色衰，趙之王夫人幸，有子，為齊王。王夫
> 人早卒，而中山李夫人有寵，有男一人，為昌邑王。」
> 是少翁術致重見者，為王夫人也。按：武帝在位五
> 十四年，少翁以元狩四年伏誅，計自術致王夫人及
> 居甘泉宮，不過歲餘即死，而李夫人有寵，在王夫
> 人卒後，且封李廣利為海西侯，事在太初四年，尤
> 後。班氏云：「上以夫人兄李廣利為貳師將軍，封
> 海西侯，延年為協律都尉，上思念夫人不已，方士
> 齊人少翁，言能致其神」，蓋誤矣，當李夫人卒時，
> 少翁死已久也。桓譚《新論》云：「李少君置李夫
> 人神影於帳中，令帝見之」，尤誤，李少君病死，
> 事在少翁前也。……據《拾遺記》云：「帝息於延
> 涼室，夢李夫人授以香」，殆夢中重見耶！[35]

---

35 楊浚，《冠悔堂賦鈔》，收於黃永哲、吳福助主編，《全臺文》（臺
中：文听閣圖書公司，2007 年），冊 16，卷 1，頁 9。

於是，楊浚的第二篇〈擬康僚漢武帝重見李夫人賦〉就強調：「漢武帝」只是在「夢中」重見「李夫人」，「一夢了然，絕無他異」，未嘗藉方士之術：

> 芳苾千燈，獨照延年女弟；蕙蕙一枕，不須文成少翁。……一夢了然，絕無他異。……俄而雞人唱曉，黃河盡天。耿耿此夢，姍姍欲仙。……瞥眼長離，返魂乏術。所嗟青雲無光，誰悼綠香已失。

透過一篇向前輩致意、一篇向前輩致疑的〈擬康僚漢武帝重見李夫人賦〉，楊浚就有機會讓後人看見其卓識，在向受好評的康僚〈漢武帝重見李夫人賦〉邊，成為不容忽視的焦點。

第三節　賦體的除舊布新

清代賦家對唐人律賦所保存的記憶，不僅在賦家與賦篇上「去蕪存菁」，甚至就律賦文體本身，也不願意有樣學樣，「唐」規「清」隨。在「爭勝」的意識下，他們對「唐律」舊有形制另做「押韻嚴密」、「隔對擴張」兩方面的修改，好讓修改後的「時賦」勝過「唐律」，進而成為後人記憶的選擇。

一、押韻嚴密

例如陳宗賦〈司馬題橋賦〉，題目取自唐代李遠〈題橋賦〉。李遠賦固然可學，但在《賦學指南》作者余丙照的眼中卻有「不合時宜」的缺陷：

> 層次深淺之法，顯然可觀，但官韻前後亂押，今賦最忌。[36]

茲舉《賦海大觀》中一篇與李遠〈題橋賦〉押相同限韻字的清人作品，比較即見李遠〈題橋賦〉的押韻次序是：「居」→「望」→「雲」→「有」→「霄」→「異」→「然」→「在」（限韻字標示雙底線；波浪線標示的是隔句對），而史實徵〈題橋賦〉處理「望在雲霄，居然有異」八字韻，則依序不紊，未犯「官韻前後亂押」之忌：

李遠〈題橋賦〉 （以「望在雲霄，居然有異」為韻）	史實徵〈題橋賦〉 （以「望在雲霄，居然有異」為韻）
昔蜀郡之司馬相如，指長安兮將離所居。 意氣而登橋有感，沉吟而命筆爰書。 儻並遷鶯，將欲誇其名姓； 非乘駟馬，誓不還於里閭。	昔司馬長卿之去蜀也， 別玉壘而情深，指金門而意壯。 策馬乎江頭，攬轡乎橋上。 昔人如此，騎虎背以上昇； 今我來思，撫黿梁而神往。

---

36 余丙照著，詹杭倫、沈時蓉等校注：《賦學指南校正》，卷 12，收於詹杭倫、沈時蓉等校注：《歷代律賦校注》（武漢：武漢大學出版社，2009 年），附錄三，頁 781。

	爰奮迅以疾書，更徘徊而觀望。 人疑游俠，賦結客之少年行； 天遣題名，表再來之中郎將。
原夫別騎留連，鄉心顧望。 銅梁杳杳以橫翠，錦水翩翩而逆浪。 徘徊浮柱之側，睥睨長虹之上。 神催下筆，俄聞風雨之聲； 影落中流，已動龍蛇之狀。	蓋其目空一切，才雄千載。 非碌碌之所知，雖鬱鬱而不改。 徒倚落星之高，俯仰飛流之匯。 望青雲而搔首，氣吐虹霓； 盟白水比揮毫，人驚風采。 同擊楫於中流，固壯心之有在。
觀者紛紛，嗟其不群。 染翰而含情自負，揮毫而縱意成文。 渥澤尚遙，滴瀝空瞻於垂露； 翩飛未及，離披且睹其崩雲。	於是振衣望遠，縱意成文。 據鞍顧盼，洒墨紛紜。 倒影入江，龍蛇之勢欲動； 憑高落筆，風雨之聲可聞。 字字在朱雀欄邊，象如垂露； 飄飄乎赤霞天半，氣早凌雲。
意以立誓無疑，傳芳不朽。 人才既許其獨出，富貴應知其自有。 潛生肸蠁之心，暗契縱橫之手。	則見烟霏霧結，鳳舞鸞飄。 留姓字於九衢，千人皆見； 騁縱橫於萬里，五嶽能搖。 竝無祖道之筵，誰悲情盡； 豈有兒女之態，但解魂消。 早喧傳於行路，指信誓於層霄。
於是名垂要路，價重仙橋。 離離迴出，一一高標。 參差鳥跡之文，旁臨綵檻； 踴躍鵬摶之勢，下視丹霄。	以彼秣征，騎辭故居。 孤標磊落，四顧踟蹰。 夙馳名於蜀道，將待詔乎公車。 異時畫日如椽，聊堪小試； 此際臨風側帽，幾賦子虛。 自見軒軒之舉，不同咄咄之書。
既而玉壘經過，金門寵異。 方陪侍從之列，忽奉西南之使。 乘軺電逝於遐方，建節風生於舊地。 結構如故，高低可記。 追尋往跡，先知今日之榮； 拂拭輕塵，宛是昔時之字。	泊乎上林獻賦，天使臨邊。 呈來益部，風動里阡。 橋柱之橫斜猶是，題字之高低宛然。 拂野馬之飛塵，往事追思握管； 嘆雪鴻之陳跡，此行何異登仙。 愈焜耀乎華軒，文章增價； 爭挲摩乎遺字，父老驚傳。
想夫危梁薛剝，漬墨蟲穿。 長含氣象，久滯風煙。 幾遭凡目之見嗤，徒云率爾；	夫遇合良在時，富貴其自有。 舊隱當壚之市，尚有犢褌； 今來夾道之人，群瞻馬首。

| 終俟瑰姿之後至,覺始昭然。 | 錦江春滿,映寶墨之紗籠;
石棧烟高,擁前驅之弩負。
車但如龍,監何妨狗。
此在常情固宜,若夫豪傑則否。 |
| 所謂題記數行,寂寥千載。
何搦管而無感,如合符而中在。
警後進而慕前賢,亦丁寧而有待。 | 士有狀元之日,溫飽頳顏;
秀才之年,樂憂縈志。
豈以車蓋之榮,便謂生平之逐。
朱翁子之懷印,未免福心;
蘇季子之多金,徒形小器。
驪裘貰酒,貧賤之意氣何豪;
虎節乘軺,行李之輝光自異。
直取其諫獵之章,莫豔夫題橋之事。 |

但「唐人限韻,有云『次用』韻者,始依次遞用,否則任以己意行之」[37],按順序押的反而是特例:「有以題為韻次用者,如〈聖人苑中射落飛雁賦〉是也;有限韻而依次用者,如〈審樂知政賦〉是也」[38],故余丙照也只說「官韻前後亂押」乃「今賦」所忌,原非唐人之病。然而,儘管唐人律賦「巧法未備」不必苛責,但「亂」之所忌,固「正」之所立,「今賦」必須勇於使前修未密的文體「益臻完善」[39]。而這後出轉精之法,除了「唐人於官韻往往任意行之」,「今則必須挨次押去,斷不可錯亂」[40]外,

---

37 李調元著,詹杭倫、沈時蓉校證,《雨村賦話校證》(臺北:新文豐出版公司,1993年),卷2,頁33。

38 浦銑,《復小齋賦話》,卷上,見何沛雄編,《賦話六種》(香港:三聯書店,1982年),頁55。

39 李元度《賦學正鵠‧序目》:「特唐律巧法未備,往往瑕瑜互見,宋、元亦然,今賦則斟酌益臻完善耳。」

40 顧南雅《律賦必以集‧例言》:「唐人於官韻往往任意行之,後來取音節之諧,一平一仄間押,至宋人始依次遞用,然尚不能畫一。今則必須挨次押去,斷不可錯亂;又唐、宋人皆有兩韻并押者,尤不可學。」

更得將各限韻字押於該段末尾，凸顯「因難見巧」、「見巧奪奇」的特徵：

> 賦題所限官韻，近來館閣巨手，固須挨次順押，不許上下顛倒，而且順押之韻，每韻俱押於每段收煞之句，此亦見巧奪奇之一法。[41]

> 唐二百餘年之作，所限官字，任士子顛倒協之，其挨次用者，十不得二焉；亦鮮有用所限字概壓末韻者，其壓為末韻者，十不得一焉。具知斯體，非當時所貴，無因難見巧之說。[42]

因此，陳宗賦〈司馬題橋賦〉以「高車駟馬意氣不凡」為韻，用的就是「當時所貴」之體——不但「高」→「車」→「駟」→「馬」→「意」→「氣」→「不」→「凡」八韻「挨次順押」，且「所限字概壓末韻」（限韻字標示雙底線；波浪線標示的是隔句對）：

> 司馬相如襟期磊落，氣象雄豪。才推繡虎，望重金鰲。驥足淹遲，每懷才而鬱鬱；虹梁縹渺，對流水

41　林聯桂撰，何新文、佘斯大、蹤凡校證，《見星廬賦話校證》（上海：上海新世紀出版公司，2013年），卷2，頁24。

42　王芭孫，《讀賦卮言》，「官韻例」。見何沛雄編，《賦話六種》（香港：三聯書店，1982年），頁19。

之滔滔。想半生自命不凡，遽卜鴻儀之吉；看此日留題有為，名同雁塔之高。

當其長安初入，侘傺方嗟。徘徊道左，惆悵江涯。也知蠖屈將伸，任竊旁觀之笑；誰謂鵬程未展，難思物色之加。搔頭意遠，拊髀情賒。路指青雲，應向橋邊而振策；盟邀白水，且從橋上而停車。

慷慨抒懷，激昂勤志。傲岸不群，矜奇自異。不碌碌而因人，自超超而拔萃。臨河歎返，既隨濯足之吟；倚柱尋思，豈作知空之字。笑彩筆揮從鼇背，但餘倒薤懸針；倘歸途再跨虹腰，請看連騎結駟。

氣欲凌雲，風應拜下。苟不負夫前言，自當高夫聲價。莫道風雲示未卜，人其舍諸；須知富貴之來，良有以也。毛錐安用，會須皇路揚鞭；爪跡依然，猶記江亭策馬。

果也墨海騰蛟，天衢展驥。始爾玉壘經過，繼乃金門寵異。芳聲曾播於遐方，佳語猶留於故地。題名約略，當年之墨瀋猶存；橋柱高低，舊日之遊蹤可記。細覲縱橫筆陣，爭教秋士揚眉；傳呼遠近旄麾，宛爾春風得意。

迨夫威振安南，榮膺富貴。向橋畔兮風生，試題痕分霞蔚。重尋舊字，雨濕迷離；重過浮梁，雲生靉靆。從此文馳論蜀，邛郲著汗馬之勳；豈同恥雪當壚，湖海吐元龍之氣。

想夫漬墨層層，危梁屹屹。歲月頻催，風霜久鬱。

只剩數行題記，<u>斷蘚</u>飄零；空餘半月橋彎，垂揚披
拂。千秋誌盛，<u>風塵</u>烏後而洇之；萬古傳芳，詞藻
紛披乎鄂<u>不</u>。

迄今過其地，但見長虹澗飲，淡墨波銜，青羅掩映，
怪石嵒嶬。<u>橋以邊，過客則擔簦躡屩</u>；橋以下，歸
船則細雨春帆。<u>試為溯司馬之遺徽，共說雲宵有志</u>；
考題橋之故事，群徵品概不<u>凡</u>。

此不只清末的陳宗賦為然，乾、嘉時的鄭用錫、施瓊
芳諸賦也多採此格。施瓊芳〈海旁蜃氣象樓臺賦〉和王起〈蜃
樓賦〉基本上都以「海旁蜃氣象樓臺」為韻（施賦的「以
題為韻」多押一「<u>賦</u>」字[43]），王起賦的各段押韻
順序為：「樓」→「象」→「旁」→「蜃」→「臺」→「氣」→「海」，
施瓊芳賦則「挨次順押」，且「所限字概壓末韻」（限韻
字標示雙底線；波浪線標示的是隔句對）：

王起〈蜃樓賦〉 （以「海旁蜃氣象樓臺」為韻）	施瓊芳〈海旁蜃氣象樓臺賦〉 （以題為韻）
伊浩汗之鵬壑，有岱嶬之<u>蜃樓</u>。 不因材而結構，自以氣而飛浮。 闃然無朕，赫矣難儔。 <u>出彼波濤，必麗天以成象</u>；	蛟宅浮光，龍宮煥彩。 四極包羅，百川歸匯。 <u>陽侯波起，水欲縈紆</u>； <u>羽客深遊，市還成亥</u>。

43　浦銑《復小齋賦話》：「唐賦限韻，有『以題為韻』者，『賦』字或
　　押或不押，姑舉一二。如元稹〈郊天日五色祥雲賦〉、郭適〈人不易
　　知賦〉、劉珣〈渭水象天河賦〉，俱押『賦』字；王起〈元日觀上公
　　獻壽賦〉、王棨〈聖人不貴難得之貨賦〉、呂令問〈掌上蓮峰賦〉，
　　俱不押『賦』字。」

化爲軒檻，寧假日以銷憂。 足以掩鼇山於別島，漏蛟室於懸流。	爲想天官象紀，龍門借喻於樓臺； 都因月令化傳，蜃氣頓浮於滄海。
若乃霧歇煙銷，雲歸月朗。 千裏目極，八紘心賞。 惟錯之類咸伏，陽侯之波無響。 於是吐氛氳，騰泱瀼。 隱隱迥出，亭亭直上。 乍明乍滅，舒渤澥而新鮮； 若合若離，結麗譙而博敞。 雖舟子來萃，國工是仰。 莫不驚天地之赫靈，睹井幹而成象。	原夫海也者， 望洋浩渺，向若溟茫。 宮處河伯，國安海王。 涉本無涯，孰買珠於鮫室； 觀難爲水，誰鞭石於黿梁。 何來金碧交輝，千人共見； 竟爾波濤變相，萬象在旁。
赫奕奕而有光，紛郁郁而難詳。 影臨貝闕，彩曳虹梁。 比繩墨之曲直，如規矩之圓方。 岳岳之仙，乍窺於天表； 盈盈之女，且媿於路傍。	惟蜃漲之高浮，與鵬雲而相引。 畫成水墨，別用功夫； 架用丹青，不資繩準。 吐雲霞於海上，玉葉金枝； 藏蓬島於壺中，綺欄雕楯。 盼到南朝宮闕，當年曾築鳳凰； 饒他東海生涯，此地爭誇蛤蜃。
八窗未工，百尺非峻。 伴祥煙於巨浸，雜佳氣於重潤。 仰層構之如簟，必巨川之化蜃。	則見地迥天高，雲蒸霞蔚。 波影模糊，烟光靉靆。 城開雉堞，想班姬兮化來； 地接黿山，問靈黿兮駕未。 悟得三千世界，多鏡花水月之觀； 似茲十二欄干，真海日神山之氣。
大壯冥立，全模洞開。 吐嗽而侔華宇，呼吸而象瑰材。 翔鯤拂而不散，賀燕往而復來。 依稀碧落，想像瑤臺。 旁輝日域，下瑩珠胎。 比落星之流點綴，疑明月之照徘徊。	遂乃花蕚堪瞻，柏梁可仰。 儼摘星於漢間，恍承露於仙掌。 疑空疑色，大人市作如是觀； 不即不離，小有洞爲當然想。 露蜃鄉之躍躍，照形不假靈犀； 幻貝闕之濛濛，棲怪還疑罔象。
則知夫霞駁雲蔚，有壯麗之貴。 棟折榱崩，無壓覆之畏。 既變態於倏忽，亦憑虛而髣髴。 豈比夫鼎居汾水，絶絶以騰文； 劍在豐城，雄雄而增氣。	海闊波悠，咫尺瀛洲。 魚鱗瓦疊，蝸沫牆浮。 迥殊月殿之登，橋堪擲杖； 卻訝桑田之變，屋欲添籌。 放眼乘槎，未許張騫入室； 開懷望海，剛逢王粲登樓。

方今聖功不宰，海物咸在。 固知吐爲樓閣以全其軀， 豈爭彼魚鹽弗加於<u>海</u>。	羌有臨觀逸興，題品清才。 賞搴鰕菂，吟酌螺杯。 <u>鳧渚鶴汀之交，縈迴島嶼；</u> <u>蟹舍魚莊而外，隔斷塵埃。</u> <u>詢搆址兮何年，恰肖張公泛宅；</u> <u>問卜鄰兮誰地，應依嚴子釣臺。</u>
	斯皆色相成空，轉若畫圖可數。 <u>司馬公藏書石室，異景能搜；</u> <u>東坡老作守青州，奇觀偶遇。</u> <u>臺名壓氣，環佳氣於玉瀛；</u> <u>樓號望仙，阻羽仙於香霧。</u> 與其吟樓臺氣色之詩， 何如頌寰海澄清之<u>賦</u>。

再者，由於賦題所限韻字可能有出自相同韻部者，所以清代「時賦」也發展出凌駕於「唐律」的嚴密規範：

> 唐律賦限韻中兩字同韻者，或押作一段，或仍押兩段。如王起〈白玉琯賦〉「神」、「人」二字并押，白居易〈賦賦〉「詩」、「之」二字分押。李濯〈廣達樓賦〉以「珠簾無隔露」為韻，「珠」、「無」同韻，押作兩段；蔣防〈登天壇山望海日初出賦〉，「日」、「出」二字同押。大約限韻多者，則同韻可併，少者則各自為段也。二字同韻者，亦有偷一韻者，如唐李昂〈旗賦〉，以「風日雲野軍國清肅」為韻，押「雲」字一段，而「軍」字則偷過是也。[44]

---

44 浦銑，《復小齋賦話》，卷上，見何沛雄編，《賦話六種》（香港：三聯書店，1982 年），頁 66-67。

> 古詩古賦，間有用過轉協韻者，有重沓韻者。律賦
> 則不然，凡賦題所限官韻，或數字之中有一二韻相
> 同者，挨次順押之中，上下雖同一韻而前後不許重
> 沓，此之不可不知也。[45]

> 凡賦題所限之韻，有一二字相同者，前後固不許重
> 沓；即韻字非相同，而一二字同出一韻者，挨次順
> 押之處，前後亦不許重沓，此之又不可不知也。如
> 岳庶常鎮東〈支離為簡要賦〉，以「其支離所以為
> 簡要」為韻，官韻雖字面不相同，而「其」、「支」、
> 「離」、「為」四字同在「四支」韻，四韻中皆選
> 韻於「四支」，而前後仍不重沓也。[46]

洪繻的〈鯤化鵬賦〉即實踐了此一規範。該賦以「其翼若
垂天之雲」為韻，七字中的「其」、「垂」、「之」三字
皆屬「四支」韻，因此，以「其」押韻的一段，選配「宜」、
「池」、「儀」、「羈」、「茲」押韻；以「垂」押韻的
一段，選配「嬉」、「姿」、「奇」、「隨」、「螭」押
韻；以「之」押韻的一段，選配「移」、「疲」、「馳」、
「知」押韻。這樣，雖然三段都得押「四支」韻，卻是 17

---

45 林聯桂撰，何新文、佘斯大、蹤凡校證，《見星廬賦話校證》（上海：
上海新世紀出版公司，2013 年），卷 3，頁 27。
46 林聯桂撰，何新文、佘斯大、蹤凡校證，《見星廬賦話校證》（上海：
上海新世紀出版公司，2013 年），卷 3，頁 28。

個字都不重複：

> 天淵自得，飛躍俱<u>宜</u>。逍遙雲路，盼眄咸<u>池</u>。以千
> 年之鯉，化為萬里之羽<u>儀</u>。干漢霄以直上，非波浪
> 而可<u>羈</u>。是是非非，回憶南溟何處；蒼蒼淼淼，遙
> 知北極在<u>茲</u>。俯視鸒鳩，控地下而已矣；扶搖羊角，
> 超環中而得<u>其</u>。

> 然而一朝幻化，八表遨<u>嬉</u>。池中之物，雲外之<u>姿</u>。
> 大造之甄陶不測，百靈之蛻脫亦<u>奇</u>。方烟波之欲吐，
> 忽雲氣之追<u>隨</u>。健翮摩空，小拘噓之鷺鶴；巨鱗出
> 水，同變化之蛟<u>螭</u>。豈厭鰲頂山卑，欲審天圓與地
> 闊；何乃龍門雷起，不覺海立而雲<u>垂</u>。

> 動變幾時，體與神<u>移</u>。潛淵何樂，雲路何<u>疲</u>。游戲
> 乾坤，向穆清而矯<u>舉</u>；高騫寥廓，挾造化以俱<u>馳</u>。
> 回首汪洋，下達如何上達；昂頭冥漠，小知不及大
> <u>知</u>。何來積石罡風，海闊而隨其萬變；遙望崑崙絕
> 頂，天空一任其所<u>之</u>。

　　從「限韻字按順序押」，到「限韻字押於該段末句」，再到「用同部韻須押不同字」，清人的法度愈為縝密，也透過這樣的「因難見巧」、「見巧奪奇」，建立足以成為後世所記憶的「時賦」。

二、隔對擴張

　　除了押韻，上文進行唐賦（李遠〈題橋賦〉、王起〈蜃樓賦〉）和清賦（史實徵〈題橋賦〉、陳宗賦〈司馬題橋賦〉、施瓊芳〈海旁蜃氣象樓臺賦〉）比較時，也特別以波浪線標示各篇使用的隔句對。現存唐代《賦譜》[47]將「新體」賦（即後代所稱之「律賦」）與「古賦」畫界時[48]，特別提出律賦句型以「緊」[49]、「長」[50]、「隔」[51]爲主[52]，「凡賦以『隔』爲身體，『緊』爲耳目，『長』爲手足」，

---

47 現存《賦譜》是日本平安朝（西元 794 年～1186 年）時期的抄本，可能是由名僧圓仁於唐宣宗大中元（847）年攜回日本，現藏東京五島美術館，全文可見於張伯偉《全唐五代詩格彙考》（南京：鳳凰出版社，2005 年）。《賦譜》原著者不詳，但書中數度引用浩盧舟〈木雞賦〉，浩盧舟爲唐穆宗長慶 2（822）年進士，〈木雞賦〉爲當年試題，固可推知其成書必在西元 822 年之後，而可能在西元 847 年之前；柏夷（StephenR.Bokenkamp）則懷疑此書或許就是浩盧舟的《賦門》。參閱詹杭倫〈唐鈔本《賦譜》初探〉，《四川師範大學學報》增刊 7 期（1993 年），收於詹杭倫、李立信、廖國棟合著的《唐宋賦學新探》（臺北：萬卷樓圖書公司，2005 年）。陳萬成〈《賦譜》與唐賦的演變〉，收於《辭賦文學論集》（南京：江蘇教育出版社，1999 年）。

48 《賦譜》：「凡賦體分段，各有所歸。但『古賦』段或多或少，若〈登樓〉三段，〈天臺〉四段，至今『新體』，分爲四段。」

49 「緊」是四字對四字的對偶句型。

50 「長」是五字對五字、六字對六字、七字對七字、八字對八字、九字對九字的對偶句型。

51 「隔」即隔句對。例如「輕隔」是「上四下六」句對「上四下六」句；「重隔」是「上六下四」句對「上六下四」句；其餘尚有「疏隔」、「密隔」、「平隔」、「雜隔」等。

52 另有三字句對三字句的「壯」，及上下句非對偶的「漫」。

「身體在中而肥健」[53]，故「隔」的運用是律賦非常重要的特徵[54]。但《賦譜》雖重視「隔」，卻認為篇中應是「緊」、「長」、「隔」均衡均布，「隔」至多七、八聯即可：

> 約略一賦內用六、七「緊」，八、九「長」，八「隔」，……或四、五、六「緊」，十二、三「長」，五、六、七「隔」，……或八、九「緊」，八、九「長」，七、八「隔」。[55]

以唐人律賦傳世最多的王棨為例，據陳鈴美《王棨律賦研究》的統計，「平均每首律賦用了 0.75 個壯句，8.5 個緊句，9.3 個長句，6 個隔句對」[56]；而在 46 篇律賦中，只有〈沛父老留漢高祖賦〉八韻用了九「隔」，其餘 45 篇都不超過八「隔」。但從下表統計李遠〈題橋賦〉、王起〈蟾樓賦〉、史實徵〈題橋賦〉、陳宗賦〈司馬題橋賦〉、施

---

53 張伯偉，《全唐五代詩格彙考》（南京：鳳凰出版社，2005 年），頁 563。

54 鄺健行曾就三組樣本 —— ①南朝梁簡文帝、江淹、庾信、徐陵四人的全部賦篇，②初唐十三篇題下標註「以……為韻」的賦篇，③中唐李程〈日五色賦〉及晚唐宋言〈漁父辭劍賦〉 —— 加以比較，結果發現：第②組樣本使用「隔」的頻率（平均一篇使用五聯）比第①組樣本高出許多，但②、③組樣本的使用頻率則無甚差別。參閱鄺健行，〈初唐題下限韻律賦形式的審察及引論〉，收於鄺健行，《科舉考試文體論稿：律賦與八股文》（臺北：臺灣書店，1999 年），頁 56-70。

55 詹杭倫，〈賦譜校注〉，收於詹杭倫、李立信、廖國棟合著，《唐宋賦學新探》（臺北：萬卷樓圖書公司，2005 年），頁 80。

56 陳鈴美，《王棨律賦研究》（臺中：逢甲大學中文系碩士論文，2005 年），頁 79。

瓊芳〈海旁蜃氣象樓臺賦〉的句型運用狀況來看，李遠〈題橋賦〉和王起〈蜃樓賦〉的「隔」都不算多，相對而言，史實徵〈題橋賦〉、陳宗賦〈司馬題橋賦〉、施瓊芳〈海旁蜃氣象樓臺賦〉的「隔」就明顯增加，幾乎每段都使用兩「隔」，甚至還使用三「隔」。

時代	作者／賦篇	句型	第1段	第2段	第3段	第4段	第5段	第6段	第7段	第8段	合計
唐代	李遠〈題橋賦〉	緊		1	1	1	2	2	2	1	10
		長	1	2	1	2		2		2	10
		隔	1	1	1		1	1	1		6
		壯									0
		漫	1								1
	王起〈蜃樓賦〉	緊	1	4	1	1	3		1		11
		長	3	2	2	2	2	1			12
		隔	1	1	1			1			4
		壯		1							1
		漫						2	1		3
清代	史實徵〈題橋賦〉	緊		1	2	1	2	2	1		9
		長	3	3		1	2	1	2	2	14
		隔	2	1	2	2	1	2	2	3	15
		壯									0
		漫									0
	陳宗賦〈司馬題橋賦〉	緊	2	3	2	1	1	1	2	2	14
		長			1	1	2	1			5
		隔	2	2	2	2	2	2	2	2	16
		壯									0
		漫									0
	施瓊芳〈海旁蜃氣象樓臺賦〉	緊	2	2		2	1	2	2		11
		長		1			1			2	4
		隔	2	2	3	2	2	2	2	2	17
		壯									0
		漫									0

　　由此可知，清代賦家對「隔」的重視遠勝於唐代。徐光斗《賦學僊丹・賦學秘訣》曾認為：「唐律法疏意簡，時賦則細密華贍」，「意簡」源於「法疏」，於是，清代賦家將一篇律賦的書寫重心，移往最講究工麗密緻的「隔」，透過律賦體式的彌縫，使之成為更適合騁才奪奇的文類。

　　為什麼利用「隔」的擴張以使「時賦」走上「細密華贍」之途？就清代文學環境而言，不能不說是受到八股文的影響。在光緒 28（1902）年科舉廢除八股文以前，八股文是清代士子最重要的學習文類，也是對士子影響最深的文類。《儒林外史》中魯編修對女兒說：「八股文章若做的好，隨你做甚麼東西，——要詩就詩，要賦就賦，——都是一鞭一條痕，一摑一掌血；若是八股文章欠講究，任你做出甚麼來，都是野狐禪，邪魔外道！」[57]雖然是小說作者吳敬梓的譏嘲諷刺，但就當時而言，恐怕是深信不疑的至理。

　　一篇八股文的主要內容，須「通過『起二股』、『中二股』、『後二股』、『束二股』這八股來表現」[58]，也就是「在開頭的破承起講的散體之後，接著要有數比偶股的對仗長句」，「雖不如駢文、詩歌那樣有嚴格的字數和

57　吳敬梓，《儒林外史》（臺北：桂冠圖書公司，1987 年），第 11 回，頁 115。

58　王凱符，《八股文概說》（北京：中華書局，2006 年），頁 12。

平仄要求，但長篇散體的對股尤其難」[59]。在洪繻《洪棄生先生遺書》中有《寄鶴齋制義文集》一大冊，集結了洪繻致力於八股文的心血，試看其中一篇〈可以託六尺之孤〉[60]裡的「八股」，「起二股」最長，一股有五十餘字，「束二股」最短，一股也近三十字：

- 經綸本天授，聖賢有所優，奸雄亦無所詘，然優之於無事之際，奸雄得以藏身，優之於有事之秋，聖賢不得而藉口矣，而主幼臣危，於此貞冰霜之操。

- 功名以遇成，純儒以此始，智士亦以此終，然終之於人安之日，智士無異於純儒，終之於危急之秋，純儒迥異於智士矣，而君弱國小，於此銘金石之堅。

- 其高風亮節，知有君不知有身，知有國不知有家，變極蒼黃而功歸鎮定，若人之心血盡矣，幸事成名遂，而天下崇之以鐘鼎，豈吾黨吝之以馨香。

- 其浩氣孤忠，臣可辱君不可辱，家可破國不可破，時當寒難而道安困貞，若人之經營瘁矣，幸人定天從，而社稷許之以干城，豈儒林外之以壇坫。

---

59 孔慶茂，《八股文史》（南京：鳳凰出版社，2008 年），頁 3。
60 洪繻，《寄鶴齋制義文集》，收於胥端甫編輯，《洪棄生先生遺書》（臺北：成文出版社，1970 年），冊 7，頁 3122-3124。

- 先憂後樂，天下憚其難，君子未嘗期其易，而既任人以君國者，不得不許人以性命也，力挽河山，誠通天地，君子亦舉而措之耳。
- 立功立德，天下異其名，君子未嘗分其事，故從容可以保邦者，亦堅貞可以衛道也，勳在民社，學關天人，君子直一以貫之矣。

- 利祿不可誘，生死不可移，讀史而誦哭泣之書，畢召伊周，去人不遠。
- 留一時之氣運，樹千古之綱常，考古而憫沉湮之志，正心誠意，猶在人間。

洪繻的另一篇〈可以託六尺之孤〉，甚至光是一股就長達百餘字：

- 晦盲否塞之秋，事故紛紜，此際不能不大資變置，而幼主在上，至誠可格，斯釐弊剔姦而不疑於僭，強敵在前，大義既伸，斯驅民訓士而不怨於勞，一身之利害忘之，一家之顛連置之，而風聲所樹，天下喜其憂患可同，吾黨喜其綱常能建矣，名在鐘鼎而行在詩書，自古所以貴有學道之儒也。
- 危急艱難之際，經營困躓，此時不能不大費憂思，而主少國微，精誠少懈，斯恐忠義不固於人心，

中興無日，智盡能索，操守不衰，斯事勢雖危於
殘喘，恢復無難，一國之豪傑感之，一國之人民
興之，而義聲所播，天下以為社稷中人，吾黨以
為性命中人矣，功垂一時而道垂百世，後人所為
奉以馨香之祝也。

這種股對雖然無須講求協聲押韻，但兩股間的句式、
詞語大致對稱，儼然加長型的隔句對。需撰作長股的八股
文寫作成規，一來影響到寫賦的篇法，例如曹敬〈競渡賦〉
第五、六段，就以「其競而勝也」、「其競而負也」兩個
相對的面向分述：

- 其競而勝也，綺飾以芽，纏牽以錦。快手居先，
  雄心滋甚。紅分笑靨，飛旗纏拂於半江；翠湧濤
  頭，拔幟應迴乎兩衽。既協力而同心，遂狂歌以
  暢飲。此際情豪搶水，遇敵休輕；爾時氣壯射潮，
  旁觀者審。
- 其競而負也，鼓衰力竭，興盡魂銷。妒他人之取
  勝，愧余勇之不饒。青龍之艦空浮，未能擊楫；
  綠鷁之船不疾，安能奪標。大挫威風，失意且穿
  乎桃浪；請收餘燼，移時再鬥夫蘭橈。

又如陳宗賦〈海客狎鷗賦〉的第二、三段，分別由「緊／
緊／隔／隔／隔」、「緊／緊／隔／隔」的句型組成，結

構相當類似；又第二段開頭的「以海爲居，以海爲宅。海外翱翔，海濱遊適」與第三段開頭的「與鷗逍遙，與鷗款洽。鷗性可孚，鷗盟可歃」也是遙相對應；故這兩段其實也很接近八股文的一組長股：

- 則有人焉，以海為居，以海為宅。海外翱翔，海濱遊適。相逢相值，所哉得其；可即可親，樂乎不亦。與人共樂，就其淺而就其深；與鳥為依，永今朝而永今夕。誰氏子也，長為世外之倫；伊何人歟？永作波中之客。

- 遂乃與鷗逍遙，與鷗款洽。鷗性可孚，鷗盟可歃。遊同鷺渚，鷗得意而悠悠；伴共漁舟，鷗忘機而恰恰。灘鷗並戲，果自沒而自浮；海鷗何知，不相疑而相狎。

再者，賦篇的「隔」一聯不過二三十字，儼然為八股文長股的縮小版。欲使心目中「巧法未備」唐人律賦嚴實細密，將八股文以股對為重心的原理連結到賦體，形成的就是「隔」的份量加重的「時賦」。

第四節 結　語

一如史家總是會基於其所處時代的「需求」（interest）

而決定「歷史」的樣貌[61]，賦家們對於過往的記憶，也有其現實目的。例如班固、白居易在談論賦時，都透過「賦者，古詩之流也」回想起《詩經》，班固特別留意《詩經》的雅頌精神，認為漢廷言語侍從之臣「朝夕論思，日月獻納」，為帝國「潤色鴻業」，「宣上德而盡忠孝」，即是此一精神的延續[62]；白居易則強調《詩經》乃文藝之始，認為承繼其後的賦「諧四聲，袪八病，信斯文之美者」，唐代以之「網羅六藝，澄汰九流，微才無忽，片善是求」，亦屬「不違乎詩」的表現[63]。清代賦家要記住唐人律賦，

---

61 克羅齊（Benedetto Croce，1866～1952）認為，「歷史」必須與當代的生命相牽連，必須關係到當代的「需求」（interest）。「當代」的相反詞是「過去」，「過去歷史」與「當代需求」無關，所以對當代讀者而言並非「歷史」，只是一種文件、一項證據，這種情形須待有朝一日，它成為讀者生命的一部分，方能成為「歷史」。因此，當代的「需求」勢必會引導史家判斷「過去」的哪些部分值得研究，並決定做出何種解釋，此即克羅齊所謂「所有真正的歷史都是當代史」。參閱江金太，《歷史與政治》（臺北：桂冠圖書公司，1987 年），頁 40-43。

62 班固〈兩都賦序〉：「或曰：『賦者，古詩之流也。』昔成康沒而頌聲寢，王澤竭而詩不作。大漢初定，日不暇給；至於武、宣之世，乃崇禮官，考文章，內設金馬、石渠之署，外興樂府協律之事，以興廢繼絕，潤色鴻業。是以眾庶悅豫，福應尤盛，……故言語侍從之臣，若司馬相如、虞丘壽王、東方朔、枚皋、王褒、劉向之屬，朝夕論思，日月獻納。而公卿大臣御史大夫倪寬、太常孔臧、太中大夫董仲舒、宗正劉德、太子太傅蕭望之等，時時間作。或以抒下情而通諷諭，或以宣上德而盡忠孝，雍容揄揚，著於後嗣，抑亦雅頌之亞也。」

63 白居易〈賦賦〉：「賦者，古詩之流也。始草創於荀、宋，漸恢張於賈、馬。冰生乎水，初變本於典墳；青出於藍，復增華於風雅。而後諧四聲，袪八病，信斯文之美者。我國家恐文道寖衰，頌聲凌遲，乃舉多士。命有司酌遺風於三代，詳變雅於一時。全取其名，則號之為賦；雜用其體，亦不違乎詩。四始盡在，六藝無遺，是謂藝文之警策，述作之元龜。……炳如繢素，鏗若鐘鼓。郁郁哉溢目之黼黻，洋洋乎盈耳之韶武。信可以凌轢風騷、超逸今古者也。今吾君網羅六藝，澄汰九流，微才無忽，片善是求。」

固然有其學習基本功夫、吸收前輩經驗的需求，卻也不單純是「儲舊」而已。

透過清代臺灣賦家們對唐人律賦的「同題繼作」，可以發現這些最直接的「儲舊」之舉，雖然是學賦過程中「患所以立」[64]的扎根途徑，也懷有科舉「求爲可知」的期待，但卻也同時隱含著清代賦家群體「患莫己知」、「患無位」的焦慮。因此，他們「攀龍附驥」，將前代的「高手」和「傑作」轉爲估測自己的座標，藉「名篇擬作」和「同題繼作」來等待後人因「愛屋及烏」而投來的眼光；但他們也不願意擬作、繼作只是拾人牙慧，所以也尋求後來居上、超越唐人舊作的可能。此一清代臺灣賦家的思維，事實上也是清代賦家群體的共同意識。這樣的意識集中反映在律賦體裁上，賦家們以「除舊」代替「儲舊」，讓「時賦」在「押韻」及「隔」的運用兩方面，比「唐律」更加嚴密，如此一來，「時賦」方具有和「唐律」一較長短的條件，當後人發現「清」出於「唐」而勝於「唐」，「時賦」才能成爲後世的記憶，在賦的版圖中佔得一席之地。

64　《論語・里仁》：「不患無位，患所以立；不患莫己知，求爲可知也。」

第四章　愁入庾郎句：
從《少崑賦草》看清代臺灣賦的庾信餘影

第一節　引　言

　　文學史的研究大致可分爲「內在」與「外緣」兩種詮釋系統[1]。若將「形勝賦的衰退與科舉賦的興起」[2]做爲「清代臺灣賦」演變歷程的一種描述，且以「區域開闢」和「教育普及」分別爲「形勝賦」和「科舉賦」所以產生的主要

1　「文學史就是將文學按照歷史的線索整理和排列出來，以顯示文學的來龍去脈。它作爲一個具有內在邏輯聯繫的整體至少與兩個系統有關：一是文學內部的形成系統，一是文學外部的社會文化系統。」「自律論的文學史模式基本傾向與他律論剛好相反，它們反對從文學形式與話語系統以外去尋找影響文學發展的各種因素，認爲文學史是文學形式自我生成、自我轉換的歷史，推動文學發展的是文學形式、文學技巧、文學話語結構等內在因素。」溫潘亞，《追尋文學流變的軌跡——文學史理論研究》（北京：人民文學出版社，2009 年），頁 112、135。
2　許俊雅，〈全臺賦導論〉，許俊雅、吳福助主編，《全臺賦》（臺南：國家臺灣文學館籌備處，2006 年），頁 42。

因素[3]，即較偏向「外緣」的詮釋路徑。如果把詮釋路徑轉
為「內在」，則「清代臺灣賦」無論被視為一個文學時代，
或其下再析分為數個時期，此一時代與各個時期最好都能
界定為「被某一文學標準規範和習例的系統所支配的時
間」，於該時期「某一種規範體系是最完全地被實現著」[4]。
在古典詩學裡，如張戒《歲寒堂詩話》：「建安、陶、阮
以前詩專以言志，潘、陸以後詩專以詠物」，或陳繹曾《詩
譜》：「凡讀《文選》詩，分三節：東都以上主情，建安
以下主意，三謝以下主辭」，皆試圖從「內在」的書寫特
色區分「文學時代」，並找出各個時代中「最被實現」的
「規範和習例」。

　　依據捷克布拉格學派（Prague school）學者伏迪契卡
（Felix Vodicka）的看法，一個時期的「文學基準」（literary
norm）可綜合以下三方面獲悉：一是該時期被閱讀、受歡

---

3 〈全臺賦導論〉：「隨著日益開闢，臺灣地區的賦作所關注的焦點與
　發展的脈絡，則是對於各個開闢區域之自然景觀與形勝的呈現，以及
　對於臺灣形勝整合之鋪陳。」（同上所揭書，頁 23）「清嘉慶、道光
　之後，臺灣文風隨著教育的日漸普及，臺灣本土文人興起，科舉律賦的
　寫作風氣普遍，鄭用錫、曹敬、施瓊芳、丘逢甲、洪棄生等人的若干賦
　作，即是在這種科舉風氣下所產生的作品。」（同上所揭書，頁 42）
4 韋勒克著，王夢鷗、許國衡譯，《文學論》（臺北：志文出版社，1990
　年），頁 446-447。溫潘亞《追尋文學流變的軌跡 —— 文學史理論研究》
　指出，形式主義文學史模式中最核心的範疇是「主導性」，「不但能
　在個別藝術家的詩作、某個詩派的一系列規範與信條中找到主導性，
　而且能在特定時期的藝術中發現。」（同上所揭書，頁 142）「韋勒
　克所理解的文學史可謂是一種典型的自律論的、以作品為中心的模
　式，不歡迎作品產生的社會環境、作家創作的主觀意圖、讀者接受的
　心理感受等所謂『外因』的進入。」（頁 161）

迎、據以評估其他作品的「文學正典」，二是該時期具有
指導性的文學理論，三是該時期評論實際作品所採取的觀
點和方法[5]。就清代臺灣賦而言，不僅沒有臺灣本地人所編
撰的「賦話」、「賦選」，賦篇的評語也只有曹敬（1817
～1859）的習作尚存些許，故幾乎找不到「具有指導性的
賦學理論」與「評論實際作品所採取的觀點和方法」；至
於「被閱讀、受歡迎的賦」，則除了透過零星「擬作」（如
曹敬〈擬鮑明遠舞鶴賦〉）和一些「同題繼作」（如陳宗
賦〈三箭定天山賦〉用唐代王棨〈三箭定天山賦〉舊題）
獲知前代賦篇的接受狀況外，也幾乎沒有其他線索[6]。不
過，藉由文學社會學「調查文學作品出版、流通等事實」
的方法[7]，倒是可以發現來自中國大陸的《少嵒賦草》，曾
在臺灣有較廣泛的流傳。

　　林文龍《臺灣的書院與科舉・科舉下的僵化文體》指出：

　　　賦選，與試帖詩選略同，流傳較少。臺灣最常見的
　　　是《少嵒賦》，為道光間夏思沺的個人選集。[8]

5　陳國球，〈文學・結構・接受史 —— 伏迪契卡的文學史理論〉，見陳
　　國球著：《結構中國文學傳統》（武漢：華中師範大學出版社，2011
　　年），頁 40-41。
6　林豪（1831～1918）修纂的《澎湖廳志・文事》中，有「續擬學約八
　　條」云：「古學則以唐律為根柢，而行以館閣格式。……宜購《律賦
　　新編》及《賦學指南》二書，以資講習，為入門之徑。」唯「宜購」
　　似乎只是「建議」，難以驗證《律賦新編》在臺灣的流傳情形。
7　何金蘭，《文學社會學》（臺北：桂冠圖書公司，1989 年），頁 63-64。
8　見林文龍，《臺灣的書院與科舉》（臺北：常民文化事業股份有限公
　　司，1999 年），頁 220。

夏思沺（1798～1868，嘉慶 3 年～同治 7 年）是安徽人，從沒到過臺灣；他的《少岊賦草》於道光 4 年（1824）首次刊印，何時傳入臺灣，無從確考。據詹杭倫〈晚清至民國一部流行的賦集 —— 論夏思沺的《少岊賦草》〉調查：「香港大學圖書館」藏有道光 17 年（1837）刻本，「臺灣國家圖書館」藏有同治 4 年（1865）重刊本，「中國國家圖書館」藏有同治 9 年（1870）刻本；而在「網路拍賣網站」中尚可找到道光 7 年（1824）、道光 25 年（1845）、同治 3 年（1864）、同治 6 年（1867）、同治 7 年（1868）、光緒 19 年（1893）等版本，甚至民國以後仍屢見出版社印行，「稱其為一部從晚清到民國流行的賦集是一點兒也不過份的」[9]。又王淑蕙〈版本、流傳與運用 —— 夏思沺《少岊賦草》與臺灣賦研究〉[10]一文，則從民國 63 年（1974）《增注少岊賦草》書前陳祖舜〈翻印少岊賦草敘〉，推測臺灣也曾有道光 4 年本流傳；又據大正 14 年（1925）《增注少岊賦草》書前羅秀惠（1865～1942）〈翻印少岊賦草敘〉，該書在羅氏幼時即「以為初學津梁」。

　　因此，《少岊賦草》應不失為一部清代臺灣「被閱讀、受歡迎」的賦學「正典」；尋求其中的書寫形式、內容取向、表現風格等，也應可獲悉清代臺灣的「賦學基準」

9　詹杭倫，〈晚清至民國一部流行的賦集 —— 論夏思沺的《少岊賦草》〉，《新亞學報》29 卷（2011 年），頁 287-303。

10　第 10 屆國際辭賦學學術研討會（2012 年 10 月，貴州）會議論文。

— 至少是「道光以後」[11]的清代中後期臺灣賦。例如在《少嵒賦草》的 79 篇賦中[12]，即可見有 5 篇賦的題目出自唐人詩句 ——〈深山何處鐘賦〉（王維〈過香積寺〉）、〈簾疏燕誤飛賦〉（李商隱〈效長吉〉）、〈杏花時節在江南賦〉（杜牧〈寓言〉）、〈楓落吳江賦〉（崔明信詩句「楓落吳江冷」）、〈破屋數間賦〉（韓愈〈寄盧仝〉），另有 15 篇賦的題下限韻字典出唐人詩句[13]；而就許結〈論

---

11 據《全臺賦・導論》的觀察，清代臺灣賦在「道光以後」是有些轉變的 ——「清嘉慶、道光之後，……科舉賦已成為這時期臺灣賦的主流，從數量上可以清楚地看出形勝賦的衰退與科舉賦的興起」，「道光以後，……不再以臺灣形勝為主，而是轉變成以傳統賦作的題材為賦作內容。」許俊雅、吳福助主編，《全臺賦》（臺南：國家臺灣文學館籌備處，2006 年），頁 42、24。

12 《少嵒賦草》「正集」卷一 20 篇，卷二 17 篇，卷三 14 篇，卷四 14 篇，另「續集」尚有 16 篇，合計共 81 篇。但這 81 篇中，因「續集」的〈晚烟賦〉、〈野烟賦〉內容完全相同，「續集」中的〈燕子樓賦〉與「正集」卷二的〈關盼樓賦〉也相同，故實際應為 79 篇。

13 此 15 篇為：〈愚公移山賦〉，以「驅山走海置眼前」（李白〈當塗趙炎少府粉圖山水歌〉）為韻；〈馬嵬坡賦〉，以「花鈿委地無人收」（白居易〈長恨歌〉）為韻；〈滕王閣賦〉，以「滕王高閣臨江渚」（王勃〈滕王閣詩〉）為韻；〈關盼樓賦〉，以「樓上殘燈伴曉霜」（張仲素〈燕子樓詩〉）為韻；〈老妓賦〉，以「暮去朝來顏色故」（白居易〈琵琶行〉）為韻；〈對月賦〉，以「海上明月天涯此時」（張九齡〈望月懷遠〉）為韻；〈夜雨賦〉，以「灑幕侵燈送寂寥」（杜牧〈雨〉）為韻；〈春燕賦〉，以「輕燕受風斜」（杜甫〈春歸〉）為韻；〈寒鴉賦〉，以「終古垂楊有暮鴉」（李商隱〈隋宮〉）為韻；〈探梅賦〉，以「山意衝寒欲放梅」（杜甫〈小至〉）為韻；〈春柳賦〉，以「碧玉妝成一樹高」（賀知章〈詠柳〉）為韻；〈柳絮賦〉，以「離恨空隨江水長」（賈至〈巴陵夜別王八員外〉）為韻；〈落花無言賦〉，以「東風無力百花殘」（李商隱〈無題〉）為韻；〈杏花村賦〉，以「牧童遙指杏花村」（杜牧〈清明〉）為韻；〈射雕賦〉，以「盤馬彎弓惜不發」（韓愈〈雉帶箭〉）為韻。

清代書院與辭賦創作〉[14]的觀察，以「唐詩」爲賦題，確屬「清人習賦中極爲突出」的現象。事實上，清代臺灣賦「取唐人詩句爲題目或題下限韻字」者也不少（詳第五章）。由於檢閱《少嵒賦草》的路徑衆多，難以透過一二路徑畢竟全功，故本章擬僅就《少嵒賦草》與清代臺灣賦中同樣以「庾信」（513～581）爲「正典」的情況加以說明，冀能追索清代臺灣「賦學基準」的部分內容。

第二節　《少嵒賦草》顯示的「庾信基準」

一、《少嵒賦草》以庾信爲典範

「庾信賦」在夏思沺心目中是否爲「文學正典」（Literary canon）[15]，從《少嵒賦草》卷一有〈擬庾子山對燭賦〉、〈擬庾子山小園賦〉就可直接獲悉 —— 雖然《少

---

14 許結，〈論清代書院與辭賦創作〉，《湖北大學學報（哲學社會科學版）》36卷5期（2009年9月），頁39-44。

15 在古希臘意爲「度量尺」的「canon」一詞，成爲術語後原本是指《舊約》與《新約》中獲得教會權威認證，確定屬於上帝旨意的經文。日後應用到文學理論上，最初是指那些經專家鑑定爲絕非他人僞託的真品。後來，這個術語的意義又繼續延伸，指的是一批經專家去蕪存菁、認爲具有某種重要性的作品 —— 它們通常被冠上「名篇」、「傑作」、「代表文學」之類的頭銜，在文學史著作中佔有一席之地。參閱 M.H.Abrams, *A Glossary of Literary Terms*（Orlando: Harcourt Brace Jovanovich College Publisher,1993），"canon of literature"，頁19-20；Jeremy Hawthorn, *A Concise Glossary of Contemporary Literary Theory*（New York: Edward Arnold, 1992），"canon"，頁15。

鵠賦草》中尙有六篇擬作：〈擬司空圖春愁賦〉、〈擬王子安七夕賦〉、〈擬黃滔秋色賦〉〈擬歐陽脩秋聲賦〉、〈擬蘇東坡前赤壁賦〉、〈擬蘇東坡後赤壁賦〉；也有幾篇係舊題複寫，如〈漢武帝重見李夫人賦〉用唐代康僚舊題、〈愚公移山賦〉用唐代丘鴻漸舊題、〈望夫石賦〉用唐代白行簡舊題、〈漁父辭劍賦〉用唐代宋言舊題等；但單從「其賦被仿擬者有二」的數量來看，「庾信賦」深得夏思沺重視，當毋庸置疑。

　　〈對燭賦〉應是庾信早年與梁簡文帝相互酬酢的應制之作[16]，內容不脫夜宴情景的工麗刻畫，其形式特色則是多採與五、七言詩句相類的句式。夏思沺〈擬庾山對燭賦〉題下標注「俱依原韻」，顯然有意在形式上逼肖原作，故內容雷同亦自不待言。茲將庾信原作與夏思沺的擬作並置如後（韻腳畫記底線），即可見夏思沺的模擬方式，近乎吳淇《六朝選詩定論》所述：「大抵擬詩如臨帖。然古人作字，有古人之形神，我作字，有我之形神，臨帖者須把我之形墮黜淨盡，純依古人之形，卻以我之神逆古人之神，併而爲一，方稱合作。」[17]

---

16 許東海，《庾信生平及其賦之研究》（臺北：文史哲出版社，1984年），頁116。
17 吳淇，《六朝選詩定論》（揚州：廣陵書社，2009年），卷10，頁245。

庾信〈對燭賦〉	夏思沺〈擬庾子山對燭賦〉[18]
龍沙雁塞甲應寒，天山月沒客衣<u>單</u>。	霜氣入簾宵正寒，西堂自顧形影<u>單</u>。
燈前桁衣疑不亮，月下穿針覺最<u>難</u>。	秋高鴻雁向南度，坐使愁心禁欲<u>難</u>。
刺取燈花持桂燭，還卻燈檠下燭<u>盤</u>。	且燒華燭對瑤席，清光照耀生銅<u>盤</u>。
鑄鳳銜蓮，圖龍並<u>眠</u>。	彩結紅蓮，相看未<u>眠</u>。
爐高疑數翦，心濕暫難<u>然</u>。	四射光難定，三條次第<u>燃</u>。
銅荷承淚蠟，鐵鋏染浮<u>煙</u>。	細心高透頂，烈炬直冲<u>煙</u>。
本知雪光能映紙，復訝燈花今得<u>錢</u>。	近座時時開鐵鋏，背人暗暗卜金<u>錢</u>。
蓮帳寒檠窗拂曙，筠籠熏火香盈<u>絮</u>。	夜長人倦天難曙，風逼青袍寒入<u>絮</u>。
傍垂細溜，上繞飛<u>蛾</u>。	刻成小鳳，撲引飛<u>蛾</u>。
光清寒入，燄暗風<u>過</u>。	廉旌遙映，漏箭頻<u>過</u>。
楚人纓脫盡，燕君書誤<u>多</u>。	伴我凝神久，替人垂淚<u>多</u>。
夜風吹，香氣<u>隨</u>。	銀笙吹，玉管<u>隨</u>。
鬱金苑，芙蓉<u>池</u>。	賓客滿，酒盈<u>池</u>。
秦皇辟惡不足道，漢武胡香何物<u>奇</u>。	石家纍蟻何足論，郈人遇書方見<u>奇</u>。
晚星沒，芳蕪<u>歇</u>。	長河沒，餘波<u>歇</u>。
還持照夜游，詎減西園<u>月</u>。	開曉窗色寒，正墮天邊<u>月</u>。

〈小園賦〉則是庾信羈北之作。庾信的生平及作品，或分為「東宮時期」、「江陵時期」、「北朝時期」[19]。東宮時期的庾信，曾輔佐昭明太子蕭統與蕭綱（梁簡文帝，梁武帝蕭衍三子，蕭統病故後封為太子）。侯景之亂，時任建康令的庾信守朱雀航，卻不戰先退，以致城陷，後投奔江陵事梁元帝蕭繹（梁武帝蕭衍七子）。梁元帝承聖三年（554），庾信奉命出使西魏，抵長安不久，西魏攻克江陵，殺梁元帝，遂被留於長安，從此仕於西魏、北周：

---

18 本章所引夏思沺的《少邑賦草》據國家圖書館藏同治4年（1865）重刊本，下同，不再贅註。

19 葉慶炳，《中國文學史》（臺北：臺灣學生書局，2002年），頁255。

侯景作亂，梁簡文帝命信率宮中文武千餘人，營於
朱雀航。及景至，信以眾先退。臺城陷後，信奔于
江陵。梁元帝承制，除御史中丞。及即位，轉右衛
將軍，封武康縣侯，加散騎常侍，來聘于我（北周）。
屬大軍南討，遂留長安。……時陳氏與朝廷通好，
南北流寓之士，各許還其舊國。陳氏乃請王褒及信
等十數人。高祖唯放王克、殷不害等，信及褒等留
而不遣。[20]

沒被遣返南朝的庾信，在北朝官至驃騎大將軍、開府儀同
三司，進爵義城縣侯，故世稱「庾開府」、「庾義城」，
官位雖高，卻常心念故國，故此期作品蒼涼哀怨，〈哀江
南賦〉即為代表作。至於〈小園賦〉，也被理解為「傷其
屈體魏周，願為隱居而不可得也。其文既異潘岳之〈閒居〉，
亦非仲長之〈樂志〉，以鄉關之思發為哀怨之辭者也。」[21]
賦的首段類似「序」云：

若夫一枝之上，巢父得安巢之所；一壺之中，壺公
有容身之地。況乎管寧藜床，雖穿而可坐；嵇康鍛
灶，既暖而堪眠。豈必連闥洞房，南陽樊重之第；
赤墀青瑣，西漢王根之宅。余有數畝敝廬，寂寞人

20 令狐德棻，《周書》（臺北：鼎文書局，1980 年），卷 41，〈庾信
列傳〉，頁 733-734。
21 庾信撰，倪璠注，《庾子山集注》（臺北：源流出版社，1983 年）。

> 外，聊以擬伏臘，聊以避風霜。雖復晏嬰近市，不
> 求朝夕之利；潘岳面城，且適閑居之樂。況乃黃鶴
> 戒露，非有意於輪軒；爰居避風，本無情於鐘鼓。
> 陸機則兄弟同居，韓康則舅甥不別。蝸角蚊睫，又
> 足相容者也。

文中引用巢父、壺公、管寧、嵇康、晏嬰、潘岳等人的典
故，表達小園雖然偏遠簡陋，僅足容身，居中卻能自得其
樂，並強調自己「非有意於輪軒」、「本無情於鐘鼓」，
原非為貪慕官爵而羈留北朝。但其後於賦中，庾信又謂「久
羨於抽簪」的自己是「心則歷陵枯木，髮則睢陽亂絲」，
園中的景象是「雖有門而長閉」，「異秋天而可悲」，「草
無忘憂之意，花無長樂之心」，「風騷騷而樹動，天慘慘
而雲低」。故〈小園賦〉「始於看似陶醉自足的園景鋪陳，
卻止於愀然變色難以掩抑的憂苦情愫。……始自樂園虛
擬，卻終歸於失樂園之隱喻轉換」，「隨著羈旅不歸與梁
陳迭代的世變形勢發展，加上庾信本身衰落之感的日益深
刻，促使初入北國異域南歸之夢漸行漸遠，而他於早期南
梁宮體詩賦所建構的樂園隱喻，經由詭譎世變的歲月洗
禮，遂一一翻轉從桃花源到『更尋終不見』的失樂園。」[22]
　　夏思沺〈擬庾子山小園賦〉亦仿〈小園賦〉，首段類
似「序」云：

---

22 許東海，〈庾信賦之世變與情志書寫 ── 宮體‧國殤‧桃花源〉，《漢
　　學研究》24 卷 1 期（2006 年 6 月），頁 164-165、頁 170。

> 若夫統萬物而觀之，天地皆逆旅也；就一身而論之，
> 光陰亦過客也。余構廬一畝，名曰小園。原無侈目
> 之觀，聊借託身之地。況乃籠中鸚鵡，徒切歸心；
> 籬下鷦鷯，何求華木。但風雨之能蔽，亦生平之所
> 願也。

賦的前半略謂：雖「不干世外之塵，且住山中之谷」，室
內「案置書卷，壁懸畫圖」，「短榻布席，長簾掛蘆」，
室外「樹幽鳥來，水清魚逐，蟬噪夏而風疎，蟲鳴秋而霜
肅」，卻是「姑相假以容膝，非藉此以自娛」，並以「蕉
有心而常捲，桐將老而半枯」借喻心境。其後，便揣摩庾
信的身世與心理曰：

> 雪胡為而上鬢，酒何事而入唇。身無彩鳳之翼，口
> 絕江東之蓴。……回望鄉關，涕淚潸潸。長城烽火
> 之內，故土蒼茫之間。念進退之維谷，將魂夢以南
> 還。……老幼偕來，家山永別，托敝廬以相聚，退
> 吾身以守拙。將與時俯仰，隨群動以息滅。悲人事
> 之汶汶，鑠吾質之金鐵。

賦中「退吾身以守拙」、「鑠吾質之金鐵」的「吾」，顯
然都是庾信的化身，蓋由於〈小園賦〉深深烙印著庾信本
人的家國身世之悲，故夏思沺在〈擬庾子山小園賦〉中，

便不僅如〈擬庾子山對燭賦〉的單純「擬作」，更設身處地、「換吾心爲庾心」的爲庾信「代言」[23]。

上述夏思沺〈擬庾子山對燭賦〉、〈擬庾子山小園賦〉，於篇後各有評語曰：「幽情密緒，絕似蘭成」、「格局渾成，意味幽遠，遂使去國離鄉之感細細道出，真可謂子山復生」。雖然《少嵒賦草》的篇後評語應係他人所加[24]，但加評語者必由這兩篇擬作，推知夏思沺對庾信還有非如擬作般直接、而屬於風格情態上的追仿，故又於集中其他

---

23 梅家玲〈漢晉詩賦中的擬作、代言現象及其相關問題 —— 從謝靈運《擬魏太子鄴中集詩八首并序》的美學特質談起〉：「一般而言，所謂的『擬作』，乃是依據既有作品進行仿擬，其情意內涵和形式技巧皆須步武原作，並盡可能逼肖原作的體格風貌，以求『亂真』。因此，它是一種以具有特定內容和形式的『書寫品』爲法式的模仿行爲。『代言』則是『代人立言』，所代言的內容和形式俱無具體規範可循，於是根據自己對所欲代言之對象的了解，以『設身處地』、『感同身受』的方式，來替他說話。……『擬作』和『代言』看似殊途，但是，代言者對所代者的了解從何而來呢？如果是可以直接接觸到的對象，當來自於親身的觀察感受；如果是無法直接接觸的對象（如異世、異地之人物），那就只能憑借其人的詩文著述和有關的史傳資料了。準此，『代言』看似沒有具體成文的仿擬範式，但依然受到所代對象之性格特質、身世際遇的制約。也因此，我們可以說：不論是擬作、抑或代言，都必須站在原作者的立場，爲其立言，並根據一個既有的『文本』去發揮、表現；這個『文本』，不僅是以既存的書寫品形態出現的、特定的『原作』，同時也涵括由相關詩文、史傳資料所匯整出來的詮釋模式。」梅家玲，《漢魏六朝文學新論 —— 擬代與贈答篇》，（北京：北京大學出版社，2004 年），頁 11。

24 詹杭倫〈晚清至民國一部流行的賦集 —— 論夏思沺的《少嵒賦草》〉：「既然該序說明『至其賦之所以工且妙，則詳見於原序暨原評』，說明爲夏賦加上行批和尾評者另有其人。查各版本著錄情況，僅有泉州市圖書館藏《增訂少嵒賦草》注明有清晉江林學洲評。在沒有其他新材料的情況下，我們姑且暫將林學洲作爲全書評點之人。」見《新亞學報》29 卷（2011 年），頁 290。

賦篇評曰：

> 清閑淡遠，有神無迹，似從庾蘭成小賦脫胎。（卷三〈春燕賦〉）

> 略貌取神，動與古會，庾子山不得專美於前矣。（續集〈落花賦〉）

> 簡潔中運以逸氣，真見庾、鮑風流。（續集〈破屋數間賦〉）

> 感慨處似仲宣〈登樓賦〉，秀麗處似廣平〈梅花賦〉，典贍處則又如庾蘭成〈哀江南賦〉也。古今祇此數枝筆，怪哉君以一手持。（卷四〈杏花時節在江南賦〉）

餘如評卷一〈擬黃滔秋色賦〉：「大昏古色，絕似六朝」，評卷四〈白菊賦〉：「描繪有神，刻劃有迹，其格局之簡鍊，應自在齊梁間。」都反映出包含庾信在內的六朝風韻，是清代習賦的一種典範。

二、清代賦家對庾信的肯定

庾信的〈小園賦〉，在清代並非夏思沺一人情有獨衷。在鴻寶齋主人所編纂的《賦海大觀》卷二十一，就收錄王

有贊兩篇及朱培源、王寶書、馮晉昌、蔣元溥、孫源湘[25]、陳文藝、許汝衡、徐謙、王頌蔚各一篇的〈擬庾子山小園賦〉[26]；《歷代辭賦總匯》尚有蔣仁、汪方鍾、劉愔、孫爾準、何凌漢[27]、包世臣、陶澍、陳沆、石葆元、蔣詩、顧元熙、張祥河、帥方蔚、何栻、李隆萼[28]、柏葰、熊紹庚、張培仁、周寅清、魏承杞、范寬、蔡廷弼、趙克宜、魏蘭汀、趙新、陶然、畢子卿、褚榮槐、葉長齡、黃宗起、易順鼎、顏嗣徽、胡元直、劉鑑、歸令瑜、顧懷三等三十餘人的〈擬（儗）庾子山（庾信、庾開府）小園賦〉。此外，余丙照《賦學指南》卷五「論琢句」則摘引吳世旗〈擬庾信小園賦〉「酒熟便酌，情來賦詩」一句。據此殆可獲悉：在清代，庾信〈小園賦〉實乃普遍受到青睞並納為學習對象的佳作。

　　事實上，不只是〈小園賦〉，庾信的其他賦篇亦然。就《賦海大觀》來看，卷四有〈擬庾子山春賦〉6篇、〈擬庾子山七夕賦〉1篇，卷二十二有〈擬庾子山鏡賦〉2篇、

25　孫源湘〈擬庾子山小園賦〉亦見錄於林聯桂（1774～1835）《見星廬賦話》卷4。

26　鴻寶齋主人編，《賦海大觀》（北京：北京圖書館出版社，2007年），冊6。

27　林聯桂《見星廬賦話》卷4曾述及何氏此賦：「賦家擬體，譬諸書家臨帖，正如雙鵠摩空，不必此鵠之貌似彼鵠也，而不能禁此鵠之神不似彼鵠也，故擬古之賦，有貌似者，有神似者，有神貌俱不似而以不似為似者，唐賢以來多矣。而近時館閣之作，工擬體者亦復不少，如吳侍郎其彥〈擬李程日五色賦〉云：……。孫太史源湘〈擬庾子山小園賦〉云：……。此作與何祭酒凌漢作異曲同工，結響摛藻，摹擬逼真，此以絕似為似者也。」

28　李隆萼〈擬庾子山小園賦〉亦可見於李元度《賦學正鵠》「神韻」類。

〈擬庾子山邛竹杖賦〉3 篇、〈擬庾蘭成燈賦〉1 篇、〈擬庾子山燈賦〉2 篇、〈擬庾子山對燭賦〉4 篇，卷三十一有〈擬庾子山枯樹賦〉2 篇。如果將上述的模擬情形，與《賦海大觀》中其他「魏晉南北朝知名賦家」受到模擬的情形加以對照（參閱下表），即可略見庾信在清代受到重視的程度，在表中所列舉的「魏晉南北朝知名賦家」中堪稱最高 —— 庾信有 8 篇賦可在《賦海大觀》中找到後人擬作，《賦海大觀》收錄這些擬作多達 32 篇：

原作		清代擬作			合計
賦家	賦篇	篇題	篇數		
庾信	〈春賦〉	〈擬庾子山春賦〉	6		32
	〈七夕賦〉	〈擬庾子山七夕賦〉	1		
	〈小園賦〉	〈擬庾子山小園賦〉	11		
	〈鏡賦〉	〈擬庾子山鏡賦〉	2		
	〈邛竹杖賦〉	〈擬庾子山邛竹杖賦〉	3		
	〈燈賦〉	〈擬庾蘭成燈賦〉	1	3	
		〈擬庾子山燈賦〉	2		
	〈對燭賦〉	〈擬庾子山對燭賦〉	4		
	〈枯樹賦〉	〈擬庾子山枯樹賦〉	2		
鮑照	〈蕪城賦〉	〈擬鮑明遠蕪城賦〉	2		16
	〈舞鶴賦〉	〈擬鮑明	10	12	

		遠舞鶴賦〉			
		〈擬鮑昭舞鶴賦〉	2		
	〈尺蠖賦〉	〈擬鮑明遠尺蠖賦〉	1		
	〈園葵賦〉	〈擬鮑昭園葵賦〉	1		
謝莊	〈月賦〉	〈擬謝希逸月賦〉	5	8	8
		〈擬謝莊月賦〉	3		
孫綽	〈遊天台山賦〉	〈擬孫綽遊天台賦〉	4	8	8
		〈擬孫興公遊天台山賦〉	4		
潘岳	〈秋興賦〉	〈擬潘岳秋興賦〉	1	3	5
		〈擬潘安仁秋興賦〉	2		
	〈射雉賦〉	〈擬潘安仁射雉賦〉	2		
郭璞	〈江賦〉	擬郭景純〈江賦〉	5		5
江淹	〈別賦〉	〈擬江文通別賦〉	1		4
	〈恨賦〉	〈擬恨賦〉	2	3	
		〈擬江文通恨賦〉	1		
謝惠連	〈雪賦〉	〈擬謝惠連雪賦〉	2	3	3
		擬謝法曹〈雪賦〉	1		
丁儀	〈勵志賦〉	〈擬丁儀勵志賦〉	1	2	2
		〈擬魏丁儀勵志賦〉	1		

顏延之	〈赭白馬賦〉	〈擬顏延之赭白馬賦〉	2	2
陸機	〈文賦〉	〈擬陸士衡文賦〉	1	1
王粲	〈登樓賦〉	〈擬王仲宣登樓賦〉	1	1
蕭綱	〈看燈賦〉	〈擬梁簡文帝看燈賦〉	1	1

　　若以上表爲基礎，繼續追蹤這些「魏晉南北朝知名賦家」被仿擬的賦篇，各佔他們現存賦篇的比率——亦即觀察這些賦家的「佳作率」，則除了孫綽今僅存〈遊天台山賦〉一篇、丁儀今僅存〈勵志賦〉一篇，故「佳作率」暫計爲 100%外，庾信在其餘有多篇賦傳世的名家中，「佳作率」爲 53%——今存賦 15 篇，上表的擬作涉及其中 8 篇，也是比率最高（其次爲鮑照，今存賦 10 篇，上表的擬作涉及其中 4 篇，「佳作率」計爲 40%）[29]。由此可知：庾信受清人重視者，並非集中於少數某幾賦篇，而是多數

---

29 其餘各家的「佳作率」如下：謝莊今存賦 4 篇，上表的擬作涉及其中 1 篇，「佳作率」計爲 25%；潘岳今存賦 19 篇，上表的擬作涉及其中 2 篇，「佳作率」計爲 11%；郭璞今存賦 9 篇，上表的擬作涉及其中 1 篇，「佳作率」計爲 11%；江淹今存賦 27 篇，上表的擬作涉及其中 2 篇，「佳作率」計爲 7%；謝惠連今存賦 4 篇，上表的擬作涉及其中 1 篇，「佳作率」計爲 25%；顏延之今存賦 4 篇，上表的擬作涉及其中 1 篇，「佳作率」計爲 25%；陸機今存賦 27 篇，上表的擬作涉及其中 1 篇，「佳作率」計爲 4%；王粲今存賦 19 篇，上表的擬作涉及其中 1 篇，「佳作率」計爲 5%；梁簡文帝蕭綱今存賦 23 篇，上表的擬作涉及其中 1 篇，「佳作率」計爲 4%。各家現存賦篇數量，據黃水雲：《六朝駢賦研究》（臺北：文津出版社，1999 年），附錄：六朝辭賦作者、篇目、殘佚、駢偶狀況及出處一覽表，頁 392-483。

賦篇均甚受肯定。

　　清代「偏好庾信」的賦總集，並非只有《賦海大觀》。李元度《賦學正鵠》於「高古」類「精擇古賦以為極則」18 篇 —— 宋璟〈梅花賦〉、李白〈擬恨賦〉、庾信〈枯樹賦〉、庾信〈小園賦〉、庾信〈春賦〉、庾信〈三月三日華林園馬射賦〉、庾信〈哀江南賦〉、梁元帝〈蕩婦秋思賦〉、梁簡文帝〈採蓮賦〉、江淹〈別賦〉、江淹〈恨賦〉、謝惠連〈雪賦〉、謝莊〈月賦〉、鮑照〈蕪城賦〉、禰衡〈鸚鵡賦〉、王粲〈登樓賦〉、班固〈西都賦〉、班固〈東都賦〉，庾信一人佔其中 5 篇，比率還是最高。又馬傳庚《選注六朝唐賦》在「六朝」部分選錄 13 篇 —— 謝朓〈高松賦〉、梁元帝〈蕩婦秋思賦〉、梁元帝〈鳶鶿賦〉、梁元帝〈采蓮賦〉、庾信〈三月三日華林園馬射賦〉、庾信〈小園賦〉、庾信〈邛竹杖賦〉、庾信〈枯樹賦〉、庾信〈春賦〉、庾信〈鐙賦〉、庾信〈對燭賦〉、庾信〈鏡賦〉、張正見〈石賦〉，庾信一人就佔其中 8 篇，遠勝其他賦家。

　　庾信及其作品，在唐初所修的史書中曾被斥為「淫放」、「輕險」、「詞賦之罪人」[30]，至杜甫始於詩中讚賞為「清新」、「老更成」[31]。嗣後，對庾信的貶抑仍不

---

30 《周書》卷 13〈王褒庾信傳〉：「子山之文，發源於宋末，盛行於梁季，其體以淫放為本，其詞以輕險為宗，故能誇目侈於紅紫，蕩心逾於鄭衛。昔揚子雲有言：「詩人之賦麗以則，詞人之賦麗以淫，若於庾氏方之，斯又詞賦之罪人也。」

31 杜甫〈春日憶李白〉：「清新庾開府」；杜甫〈詠懷古跡〉：「庾信平生最蕭瑟，暮年詩賦動江關」；杜甫〈戲為六絕句〉：「庾信文章老更成，凌雲健筆意縱橫」。

乏人，如元代王若虛便認為：「庾氏諸賦，類不足觀，而〈愁賦〉尤狂易可怪」，「〈哀江南賦〉堆垛故實，以寓時事，雖記聞為富，筆力亦壯，而荒蕪不雅，了無足觀」[32]。但到了明、清兩代，肯定庾信者也不少：

> 庾信之詩，為梁之冠絕，啟唐之先鞭。史評其詩曰「綺艷」，杜子美稱之曰「清新」，又曰「老成」。「綺艷」、「清新」，人皆知之；而其「老成」，獨子美能發其妙。余嘗合而衍之曰：綺多傷質，艷多無骨，清易近薄，新易近尖。子山之詩，綺而有質，清而不薄，新而不尖，所以為老成也。（楊慎《升庵詩話》）

> 史評庾詩「綺艷」，杜工部又稱其「清新」、「老成」，此六字者，詩家難兼，子山備之。（張溥《漢魏六朝百三十家集題辭》）

> 夫南朝綺艷，或尚虛無之宗；北地根株，不祖浮靡之習；若子山，可謂究南北之勝。（倪璠〈注釋庾子山集題辭〉）

> 陳、隋間人，但欲得名句耳。子山於琢句中復饒清

氣，故能拔於流俗中，所謂軒鶴之立難群者耶。（沈
德潛《古詩源》卷 14）

詩之綺麗，盛於六朝，而就各代分之，亦有首屈一
指之人。如梁則以鮑明遠為第一，……至北周則唯
庾子山一人而已，不但詩凌轢百代，即賦啟四六，
上下千古，實集大成，宜為詞壇之鼻祖也。（李調
元《雨村詩話》卷上）

又如編修《四庫全書》的詞臣們，雖然基於「人臣本分」
的觀點抨擊：「信為梁元帝守朱雀航，望敵先奔，厥後歷
仕諸朝，如更傳舍，其立身本不足重」，但仍將其文學成
就獨立看待：「至信北遷以後，閱歷既久，學問彌深，所
作皆華實相扶，情文兼至，抽黃對白之中，灝氣舒卷，變化
自如。」甚至對庾信的「歷仕諸朝」，陳沆《詩比興箋》
卷二也有更多同情的理解：「或謂子山終參周粟，未效秦
庭，雖符麥秀之思，終慚采薇之操。然六季雲擾，多士烏
棲，康樂、休文遺譏心跡，求共廉頗將楚，思用趙人；樂毅
奔鄲，不忘燕國者，又幾人哉？首邱之思，亦可尚已。」[33]

　　而庾信賦所以甚受清人關注，主因當是清代科舉考試

---

33 關於庾信在歷代的接受情形，參閱陳亦橋《歷代詩話視野中的庾信詩
　歌接受史》（貴州大學碩士論文，2009 年），曹萌〈歷代庾信批評
　述論〉（《東南大學學報（哲學社會科學版）》7 卷 2 期，2005 年 5
　月，頁 81-89。）

中多用律賦──雖然在「鄉試」、「會試」、「殿試」三個階段均不考賦，但「童試」[34]及生員必須參加的「歲考」、「科考」[35]，賦往往是考試項目之一[36]。律賦既是科舉中必須熟習的文類，則對其源流、作法自然有較多的討論。庾信諸賦，便是在清代這樣的賦學語境中，被視為律賦先聲：

> 揚、馬之賦，語皆單行，……下逮魏、晉，不失厥初。鮑照、江淹，權輿已肇；永明、天監之際，吳均、沈約諸人，音節諧和，屬對密切，而古意漸遠；庾子山沿其習，開隋唐之先躅。古變為律，子山實開其先。[37]

> 古變為律，兆於吳均、沈約諸人，庾子山信衍為長

---

34 包含「縣考」、「府考」、「院考」三階段，「縣考」與「府考」分別由知縣及管轄該縣的知府主持，「院考」則由欽命簡放、三年一任的「學政」主持。童生經錄取後，即為秀才，名次前列撥入府學者曰「府學生員」，留縣學者曰「縣學生員」。

35 生員若尚未應鄉試、成舉人，則每逢三年新學政到任時，必須參加學政主持的「歲考」，「歲考」的目的係為考察生員們的學業狀況。又由於鄉試考場容量有限，因此在鄉試前，學政也會先就生員們進行篩選，此即「科考」。生員們必須在「科考」中名列第一、二等或第三等之前三名，才有機會參加鄉試。

36 余丙照《賦學指南》「序」：「自有唐以律賦取士，而賦法始嚴。……我朝作人雅化，文運光昌，欽試翰院既用之，而歲、科兩試及諸季考，亦藉以拔錄生童，預儲館閣之選。」陶福履《常談》：「國朝專為翰林供奉文字、庶吉士月課、散館、翰詹大考皆試賦，外如博學鴻詞及召試亦試賦，而學政試生員亦用詩賦。」

37 李調元著，詹杭倫、沈時蓉校證，《雨村賦話校證》（臺北：新文豐出版公司，1993年），卷1，頁1。

　　篇，益加工整，如〈三月三日華林園馬射賦〉及〈小
　　園賦〉，皆律賦之所自出。[38]

此觀點非獨李調元爲然。顧南雅《律賦必以集》（道光壬
午重刊本）雖在「例言」中明揭：「是選爲律賦而設」，
但卷一仍選唐前賦 10 篇以爲律賦濫觴 —— 班倢伃〈擣素
賦〉、梁簡文帝〈箏賦〉、江淹〈赤虹賦〉、陶宏景〈水
仙賦〉、沈約〈高松賦〉、庾信〈三月三日華林園馬射賦〉、
庾信〈小園賦〉、庾信〈哀江南賦〉、庾信〈枯樹賦〉、
庾信〈燈賦〉，其中，庾信賦便多達 5 篇，並強調「六朝
諸家當以庾子山爲大宗，其〈哀江南賦〉序〔敘〕事詳盡，
運典該〔賅〕洽，實爲空前絕後之作，作賦者所當書萬本、
誦萬遍者也。」

　　除了從律賦起源的角度彰顯庾信賦的地位，若能從庾
信賦中習得作賦之法，當然更務實而可貴。余丙照《賦學
指南》卷十一「論煉局」云：

　　茲選古賦二十六篇、時賦三十四篇，名曰煉局。蓋
　　一題到手，認題既真，必先煉局。局貴活不貴板，
　　貴緊不貴寬，貴曲不貴直，總宜相題立格。[39]

---

38 同上註。
39 余丙照著，詹杭倫、沈時蓉等校注，《賦學指南校正》，卷 11，收
　　於詹杭倫、沈時蓉等校注，《歷代律賦校注》（武漢：武漢大學出版
　　社，2009 年），附錄三，頁 768。

在所選的「古賦二十六篇」中，「六朝」計選 8 篇 —— 謝惠連〈雪賦〉、謝莊〈月賦〉、江淹〈恨賦〉、江淹〈別賦〉、庾信〈華林園馬射賦〉、庾信〈小園賦〉、庾信〈枯樹賦〉、庾信〈春賦〉，庾信賦便佔有其半。又於「賦法緒論」謂：「貴取法。侯心齋先生謂取《文選》〈雪〉、〈月〉、〈恨〉、〈別〉四賦探其源，以庾集中〈春賦〉、〈馬射〉、〈小園〉等作沿其流。」[40]

　　綜上所述，「庾信賦」顯然絕不限於是夏思沺心目中的「文學正典」。透過夏思沺《少嵒賦草》中的〈擬庾子山對燭賦〉、〈擬庾子山小園賦〉和其他提及「子山」、「蘭成」的評語，向外延伸到清代其他賦學總集與賦學評論，都顯示「庾信賦」在清代除了是被閱讀、受歡迎的賦篇，也是據以評估其他賦篇的指標，還是後學尋求實際作賦方法的寶庫，無疑為當時「賦學基準」的重要成分。

第三節　清代臺灣賦的庾信餘影

　　曾流傳於臺灣的夏思沺《少嵒賦草》，其所反映的清代「賦學基準」，是否也會在臺灣賦中找到相應的表現？一如《少嵒賦草》對庾信賦有明顯的接受證據 —— 〈擬庾子山對燭賦〉、〈擬庾子山小園賦〉，在清代的臺灣賦中，

---

40 同上所揭書，頁 817。

也有陳奎〈擬庾子山小園賦〉一篇。此外，洪繻有多篇題目中含「春」的賦，雖然它們不是庾信〈春賦〉的擬作，但無論形式或內容，均不難發現深受庾信〈春賦〉的影響。茲分述如下。

一、陳奎〈擬庾子山小園賦〉

現藏於「臺灣文學館」的《悶紅館摘錄》中之《豐州書院賦鈔》，有曾錫圭、王慶卿等人的〈擬庾子山小園賦〉[41]，但因「豐州」在福建省泉州附近，未必屬於臺灣賦家之作；是故《全臺賦》所收陳奎〈擬庾子山小園賦〉，當為臺灣賦家仿擬庾信最直接的一篇。

陳奎〈擬庾子山小園賦〉原見於徐宗幹（1795～1866）所編《瀛洲校士錄》。由於該書係海東書院的學子習作[42]，故陳奎此賦若與《賦海大觀》所收部分〈擬庾子山小園賦〉或陳沆、顧元熙等名家[43]的〈擬庾子山小園賦〉相較，不免略顯簡淺。例如陳奎〈擬庾子山小園賦〉便欠缺類似「序」

---

41 《悶紅館摘錄》收有《豐州書院賦鈔》40 篇，《瀛奎玉律》28 篇、《賦海蠡測》33 篇，「皆為賦作合集，有可能是書院因應科舉的習作」。參閱許惠玟，〈本館有關臺灣古典文學出版與典藏介紹〉，《臺灣文學館通訊》34 期（2012 年 3 月），頁 9。

42 徐宗幹《瀛洲校士錄》題序：「今東渡視事未久，歲試屆期，自夏五望至六月朔，竭十餘日之力次第局試，……試竣，集諸生徒於海東書院，旬鍛而月鍊之，……而說經、論史及古近褉體詩文並肄業及之者，裒輯二卷，曰《校士錄》，俾庠序塾子弟有所觀感而則傚焉。」

43 清景其濬編纂的《四家賦鈔》，收的「四家」就是吳錫麒、鮑桂星、顧元熙、陳沆，並認為「學賦者讀漢魏六朝唐宋諸賦後，兼此四家以充其筆力，熟其機杼，則得吳之雄、鮑之厚、顧之超、陳之雋」。

的一段。此不押韻、用以陳述著作旨趣的一段，不僅庾信
〈小園賦〉原作有，後人的擬作也不會遺漏。擬作者通常
於此段以「信」自稱，或表明「余本羈人」，取得代庾信
立言的表徵：

> 夫蒹葭淡淡，綠水佔其一方，蓬蒿深深，青蕪長其
> 三尺。固知閔貢有宅，含菽可過；梁鴻無廬，賃春
> 亦適。何必雕甍結綺，沁水貴主之園；華沼叢林，
> 梓澤齊奴之第。<u>信落拓浮生，違離故土</u>，落葉有糞
> 本之想，流水無還鄉之期。張季鷹之鱸羹，徒牽天
> 末；焦孝先之蝸舍，重結山中。聊託弦歌，取適俯
> 仰，蓋不免莊舄執珪之吟，王粲登樓之感也。（朱
> 培源〈擬庾子山小園賦〉）

> 夫波臣涸轍，需勺水以全生；旅鳥無歸，擇一枝而
> 託宿。何者？已困之鱗，無俟滄溟而運；將倦之翮，
> 豈待鄧林而棲。所以子猷館舍，種竹為佳；邵平故
> 侯，賣瓜自給。奚必園臨沁水，南陽公主之居；田
> 近南山，武安貴侯之第。<u>信自中年，遭逢多故</u>。跋
> 涉關河，載罹寒暑。俯仰鈞遊，慷慨疇昔。問洛下
> 之舊宮，銅駝理棘；望江頭之列戍，鐵鑕飛灰。況
> 乎梓澤笙歌之地，烏衣將相之家。睠彼飄風，鞠為
> 茂草。嗟乎！橘踰淮而化為枳，頓變芬芳；絮入水
> 而為萍，又生根節。誅茅十笏，架屋三楹，所謂秋

燕在堂，不殊逆旅；醯雞處甕，別有一天者也。（顧
元熙〈擬庾子山小園賦〉）

若夫倦鳥投林，偕半枝而棲息；枯魚得水，資一勺
以詠游。灌仲子之園，於陵託處；開陶公之徑，彭
澤歸來。豈避高閣崇臺，侈觀瞻之美麗；洞房曲室，
誇結構之精良。余本羈人，來居此地，巖壑幽棲，
林泉小住。於焉耽寂靜，於焉避塵囂。況乃羈泊多
艱，漂搖莫定，蘇武奉使，窮居北海之濱；季孫不
歸，久守西河之館。一廛幸庇，八口同依。又卒歲
優游，不求宏暢者也。（徐謙〈擬庾子山小園賦〉）

亦有如王有贊〈擬庾子山小園賦〉，於此段明言藉仿庾信
〈小園賦〉以抒己懷：

蘭成〈小園〉，晚年所賦，蓋傷其屈體魏周，求為
隱居而不可得也。夫以羈紲之臣，榮登朝列，詞賦
之學，契結主知，由不免羈旅之感，鄉關之思，而
況一介寒士，以筆耕墨耨為生者乎。余少長菰蘆，
不求聞達，遭亂蕩產，饑驅入城，供老橐之生涯，
惟書是食，挈醯雞之眷屬，以甕為家，三徑難歸，
數椽別賃，身世之慨，非直蘭成。俯仰吾廬，亦復
百端交集，爰仿其體，輒書所懷。雖登場襲孫叔之
衣冠，實借酒澆步兵之壘塊，既自悲亦自廣焉。

陳奎〈擬庾子山小園賦〉獨無此段，直接從押韻的段落寫
起，應該是因為初習庾信〈小園賦〉章法，故未特別謀及
此段。

　　除了欠缺類似「序」的一段，陳奎這篇擬作與庾信〈小
園賦〉原作的內容也頗不一樣。陳奎之作，僅以首段「羌
睽違其已久，時眷念於故園」、末段「憶家山而日遠，何
枯樹之能移。望桑梓而回首，撫松菊以興思」，約略取得
與庾信身世的聯繫，中間五段乃另就「園小」、「春景」、
「夏景」、「秋景」、「冬景」分別鋪敘：

> 室築數椽，基營半畝。牆僅及肩，門常俯首。三徑
> 秋花，一畦春韭。……景物覽於四時，傲繁華於萬
> 有。（以上寫「園小」）序忽逢春，百卉維新。……
> 鴻無羅而引翮，鸒隱葉而藏身。（以上寫「春景」）
> 日行南陸，木長東皋。……好山晴而觀畫，古松倚
> 而聽濤。（以上寫「夏景」）至若蜨引砌臺，螢流
> 階草。……曾日月之幾何，又秋心之如擣。（以上
> 寫「秋景」）忽栗烈兮隆冬，復蕭條兮故里。……
> 將墐戶以逍遙，嗟入室於婦子。（以上寫「冬景」）

做為余丙照《賦學指南》「論煉局」時取法範本之一的庾
信〈小園賦〉，其實並無「春／夏／秋／冬」這麼「時序
井然」的篇章布局，但此一賦篇布局非陳奎獨然，在《賦

海大觀》卷二十一的幾篇擬作中也可找到近似的寫法：

> 春風滿園，春鳥亂喧。……陌宜賞雨，高不停軒。
> （以上寫「春景」）修篁繞屋，芙蕖散馥。……或
> 薙草於牆頭，時牽蘿於巖腹。（以上寫「夏景」）
> 風雨淒清，平遠山橫。……雲漢低而按戶，煙霞聚
> 而連甍。（以上寫「秋景」）寒光入牖，寒菜盈畝。……
> 撫孤松而常冷，候柴扉其已久。（以上寫「冬景」）
> （許汝衡〈擬庾子山小園賦〉）

> 斗柄回寅，韶華一新。雜花生樹，碧草成蔭。……
> 舞千點萬點之絮，漾一池半池之蘋。（以上寫「春
> 景」）水閣招涼，最宜長夏。菡萏千枝，酴醾滿架。……
> 蟬答響於高柯，螢流光於中夜。（以上寫「夏景」）
> 明月在天，秋聲四起。竹露清心，梧風韻耳。……
> 楓明一抹之霞，蘆捲半灣之水。（以上寫「秋景」）
> 更饒佳趣，愛此歲終。晴簷曝日，暖室避風。……
> 人釀尋梅之夢，天餘作雪之工。（以上寫「冬景」）
> （陳文黻〈擬庾子山小園賦〉）

> 當夫春水淪漣，春風旖旎。訪柳市兮非遙，問桃源
> 兮在邇。……欣塵事之罕知，信幽賞之未已。（以
> 上寫「春景」）至若招涼有館，銷夏名灣。翠低溪
> 水，青送遠山。……彈松風兮幾疊，沁籬月兮一灣。

（以上寫「夏景」）又如中庭露涼，板橋霜曉。半擔黃花，一溪紅蓼。……相與偃息乎橌桫之林，逍遙乎汗漫之表。（以上寫「秋景」）（蔣元溥〈擬庾子山小園賦〉）

這些擬作特別採用此一謀篇方式，原因之一可能是布局簡單，容易學習；再者，若據《賦學指南》卷十一對庾信〈小園賦〉的評論——「處處從『小』處著想，而運典琢句如數家珍。但子山因使見羈，未免詞多凄婉，若場屋擬作，須另有一番雅趣，不可過作衰颯語」[44]——推測，也可能是為了避開「應試場合不宜」的羈旅之愁而另出新意。

二、洪繻的「春賦」

被譽為「臺灣古典詩大家，各體兼擅，風格饒美，其詩苟置之有清詩作之林，亦足稱名家」[45]的洪繻（1866～1928）[46]，作有數篇題目中含「春」的賦，其中〈春思賦〉、

---

44 余丙照著，詹杭倫、沈時蓉等校注，《賦學指南校正》，卷 11，收於詹杭倫、沈時蓉等校注，《歷代律賦校注》（武漢：武漢大學出版社，2009 年），附錄三，頁 774。

45 陳光瑩，《臺灣古典詩家洪棄生》（臺中：晨星出版公司，2009 年），頁 6。

46 洪繻，本名攀桂，彰化鹿港人。洪繻於光緒 15 年（1889）始通過「童試」考上秀才，該次應試時，「縣考」成績並不理想，俟「府考」與「院考」時才得臺南知府羅大佑拔擢，「府考」取為第一，「院考」取為第二。此後於光緒 15 年、光緒 17 年、光緒 19 年、光緒 20 年四次赴福建福州參加鄉試。參閱程玉凰，《洪棄生及其作品考述》（臺北：國史館，1997 年），頁 87-98。乙未（光緒 21 年）割臺後，他

〈春陰賦〉作於二十歲時（光緒 12 年），〈春園賦〉、〈春日望遠賦〉、〈春日對花賦〉作於二十四歲時（光緒 16 年），〈春江賦〉及四篇〈春柳賦〉則不知作於何時，大抵來說，這些賦半數作於洪繻青春正富的人生階段[47]。雖然這些賦無法因篇題有「春」就斷定必然承自庾信〈春賦〉，但以洪繻於《寄鶴齋詩話》卷五提出「取色於齊梁人」來看，他顯然以南朝文學為學習典範之一[48]；再者，〈擬庾子山春賦〉一題在清代亦相當熱門 —— 尤其是在書院中的習作[49]；所以，洪繻這些題目含「春」的賦，即使不宜逕以〈擬庾子山春賦〉比之，但追摹的成分應該是少不了的。

取漢代終軍「棄繻生」的典故，改名為繻，字棄生。按：《漢書》卷六十四下〈嚴硃吾丘主父徐嚴終王賈傳第三十四下〉：「初，（終）軍從濟南當詣博士，步入關，關吏予軍繻。軍問：『以此何為？』吏曰：『為復傳，還當以合符。』軍曰：『大丈夫西遊，終不復傳還。』棄繻而去。軍為謁者，使行郡國，建節東出關，關吏識之，曰：『此使者乃前棄繻生也。』」

47 黃麗月，〈遣春日之情思，躡南朝之遺韻：洪棄生春思賦作研究〉，《臺灣古典文學研究集刊》第 5 號（2011 年 6 月），頁 209-254。

48 崔成宗即指出：洪繻「或多或少受到南朝抒情賦，尤其是庾信〈春賦〉、謝莊〈月賦〉等作品的影響。」崔成宗，〈臺灣先賢洪棄生賦研究〉，《東亞人文學》第 9 輯（2006 年 6 月），頁 248。

49 《賦海大觀》卷四收錄 6 篇〈擬庾子山春賦〉已見上述。又《賦學指南》卷十六另有歸合符〈擬庾子山春賦〉。又程礐〈擬庾子山春賦〉，見於華若谿、繆荃孫編，《龍城書院課藝・經古精舍課藝》，（趙所生、薛正興編，《中國歷代書院志》，南京：江蘇教育出版社，1995 年，冊 12，頁 532。）又張其曾〈擬庾子山春賦〉、葉世謙〈擬庾子山春賦〉，見於吳蘭修編，《學海堂二集》卷十六，（趙所生、薛正興編，《中國歷代書院志》，南京：江蘇教育出版社，1995 年，冊 13，頁 621。）

庾信〈春賦〉應係「仕南朝時爲東宮學士之文也」[50]，風格華麗輕豔，可視爲廣義的宮體文學[51]。〈春賦〉在形式上的一項特徵，便是使用與五、七言詩句相類的句式 —— 在全賦 62 句中，七言有 14 句，五言有 10 句：

> 宜春苑中春已歸，披香殿裡作春衣。新年鳥聲千種轉，二月楊花滿路飛。河陽一縣併是花，金谷從來滿園樹。一叢香草足礙人，數尺游絲即橫路。……綠珠捧琴至，文君送酒來。……拂塵看馬埒，分朋入射堂。……艷錦安天鹿，新綾織鳳凰。……三日曲水向河津，日晚河邊多解神。樹下流杯客，沙頭度水人。鏤薄窄衫袖，穿珠帖領巾。百丈山頭日欲

50　庾信撰，倪璠注，《庾子山集注》（臺北：源流出版社，1983 年）。

51　許東海《庾信生平及其賦之研究》（臺北：文史哲出版社，1984 年）參考張仁青〈六朝人的愛美心理〉云：「宮體是當日貴遊文學一種帶著輕豔柔靡的作品，不過又可分爲二類，即以慣常說法 —— 描寫女性本身及男女情愛者爲狹義的宮體詩，所謂『豔情詩』之名。其二爲此種風格的擴及，至以記游宴、詠節候、寫風景及詠物爲廣義的宮體詩。……據此，庾信南朝的小賦之作，除了〈春賦〉這一篇外，其餘的作品如〈燈賦〉、〈鏡賦〉……等等，也都可分別以狹義、廣義的性質，成爲宮體賦的作品。」（頁 70）其〈庾信賦之世變與情志書寫 —— 宮體‧國殤‧桃花源〉（《漢學研究》24 卷 1 期，2006 年 6 月）又云：「所謂宮體文學的特質，主要並不強調寫作題材的宮廷化、貴遊化，而是展現一種華麗輕豔的表現風格，因此從這一標準而言，固然描寫女性或男女情愛的豔情詩屬於宮體詩，而記游宴、詠節候、寫風景與詠物爲主的題材，若在具體的書寫話語上富於華麗輕豔特色者，其實也就應視爲宮體之作。……因此宮體是一種崇尚輕豔，並富於貴遊色彩的文學思潮，其本質在於處理題材所形成的一種南朝文風特色，並非以題材本身爲主要區隔。」（頁 144）。

斜,三晡未醉莫還家。池中水影懸勝鏡,屋裡衣香
不如花。

洪繻的「春賦」也有數篇與此相仿,其中最明顯的是〈春
思賦〉,開頭 16 句即有 12 句屬類似五言或七言詩句:

建康城外春風斜,朱雀航頭一片花。登樓不見西洲
樹,春色未知在誰家。劇憐燕子歸來晚,垂簾無路
仍返家。裊裊楊柳古岸多,青青草色天涯遠。日嫩
兮花開,風柔兮蝶來。惹人兮游絮,阻路兮蒼苔。
朝入宜春苑,夕上望春臺。繡屧輕拖紅涇露,羅裙
初著翠沾埃。[52]

其後尚有「腰瘦羞花肥,情新奈愁故」、「寂寞向空房,
那堪夜正長」、「欹枕游神尋好夢,醒來月色在迴廊」、
「起坐紅窗日遲遲,玉容鏡裡幾番窺。淚將殘粉落,釵拂
翠鬢欹。倦態同柳軃,深情畏花知」、「閨裡自裁白雪句,
樓頭共詠惜春詞」、「棻尾開時春已歸,臨滄觀下落花飛。
風來處處紛如雪,亂撲簾旌又滿衣」等,全篇 62 句中,多
達 30 句為五言或七言詩句。此外,如〈春日望遠賦〉歌曰:
「昔時妾在長干里,今日君去湘潭水。楊花如雪處處飛,

---

52 許俊雅、吳福助主編,《全臺賦》(臺南:國家臺灣文學館籌備處,
2006 年),頁 280。

爲妾江頭採蘭芷」[53]，〈春日對花賦〉辭曰：「江南有紅豆，粒粒號相思。春風吹不已，吹作連理枝。對此轉傷情，無由寄所知」[54]，〈春柳賦〉第一段：「春風吹入大堤上，帶月和煙青盪漾。東畔樓臺不見人，絲絲楊柳俱西向。誰家日日原上遊，何事朝朝陌頭望。一道亂飛白雪花，幾回誤作清江浪」，歌曰：「春風去不歸，楊柳向人飛。莫作天涯客，空教綠滿衣」，和曰：「今年春比去年新，楊柳青青欲送人。記得洛陽橋上路，宮袍綠染帝京塵」[55]，五、七言詩句皆或多或少的在賦中穿插。這樣的書寫安排，再加上賦篇題目和庾信〈春賦〉一樣含有「春」字，很難不使人聯想到庾信〈春賦〉融詩入賦的形式特徵。

　　而在內容上肖似庾信〈春賦〉者，則是洪繻〈春園賦〉。庾信〈春賦〉的前面三段：第一段先道出春回人間，花開滿路，遊人競睹：

> 宜春苑中春已歸，披香殿裡作春衣。新年鳥聲千種轉，二月楊花滿路飛。河陽一縣併是花，金谷從來滿園樹。一叢香草足礙人，數尺游絲即橫路。開上林而競入，擁河橋而爭渡。

第二段則寫麗人遊春，妝扮華豔：

53　同上所揭書，頁 300。
54　同上所揭書，頁 301。
55　同上所揭書，頁 344。

> 出麗華之金屋，下飛燕之蘭宮。釵朵多而訝重，髻
> 鬟高而畏風。眉將柳而爭綠，面共桃而競紅。影來
> 池裡，花落衫中。

第三段則寫春日宴飲，酒食俱美：

> 苔始綠而藏魚，麥纔青而覆雉。吹簫弄玉之台，鳴
> 佩淩波之水。移戚里而家富，入新豐而酒美。石榴
> 聊泛，蒲桃釀醅。芙蓉玉碗，蓮子金盃。新芽竹筍，
> 細核楊梅。綠珠捧琴至，文君送酒來。

洪繻〈春園賦〉[56]首段同樣先敘春日重臨，只是場景從「宜
春苑中」、「披香殿裡」變成「綠楊村外」、「芳草橋西」，
且不忘提及「庾信華林」向庾信致意：

> 綠楊村外，芳草橋西。家家金粉，處處玻璃。繞雲
> 山而作徑，因桃李以成蹊。前拓辛夷之島，後圍酸
> 棗之隈。亭榭玲瓏而不盡，樓臺雜遝以難齊。迎春
> 院啟，待月軒低。庾信華林，芝蓋落霞之地；石崇
> 金谷，浮觴曲水之谿。

---

56 同上所揭書，頁 297。

至第二段，則似庾信〈春賦〉「河陽一縣併是花，金谷從來滿園樹」的擴寫，細述群花競豔的景象，並將庾信〈春賦〉「蒲桃釀醅」的原句轉換爲「葡萄館裡，釀爲卯酒之香」：

> 則有草號忘憂，花名益智。映日爭新，逢春聳異。酴醾壓架以連蜷，芍藥繞階而嫵媚。玉放芝蘭，珠垂茉莉。冒烟之柳牽絲，溜雨之桐吐刺。苔蹴地以成紋，竹當風而寫意。葡萄館裡，釀為卯酒之香；薜荔亭邊，亞作丁簾之字。

賦的第六段則與庾信〈春賦〉第二段相似，都極力摹寫麗人的佳姿美貌、釵光鬢影，其中「荇藻陂池，盪蒶橈而容與」、「環珮珊珊，人來丹荔之嶼」，與〈春賦〉「影來池中」有著近似的情境布置；而「釵朵重而花低」一句，更無疑仿自庾信「釵朵多而訝重」：

> 別有翠袖麗人，紅妝嬌女。釵朵重而花低，釧影輕而袂舉。問亭畔之秋千，倚簾邊之縞紵。蘼蕪香徑，拖繡屐以徘徊；荇藻陂池，盪蒶橈而容與。裙衫楚楚，客過薜蘿之房；環珮珊珊，人來丹荔之嶼。

《賦學指南》卷十一評庾信〈春賦〉：「捡華掞藻，按部

就班。一片柔情，十分春色。」[57]用以觀察洪繻〈春園賦〉，
其實亦頗多契合之處。

此外，庾信〈春賦〉的風光旖旎，生機躍動，在洪繻
「春賦」中還有進一步的開展 —— 即向宮體文學中的豔情
趨近，如〈春江賦〉借江水比喻男女相遇時的心緒澎湃，
也極力描繪兩情相悅的濃厚愛意：

> 於是下蘋汀，望苓隰。伊晚漲之猶低，羌橫流之太
> 急。亂篙撐處，萍惜分開；小艇搖時，蘭都俯拾。
> 淪漪水濺，紅沾津女之衣；窈窕波跳，綠抹吳濃之
> 褶。此情如此水，江心淺而妾心深；斯景又斯人，
> 春態濃而兒態澀。何以浪層層灘芨芨，何以雨絲絲
> 風習習。妾莫照江邊鏡，江邊水難清；君莫停江上
> 橈，江上波易入。且吟水調，且唱漁歌。煙皺細縠，
> 雲皺纖羅。舟輕傍鴨，山遠涵螺。兩岸之鶯花裊娜，
> 一泓之風月婆娑。涉必搴裳，吾遺子以芍藥；來休
> 用楫，汝贈余以薜蘿。雙槳踏開，裙湔怨蝶；一奩
> 臨映，眉出愁蛾。[58]

其「對客體之情的描摹」視角、「用體物的手法來寫情」[59]

---

57 余丙照著，詹杭倫、沈時蓉等校注，《賦學指南校正》，卷 11，收
於詹杭倫、沈時蓉等校注，《歷代律賦校注》（武漢：武漢大學出版
社，2009 年），附錄三，頁 775。

58 許俊雅、吳福助主編，《全臺賦》（臺南：國家臺灣文學館籌備處，
2006 年），頁 332。

59 歸青，〈論體物潮流對宮體詩形成的影響 —— 宮體詩淵源論之一〉，
《上海大學學報(社會科學版)》11 卷 4 期（2004 年 7 月），頁 41-48。

的敘寫方式，以及呈現出來的輕豔綺靡之風，均是南朝宮
體文學的沿襲。

第四節　結　語

　　本章基於文學史的「內在」詮釋期望，設想「清代臺
灣賦」若大致受「某一文學標準規範和習例的系統所支
配」，則當時可能的「賦學基準」為何？在此次透過夏思
沺《少岧賦草》為輔助文獻的研究中，雖然僅選擇「以庾
信賦為正典」的考察線索，但大致可推知：《少岧賦草》
中接受庾信賦、並以庾信賦評論其他賦作的基準，放諸清
代臺灣賦其實亦準。上文於討論庾信〈小園賦〉的「擬作」
時，雖已指出清代臺灣賦中唯陳奎〈擬庾子山小園賦〉，
但若進一步細讀即可發現：洪繻〈小樓賦〉[60]雖非庾信〈小
園賦〉的「擬作」，但在其間卻經常可見庾信〈小園賦〉
的影子，例如：庾信〈小園賦〉謂：「余有數畝敝廬」，
洪繻〈小樓賦〉則曰：「余有小樓」；庾信〈小園賦〉謂：
「巢父得安巢之所」，洪繻〈小樓賦〉則曰：「居如巢父」；
庾信〈小園賦〉謂：「聊以避風霜」，洪繻〈小樓賦〉則
曰：「風雨庇於一椽」；庾信〈小園賦〉謂：「可以療飢，
可以棲遲」，洪繻〈小樓賦〉則曰：「棲遲吾傲骨，廓落

---

60 許俊雅、吳福助主編，《全臺賦》（臺南：國家臺灣文學館籌備處，
　2006 年），頁 329。

我閑身」；庾信〈小園賦〉謂：「雖復晏嬰近市，不求朝夕之利」，洪繻〈小樓賦〉則曰：「臨市而塵氣常刪」；庾信〈小園賦〉謂：「檐直倚而妨帽」，洪繻〈小樓賦〉則曰：「妨近身之烏帽」；……由此亦可證明：洪繻對庾信的接受，絕不僅限於其數篇「春賦」而已；清代臺灣以「庾信賦」為「正典」，也不會只是陳奎、洪繻等少數人的看法。

　　許俊雅教授於〈全臺賦導論〉曾指出：「探討臺灣賦學發展不能不置於清代賦學的背景之下」[61]，雖然該文談「清代賦學背景」時，所舉的是「帝王獎勵」、「開疆拓土」、「經世思想」、「方志編纂」等「外緣」因素，但許教授於〈臺灣賦篇補遺 —— 從醫文賦體談起〉[62]一文中也曾強調：「研究臺灣古典文學，不能罔置大陸資料於不顧」，實亦認為「清代賦學背景」尚包括文學作品與其他文獻，不僅限於「外緣」因素。由於清代臺灣並無本地編撰的「賦話」、「賦選」，欲探尋清代臺灣賦的「賦學基準」，勢必得借助於當時中國大陸的相關文獻。此次本章所借助的《少嵒賦草》，所能提供的參照基準其實不只「以庾信為正典」或「以唐詩為賦題」一二端。例如《少嵒賦草》「正集」四卷的編次隱然分門別類：卷一與卷二的人

---

61 許俊雅，〈全臺賦導論〉，許俊雅、吳福助主編，《全臺賦》（臺南：國家臺灣文學館籌備處，2006 年），頁 6。

62 許俊雅，〈臺灣賦篇補遺 —— 從醫文賦體談起〉，《復旦學報（社會科學版）》2010 年 6 期。

文景觀，大多是「以古事爲題」者──此係晚唐湧現的新作法[63]，中有數篇「擬古」之作。卷三與卷四則皆詠自然景物，大致爲天象、蟲鳥、草木等。如果對照清代臺灣存賦較多的曹敬 22 篇賦，「以古事爲題」者多達 12 篇（柳汁染衣賦[64]、止子路宿賦、嚴子陵釣臺賦、濠上觀魚賦、攜雙柑酒聽黃鸝賦[65]、蘭亭修禊賦、種蕉學書賦[66]、淵明歸隱賦、濠上觀魚賦、露香告天賦[67]、淮陰背水出奇兵賦、王景略談時務賦），直取古代詩文名句爲題者有 5 篇（業精於勤賦、草色入簾青賦、夏雨雨人賦、纔了蠶桑又種秧賦、審音知樂賦），「擬古」之作有 1 篇（擬鮑明遠舞鶴賦），天象、草木等 3 篇（海月賦、白蓮賦、霜葉賦），題材和《少齷賦草》頗爲相近。此一因題材所構成的審美取向，也是探討清代臺灣「賦學基準」時或可留意的層面。

---

63 洪邁，《容齋隨筆》（臺北：大立出版社，1981 年），〈容齋四筆〉卷七「黃文江賦」，頁 694。

64 《雲仙雜記》卷一「柳神九烈君」：「李固言未第前，行古柳下，聞有彈指聲，固言問之，應曰：『吾柳神九烈君，已用柳汁染子衣矣，科第無疑。果得藍袍，當以棗糕祠我。』固言許之。未幾，狀元及第。」

65 《雲仙雜記》卷二「俗耳針砭詩腸鼓吹」：「戴顒春攜雙柑斗酒，人問何之？曰：『往聽黃鸝聲。此俗耳針砭，詩腸鼓吹，汝知之乎？』」

66 陶谷《清異錄》：「懷素居零陵，庵之東植芭蕉數畝，取蕉葉代紙學書，名所居曰『綠天庵』。」。陸羽《懷素別傳》亦載，懷素「貧無紙可書，嘗於故里種芭蕉萬餘株，以供揮灑。書不足，乃漆一盤書之，又漆一方板，書至再三，盤板皆穿。」

67 張光祖《言行龜鑑》卷二〈德行門〉：「趙清獻公抃，日所爲事，夜必衣冠露香，拜手以告于天，不可告者，則不爲也」。

第五章　題聚一唐：
清代臺灣賦涉納唐代詩文的書寫趨向

第一節　引　言

　　為作品找到適合的詮釋語境，通常可以讓原本旨意難
覷、價值不明的作品因「得其所哉」而被妥切理解、妥貼
定位。日據時期的臺灣賦，即是在合適的詮釋脈絡下，被
視為在當時具有勸世勉人、安定社會、保存漢文的意義[1]；

1　許俊雅〈《全臺賦》導論〉：「尤為特殊者，日治時期有不少民間善
　　書鸞書刊登賦作，到三〇年代則多發表於《風月》、《南方》、《三
　　六九小報》這些漢文通俗雜誌，⋯⋯題材以市井小民、風花雪月的生
　　活為主，或是帶有諷刺意味、勸世勉人之作」；「鸞賦⋯⋯在日本統
　　治下以此方式反映社會問題、教化人心，並使漢文不至滅絕，此一賦
　　體的表現手法，可謂是獨具特色，與通俗賦篇的表現，成為臺灣賦作
　　發展史上的兩大奇景。」（收於許俊雅、吳福助，《全臺賦》，臺南：
　　國家臺灣文學館籌備處，2006 年，頁 27、34）梁淑媛《飛登聖域：臺
　　灣鸞賦文學書寫及其文化視域研究》（臺北：五南圖書出版公司，2012
　　年）：「日治時期，⋯⋯當時臺灣可以說是處在一種急遽變動，人民
　　處於極度憂慮災害隨時侵襲的惶恐當中，正由於這種集體恐懼末世來
　　臨的心理，促使各地鸞堂普遍設立的需求性大增，以求維繫日常生活
　　安居，公共秩序的穩定。⋯⋯鸞堂賦的書寫，在臺灣文學當中隱然崛

清代的臺灣「形勝賦」[2]，也於爲被認爲是寓「褒贊國家」
於「研究物情」[3]，「具有明確的紀錄地理而反映情識的價
值」[4]。所以，臺灣賦中的上述兩群作品，近幾年來已開展
出不少「將文學文本置於非文學文本的框架之中，綜合各
種『邊緣』理論，試圖達到對文化、政治、歷史、詩學的
重寫」[5]的研究成果。餘下的清代臺灣文人賦篇，由於是「科
舉律賦的寫作風氣普遍」[6]下的產物，「跟臺灣本地的風土、
歷史、形勝等較無關聯」[7]，在難以從特定歷史場景找尋詮
釋途徑的情況下，遂乏人問津。不過，文學詮釋能著眼於
「外部的社會文化系統」固然宏觀，聚焦於「內部的形成
系統」[8]也有其深度。以必須「穿穴經史」、「驅使六籍」

起，是有它的特殊時空背景意義，就是用其對寺宇廟堂肇建的頌美進
行宣揚和綴飾，發揮著鸞顯志、強調勸世諷諫之旨。」（頁48）

2 許俊雅〈《全臺賦》導論〉：「清嘉慶、道光之後，……文人大量創
作的科舉賦已成爲這時期臺灣賦的主流，從數量上可以清楚地看出形
勝賦的衰退與科舉賦的興起」、「道光以後，……不再以臺灣形勝爲
主，而是轉變成以傳統賦作的題材爲賦作內容」（同上所揭書，頁42、
24），其意概以清代臺灣賦可大略分爲「形勝賦」與「科舉賦」。

3 游適宏，〈研究物情與褒贊國家 —— 王必昌〈臺灣賦〉的兩個導讀面
向〉，收於游適宏，《試賦與識賦：從考試的賦到賦的教學》（臺北：
秀威資訊科技公司，2008年）。

4 塗怡萱，《清代邊疆輿地賦研究》（南投：暨南國際大學中國語文學
系碩士論文，2003年），頁5。

5 朱立元，《當代西方文藝理論》（上海：華東師範大學出版社，2005
年），頁412。

6 許俊雅，〈《全臺賦》導論〉，收於許俊雅、吳福助，《全臺賦》（臺
南：國家臺灣文學館籌備處，2006年），頁42。

7 王嘉弘，《清代臺灣賦的發展》（臺中：東海大學中國文學系碩士論
文，2005年），頁110。

8 溫潘亞《追尋文學流變的軌跡 —— 文學史理論研究》（北京：人民文
學出版社，2009年）：「文學史……至少與兩個系統有關：一是文學
內部的形成系統，一是文學外部的社會文化系統。」（頁112）

9來進行書寫的律賦而言，既然引用、吸收、模仿、改寫其他文本就是它們生產意義的方式，則從狹義的「互文性」── 指一個文學文本和其他文學文本之間可論證的互涉關係 ── 來觀察清代臺灣「形勝賦」以外的文人賦篇如何進行「重寫」10，自應是「順勢而為」的嘗試。

由於「互文性」的閱讀總是得面對各個書寫片段間所埋伏的重重「鏈結」（links），例如：洪繻〈春日望遠賦〉之「昔時妾在長干里」化用李白〈長干行〉詩句11、洪繻〈春日對花賦〉之「江南有紅豆，粒粒號相思」化用王維〈相思〉詩句12、鄧延禧〈丹鳥賦〉之「好是畫屏秋冷，無妨羅扇之招」化用杜牧「銀燭秋光冷畫屏，輕羅小扇撲流螢」、黃希先〈榕壇賦〉之「撫百圍而籟遠，托萬廈而歡顏」化用蘇軾「大木百圍生籟遠」與杜甫「安得廣廈千萬間，大庇天下寒士俱歡顏」等，為了避免因無限鏈結而在浩瀚的文本網絡中失去討論焦點，本章乃以清代臺灣賦

---

9 見李調元著，詹杭倫、沈時蓉校證，《雨村賦話校證》（臺北：新文豐出版公司，1993年），卷4（頁64）、卷2（頁30）。

10 黃大宏〈重寫：文學文本的經典化途徑〉（《陝西師範大學學報（哲學社會科學版）》35卷6期，2006年）謂「重寫」意指「作家使用各種文體，以複述、變更原文本的題材、敘述模式、人物形象及其關係、意境、語辭等因素為特徵所進行的一種文學創作。重寫具有集接受、創作、傳播、闡釋與投機於一體的複雜性質，是文學文本生成、文學意義累積與引申，文學文體轉化，以及形成文學傳統的重要途徑。」

11 李白〈長干行〉：「妾發初覆額。折花門前劇。郎騎竹馬來。繞床弄青梅。同居長干里。兩小無嫌猜。……」

12 王維〈相思〉：「紅豆生南國，春來發幾枝。願君多采擷，此物最相思。」

的「題目」做為研究對象，結果發現凡「題目」有典故者，其出處明顯集中於唐代 —— 例如摘用前人詩文句為題者，僅有〈纔了蠶桑又種秧賦〉一題典出宋人詩句[13]，卻有〈廣學開書院賦〉、〈業精於勤賦〉、〈寒梅著花未賦〉、〈春城無處不飛花賦〉、〈二三豪傑為時出賦〉、〈春兼三月潤賦〉、〈海客談瀛洲賦〉、〈先器識而後文藝賦〉等八題典出唐代詩文。是以本章將此現象名曰「題聚一唐」，藉以指出清代臺灣賦在「題目」上某種「齊聚一堂」的趨向。

作品題目在一時期內齊聚一堂，往往直接反映了當時的主流思想、書寫習例或美感風尚。例如唐代省試賦的題目，三分之一以上出自唐代「九經」[14]，當中又以出自《禮記》者最多[15]。唐代省試詩的題目若出自「九經」，同樣偏好《禮記》；但不同於省試賦的是，省試詩的題目多出自集部，尤以來自《文選》為大宗[16]；其中典出前代詩歌

---

13 南宋翁卷〈鄉村四月〉：「綠遍山原白滿川，子規聲裏雨如煙。鄉村四月閒人少，才了蠶桑又插田。」

14 《唐六典》：「凡正經有九：《禮記》、《左氏春秋》為大經，《毛詩》、《周禮》、《儀禮》為中經，《周易》、《尚書》、《公羊春秋》、《穀梁春秋》為小經。」

15 參閱王士祥，〈唐代進士科試賦題目出處考述〉（《河南社會科學》17 卷 5 期，2009 年）；趙俊波，〈唐代試賦的命題研究 —— 以試賦題目與九經的關係為中心〉（《四川師範大學學報（社會科學版）》38 卷 1 期，2011 年）。

16 參閱劉青海，〈試論唐代應試詩的命題及其和《文選》的淵源〉（《雲南大學學報（社會科學版）》7 卷 4 期，2008 年）；張鵬飛，〈唐人試律詩詩題取用《文選》詩賦原句或李善注解比勘 —— 《昭明文選》在唐代科舉詩中的應用發微之一〉（《湖北師範學院學報（哲學社會科學版）》30 卷 3 期，2010 年）。

者，多屬六朝人詩句，謝朓、謝靈運高居一、二[17]。歸納出這些現象，便能從中找出值得探索的問題。那麼，清代臺灣賦「題聚一唐」的情況如何？為何會出現這樣的書寫發展？下文將分別就這兩個面向試做討論。

第二節　清代臺灣賦「題聚一唐」的現象

一、「題聚一唐」的方式

由於 2006 年出版的《全臺賦》係按作者時間編次，故若取該書洪繻（1867～1929）及其之前的賦家篇章，另加陳宗賦（1864～1928）《篇竹遺藝》的 20 篇賦[18]，再加賴世觀（1857～1918）的〈玉壺冰賦〉[19]，大略視做「清代臺灣賦」的範圍[20]，則共計得題目 117 個[21]。將這 117 個題

---

17 池潔，〈唐人應式詩題與唐代詩歌審美取向〉，《文學評論》2007年 5 期。

18 陳宗賦《篇竹遺藝》，收於臺灣先賢詩文集彙刊第 4 輯，冊 1，臺北：龍文出版社，2006 年。其中屬於「文」者，亦可見於黃永哲、吳福助主編，《全臺文》，冊 29，臺中：文听閣圖書公司，2007 年。

19 賴世觀的〈玉壺冰賦〉係光緒年間應試之作，王淑蕙《誌賦、試賦與媒體賦 ── 臺灣賦之三階段論述》（成功大學中國文學系博士論文，2012 年）之「附錄二」據賴辰雄所編《法曹詩人壺仙賴雨若詩文全集》載錄全文。

20 像洪繻、陳宗賦等生於清代、卒於日治時期的作者，其賦篇不能全然確定作於何時，故曰「大略」。

21 凡題目文字有出入者，如「臺灣形勝賦」與「臺陽形勝賦」、「淵明歸隱賦」與「陶淵明歸隱賦」，雖僅相差一字，仍分別計算。

目與《全唐賦》、《宋代辭賦全編》的篇目相較，即可發現：無法在《宋代辭賦全編》裡找到一模一樣的題目 —— 只有曹敬〈嚴子陵釣臺賦〉可算是承自宋代「釣臺賦」一題[22]；但在《全唐賦》裡，卻能找到完全複製、一字不差的題目6個 —— 「競渡賦」、「秋色賦」、「謙受益賦」、「春思賦」、「三箭定天山賦」、「玉壺冰賦」，此尚不包括題意相同、僅文字稍有出入的「鶴立雞群賦」（唐賦題目為「鶴處雞群賦」）、「海客狎鷗賦」（唐賦題目為「狎鷗賦」）、「鯤化鵬賦」（唐賦題目為「鯤化為鵬賦」）、「項王垓下聞楚歌賦」（唐賦題目為「垓下楚歌賦」）、「司馬題橋賦」（唐賦題目為「題橋賦」）。清代臺灣賦「題聚一唐」的情形，由此可以嘗鼎一臠。

　　古代賦論家謂：「凡賦題限韻，莫不于本題相附麗」[23]，「官韻之設，所以注題目之解，示程式之意」[24]，雖然賦篇題目旁「以○○為韻」的註記也有不著題目的[25]，但凡附麗者必有注解之意，如唐大曆十四（779）年「進士」科試「寅賓出日賦」，題目典出《尚書‧堯典》，意謂「恭

<hr>

22　《宋代辭賦全編》收錄王炎、朱翌、徐夢莘、陳巖肖、張伯玉、程珌、滕岑、錢觀等八人的〈釣臺賦〉。

23　李調元著，詹杭倫、沈時蓉校證，《雨村賦話校證》（臺北：新文豐出版公司，1993年），卷2，頁28。

24　王芑孫，《讀賦卮言》（收於何沛雄編，《賦話六種》，香港：三聯書店，1982年），頁19。

25　例如「以平上去入為韻」和「以四聲為韻」即是。「以平上去入為韻」有寬嚴之別，或等同於指定「平」、「上」、「去」、「入」四字所在的韻部，或只要在四聲各韻部中分別任選一韻即可。而「以四聲為韻」雖未指定韻部，但從聲調的排序輪轉，仍可變化出多種限制。

迎太陽昇起」，而限韻字為「大明在天，恆以時授」，這八個字限制的不只是各段押韻字的韻部，也指示考生從「太陽示民作息」的方向推闡題意，故這類限韻字可說是題目的「副標題」。至於題目旁註記「以題為韻」者，則無論取題目中多少字為押韻字[26]，題目和限韻字都是緊密結合，無可分割。故以下清代臺灣賦「題聚一唐」所觀察的對象，除題目本身，亦包含題目旁的限韻字，以呈現其完整性。

　　清代臺灣賦的「題聚一唐」，大致可歸納為三種方式：「使用相同或幾近相同的唐賦舊題」、「取唐人詩文句為題目或題下限韻字」、「題目詠唐人故實」，列述如下：

（一）使用相同或幾近相同的唐賦舊題

1.用唐賦舊題，俱不限韻

---

26 李調元《賦話》卷4：「唐人限韻，有云『以題為韻』者，則字字協之；『以題中字為韻』者，則就中任用八字，不必字字盡協也。」（李調元著，詹杭倫、沈時蓉校證，《雨村賦話校證》，臺北：新文豐出版公司，1993年，頁59。）浦銑《復小齋賦話》（收於何沛雄編，《賦話六種》，香港：三聯書店，1982年）則指出「以題為韻」尚有「賦」字押或不押之別：「唐賦限韻，有『以題為韻』者，『賦』字或押或不押，姑舉一二。如元稹〈郊天日五色祥雲賦〉、郭適〈人不易知賦〉、劉珣〈渭水象天河賦〉，俱押『賦』字；王起〈元日觀上公獻壽賦〉、王棨〈聖人不貴難得之貨賦〉、呂令問〈掌上蓮峰賦〉，俱不押『賦』字。」而「以題中字為韻」者，則「有以題中八字為韻者，如王棨〈詔遣軒轅先生歸羅浮舊山賦〉，隨意撿八字用也。有截取題中上幾字者，如〈漢武帝遊昆明池見魚銜珠賦〉，以題上七字為韻；〈皇帝多狩一箭雙兔賦〉，以題上六字為韻；〈曲直不相入賦〉，以題中「曲、直」二字為韻是也。」（頁54）

①陳宗賦〈秋色賦〉[27]，全用唐代黃滔〈秋色賦〉舊題（《御定歷代賦彙》卷 12）。

②洪繻〈春思賦〉，全用唐代王勃〈春思賦〉舊題（《御定歷代賦彙》卷 10）。

2.用唐賦舊題，改爲不限韻

僅洪繻〈項王垓下聞楚歌賦〉。該賦近乎全用唐代闕名〈垓下楚歌賦〉舊題（《御定歷代賦彙》卷 64），唐人賦以「漢師清歌遂統天下」爲韻，洪繻賦則未限韻。

3.用唐賦舊題，增列限韻字

①曹敬〈競渡賦〉：全用唐代范愻〈競渡賦〉舊題（《御定歷代賦彙》卷 104），但增列「以『果然奪得錦標回』爲韻」，限韻字典出盧肇〈競渡詩〉[28]（一作〈及第後江寧觀競渡寄袁州刺史成應元〉）：「石溪久住思端午，館驛樓前看發機。鼙鼓動時雷隱隱，獸頭凌處雪微微。沖波突出人齊譀，躍浪爭先鳥退飛。向道是龍剛不信，果然奪得錦標歸。」（《全唐詩》卷 551）

②陳宗賦〈鶴立雞群賦〉：近乎全用唐代皇甫湜〈鶴

---

27 陳宗賦〈秋色賦〉的文字與《賦海大觀》卷 4 所收一篇署名「吳鍾駿」（1798～1853）的〈秋色賦〉幾乎雷同，原因爲何，尙待釐清。陳宗賦生於同治 3 年（1864）；吳鍾駿（江蘇吳縣人）生於嘉慶 3 年（1798），道光 12 年（1832）殿試一甲第一名，授翰林院修撰，曾任福建學政、浙江學政等職。

28 《唐摭言》卷 3：「盧肇，袁州宜春人；與同郡黃頗齊名。頗富於產，肇幼貧乏。與頗赴舉，同日遵路，郡牧於離亭餞頗而已。時樂作酒酣，肇策蹇郵亭側而過；出郭十餘里，駐程俟頗爲倡。明年，肇狀元及第而歸，刺史已下接之，大慚恚。會延肇看競渡，於席上賦詩曰：『向道是龍剛不信，果然銜得錦標歸。』」

處雞群賦〉舊題（《御定歷代賦彙》卷 128），但增列「以『如野鶴之立雞群』為韻」。

③洪繻〈鯤化鵬賦〉：近乎全用唐代高邁〈鯤化為鵬賦〉舊題（《御定歷代賦彙》卷 128），但增列「以『其翼若垂天之雲』為韻」。

4.用唐賦舊題，更改限韻字

①鄭用錫〈謙受益賦〉：全用唐代吳連叔、孟翔〈謙受益賦〉舊題（《御定歷代賦彙》卷 67），唐代二賦皆以「君子立身謙德之柄」為韻，鄭賦改以「謙卦六爻皆吉」為韻。

②陳宗賦〈三箭定天山賦〉：全用唐代王棨〈三箭定天山賦〉舊題（《御定歷代賦彙》卷 64），王賦以「遠仗皇威大降番騎」為韻，陳賦改以「壯士長歌入漢關」為韻。「三箭定天山」係唐代名將薛仁貴的事蹟，《新唐書》卷111：「時九姓眾十餘萬，令驍騎數十來挑戰，仁貴發三矢，輒殺三人，於是虜氣懾，皆降。仁貴慮為後患，悉坑之，轉討磧北餘眾，擒偽葉護兄弟三人以歸。軍中歌曰：『將軍三箭定天山，壯士長歌入漢關。』」

③陳宗賦〈海客狎鷗賦〉：近乎全用唐代黃滔〈狎鷗賦〉舊題（《御定歷代賦彙》卷 131），黃賦以「釋意與遊遷之汀曲」為韻，陳賦改以題為韻。

④陳宗賦〈司馬[29]題橋賦〉：近乎全用唐代李遠〈題橋賦〉舊題（《御定歷代賦彙》卷40），李賦以「望在雲霄居然有異」為韻，陳賦改以「高車駟馬意氣不凡」為韻。

⑤賴世觀〈玉壺冰賦〉：全用唐代兩篇闕名之〈玉壺冰賦〉舊題（《御定歷代賦彙》卷114）[30]，唐代二賦皆以「堅白貞虛作人之則」為韻，賴賦改以「一片冰心在玉壺」為韻，限韻字典出王昌齡〈芙蓉樓送辛漸〉二首之一：「寒雨連江夜入吳，平明送客楚山孤。洛陽親友如相問，一片冰心在玉壺。」（《全唐詩》卷143）

（二）取唐人詩文句為題目或題下限韻字

1.以唐人詩文句為題目

凡「以題為韻」者，因題目與限韻字二者合一，故計入此類。

①施瓊芳〈廣學開書院賦〉，以題為韻：題目（即限韻字）典出唐玄宗李隆基〈集賢書院成，送張說上集賢學士，賜宴得珍字〉：「廣學開書院，崇儒引席珍。集賢招袞職，論道命台臣。禮樂沿今古，文章革舊新。獻酬尊俎列，賓主位班陳。節變雲初夏，時移氣尚春。所希光史冊，千載仰茲晨。」（《全唐詩》卷3）

---

29 司馬，指西漢司馬相如。司馬相如未遇時，嘗題詩於橋柱以見其志。後世相關戲曲如宋元南戲〈司馬相如題橋記〉、明代無名氏〈漢相如獻賦題橋〉、陸濟之〈題橋記〉等。

30 該卷另有唐代陶翰、崔損的〈冰壺賦〉，皆以「清如玉壺冰何愜宿昔意」為韻。

②曹敬〈業精於勤賦〉，以題為韻：題目（即限韻字）典出韓愈〈進學解〉：「業精於勤，荒於嬉。行成於思，毀於隨。……」（《全唐文》卷558）

③洪繻〈寒梅著花未賦〉，以題為韻：題目（即限韻字）典出王維〈雜詩〉三首之二：「君自故鄉來，應知故鄉事。來日綺窗前，寒梅著花未。」（《全唐詩》卷128）

④洪繻〈春城無處不飛花賦〉，不限韻：題目典出韓翃〈寒食〉：「春城無處不飛花，寒食東風御柳斜。日暮漢宮傳蠟燭，輕煙散入五侯家。」（《全唐詩》卷245）

④陳宗賦〈二三豪傑為時出賦〉，以題為韻：題目（即限韻字）典出杜甫〈洗兵馬〉：「中興諸將收山東，捷書日報清晝同。……司徒清鑒懸明鏡，尚書氣與秋天杳。二三豪俊為時出，整頓乾坤濟時了。……」（《全唐詩》卷217）

⑥陳宗賦〈春兼三月潤賦〉，以題為韻：題目（即限韻字）典出喻坦之〈送友人遊東川〉：「食盡須分散，將行幾願留。春兼三月閏，人擬半年遊。風俗同吳地，山川擁梓州。思君登棧道，猿嘯始應愁。」（《全唐詩》卷713）

⑦陳宗賦〈海客談瀛洲賦〉，以題為韻：題目（即限韻字）典出李白〈夢遊天姥吟留別〉：「海客談瀛洲，煙濤微茫信難求。越人語天姥，雲霓明滅或可睹。……」（《全唐詩》卷174）

⑧陳宗賦〈先器識而後文藝賦〉，以題為韻：題目（即限韻字）典出劉肅《大唐新語·知微》：「裴行儉，少聰

敏多藝，……時李敬玄盛稱王勃、楊炯等四人，以示行儉，曰：『士之致遠，先器識而後文藝也。勃等雖有才名，而浮躁淺露，豈享爵祿者楊稍似沉靜，應至令長，並鮮克令終。』卒如其言。」

2.以唐人詩文句為題下限韻字

①陳洪圭〈秀峰塔賦〉，以「騰蛟起鳳，紫電青霜」為韻：限韻字典出王勃〈滕王閣序〉：「南昌故郡，洪都新府。……騰蛟起鳳，孟學士之詞宗；紫電青霜，王將軍之武庫。……」（《全唐文》卷181）

②許式金〈雁來紅賦〉，以「鴻雁幾時到」為韻：限韻字典出杜甫〈天末懷李白〉：「涼風起天末，君子意如何。鴻雁幾時到，江湖秋水多。文章憎命達，魑魅喜人過。應共冤魂語，投詩贈汨羅。」（《全唐詩》卷225）

③曹敬〈嚴子陵釣臺賦〉，以「嚴光萬古高風在」為韻：限韻字典出吳融〈富春〉：「水送山迎入富春，一川如畫晚晴新。雲低遠渡帆來重，潮落寒沙鳥下頻。未必柳間無謝客，也應花裏有秦人。嚴光萬古清風在，不敢停橈更問津。」（《全唐詩》卷687）

④曹敬〈霜葉賦〉，以「霜葉紅於二月花」為韻：限韻字典出杜牧〈山行〉：「遠上寒山石徑斜，白雲生處有人家。停車坐愛楓林晚，霜葉紅於二月花。」（《全唐詩》卷524）

⑤曹敬〈海月賦〉，以「挂席拾海月」為韻：限韻字典出李白〈敘舊贈江陽宰陸調〉：「泰伯讓天下，仲雍揚

波濤。……挂席拾海月，乘風下長川。多沽新豐醸，滿載
剡溪船。……」[31]（《全唐詩》卷 169）

　　⑥丘逢甲〈澎湖賦〉，以「洗盡甲兵長不用」爲韻：
限韻字典出杜甫〈洗兵馬〉：「中興諸將收山東，捷書日
報清晝同。……淇上健兒歸莫懶，城南思婦愁多夢。安得
壯士挽天河，淨洗甲兵長不用。」（《全唐詩》卷 217）

　　⑦洪繻〈劉阮同入天台山遇神女[32]賦〉，以「別有天
地非人間」爲韻：限韻字典出唐人李白〈山中問答〉：「問
余何意棲碧山，笑而不答心自閑。桃花流水杳然去，別有
天地非人間。」（《全唐詩》卷 178）

　　⑧洪繻〈桃花源賦〉，以「桃花源裡人家」爲韻：限
韻字典出王維〈輞川六言〉七首之三：「采菱渡頭風急，
策杖村西日斜。杏樹壇邊漁父，桃花源裡人家。」（《全
唐詩》卷 128）

3.以不同唐人詩文句爲題目、限韻字

　　這是指賦的題目與限韻字，分別取自不同的唐人詩
文，可說是上述「以唐人詩文句爲題目」和「以唐人詩文
句爲題下限韻字」的綜合。

　　①曹敬〈草色入簾青賦〉，以「草色遙看近卻無」爲

---

31 嚴格來說，李白此句襲用謝靈運〈游赤石進帆海〉：「首夏猶清和，
　芳草亦未歇。水宿淹晨暮，陰霞屢興沒。週覽倦瀛壖，況乃陵窮發。
　川后時安流，天吳靜不發。揚帆採石華，挂席拾海月。溟漲無端倪，
　虛舟有超越。仲連輕齊組，子牟眷魏闕。矜名道不足，適己物可忽。
　請附任公言，終然謝天伐。」
32 劉晨、阮肇故事見於劉義慶《幽明錄》。

韻：題目典出劉禹錫〈陋室銘〉：「山不在高，有仙則名。……苔痕上皆綠，草色入簾青。談笑有鴻儒，往來無白丁。……」（《全唐文》卷 608）限韻字典出韓愈〈早春呈水部張十八員外〉二首之一：「天街小雨潤如酥，草色遙看近卻無。最是一年春好處，絕勝煙柳滿皇都。」（《全唐詩》卷 344）

②洪繻〈采香徑賦〉，以「吳王宮裡西施」為韻：題目典出劉禹錫〈館娃宮在舊郡西南硯石山前，瞰姑蘇臺傍有采香徑、梁天監，中置佛寺曰靈巖，即故宮也，信為絕境因賦二章〉之二：「月殿移椒壁，天花代舜華。唯餘采香徑，一帶繞山斜。」（《全唐詩》卷 364）限韻字典出唐人李白〈烏棲曲〉：「姑蘇臺上烏棲時，吳王宮裡醉西施。吳歌楚舞歡未畢，青山欲銜半邊日。銀箭金壺漏水多，起看秋月墜江波。東方漸高奈樂何。」（《全唐詩》卷 162）

4.以唐賦之限韻字為題目

僅施瓊芳〈海旁蜃氣象樓臺賦〉。「海旁蜃氣象樓臺」一語原出自《史記‧天官書》，但唐代王起〈蜃樓賦〉以「海旁蜃氣象樓臺」為韻（《御定歷代賦彙》卷 137），故亦可視施賦以王賦的限韻字做為題目。

（三）題目詠唐人故實

①徐德欽〈十八學士登瀛洲賦〉，以題為韻：「十八學士」係唐太宗名臣，據《舊唐書》卷 72「褚亮傳」：「始太宗既平寇亂，留意儒學，乃於宮城西起文學館，以待四方文士。於是，以屬大行臺司勳郎中杜如晦，記室考功郎

中房玄齡及于志寧，軍諮祭酒蘇世長，天策府記室薛收，文學褚亮、姚思廉，太學博士陸德明、孔穎達，主簿李玄道，天策倉曹李守素，記室參軍虞世南，參軍事蔡允恭、顏相時，著作佐郎攝記室許敬宗、薛元敬，太學助教蓋文達，軍諮典籤蘇勖，並以本官兼文學館學士．及薛收卒，復徵東虞州錄事參軍劉孝孫入館．尋遣圖其狀貌，題其名字、爵里，乃命亮爲之像贊，號『十八學士寫真圖』，藏之書府，以彰禮賢之重也．諸學士並給珍膳，分爲三番，更直宿于閣下，每軍國務靜，參謁歸休，即便引見，討論墳籍，商略前載．預入館者，時所傾慕，謂之『登瀛洲』。」

　　②曹敬〈種蕉學書賦〉，以「書成蕉葉文猶綠」爲韻：懷素爲唐代知名草書家，俗姓錢，字藏真，湖南零陵人，與唐代另一草書家張旭齊名，人稱「張顛素狂」或「顛張醉素」。陶穀《清異錄·草木門》載：「懷素居零陵，庵東郊，治芭蕉，亘帶幾數萬，取葉代紙而書，號其所曰『綠天』，庵曰『種紙』。」

　　③曹敬〈柳汁染衣賦〉，以「已用柳汁染子衣」爲韻：馮贄《雲仙散錄》[33]卷1「柳神九烈君」：「李固言未第前，行古柳下，聞有彈指聲，固言問之，應曰：『吾柳神九烈君，已用柳汁染子衣矣，科第無疑。果得藍袍，當以棗糕祠我。』固言許之。未久，狀元及第。」李固言（782～860），首次科舉不第，有算命師告之：「紗籠中人，不用相問。」

33　此書署名唐末馮贄所編撰，但書中引用的文獻皆歷代史誌所未載，疑爲僞託。

後於唐憲宗元和 7 年中狀元，歷任戶部郎中、給事中、尚
書右丞、右僕射等官職。

④洪繻〈唐明皇宣李白賦清平調賦〉，以「沉香亭北
倚闌干」為韻：李濬《松窗雜錄》：「開元中，禁中初重
木芍藥，即今牡丹也。得四本紅、紫、淺紅、通白者，上
因移植於興慶池東沉香亭前。會花方繁開，上乘月夜召太
真妃以步輦從。詔特選梨園子弟中尤者，得樂十六色。李
龜年以歌擅一時之名，手捧檀板，押眾樂前欲歌之。上曰：
『賞名花，對妃子，焉用舊樂詞為？』遂命龜年持金花牋
宣賜翰林學士李白，進〈清平調詞〉三章。白欣承詔旨，
猶苦宿醒未解，因援筆賦之。」此賦限韻字即取自李白〈清
平調詞〉三首之三：「名花傾國兩相歡，長得君王帶笑看。
解釋春風無限恨，沉香亭北倚闌干。」（《全唐詩》卷 164）

⑤洪繻〈李白春宴桃李園賦〉，以題為韻：李白〈春
夜宴從弟桃李園序〉約作於唐玄宗開元 21 年前後，題目另
有「春夜宴諸從弟桃花園序」（《文苑英華》）、「春夜
讌從弟桃花園序」（《唐文粹》），全文僅百餘字：「夫
天地者，萬物之逆旅也；光陰者，百代之過客也。而浮生
若夢，為歡幾何？古人秉燭夜游，良有以也。況陽春召我
以煙景，大塊假我以文章。會桃花之芳園，序天倫之樂事！
群季俊秀，皆為惠連。吾人詠歌，獨慚康樂。幽賞未已，
高談轉清。開瓊筵以坐花，飛羽觴而醉月，不有佳詠，何
伸雅懷？如詩不成，罰依金谷酒數。」

二、「題聚一唐」的探討

(一)「賦題」視野下的唐代經典

上列「使用相同或幾近相同的唐賦舊題」、「取唐人詩文句爲題目或題下限韻字」、「題目詠唐人故實」的清代臺灣賦，共計 35 篇。這些賦篇題目（含限韻字）的典故所出，頻率最高的是李白（五詩一文），其次則爲杜甫（兩詩）、王維（兩詩）、韓愈（一詩一文）、劉禹錫（一詩一文）。「題聚一唐」所聚的文類，很明顯的是唐詩──有 18 首詩的詩句成爲清代臺灣賦的題目（含限韻字）；其中一首有兩句分別做了丘逢甲〈澎湖賦〉的限韻字與陳宗賦〈二三豪傑爲時出賦〉的題目，即杜甫〈洗兵馬〉。

杜甫〈洗兵馬〉，詩人自注「收京後作」，可知作於安史之亂長安收復（至德 2（757）年 10 月）後[34]。詩中對朝廷平叛獲勝的欣喜、對天下永無戰事的企盼，無疑是身處晚清動盪世局中丘逢甲、陳宗賦的心理投射。〈澎湖賦〉乃一舊題，乾隆年間來臺的王必昌[35]早已寫過，丘逢甲有感於「交人肇釁，法寇茲張」（光緒 9 年，1883 年），法軍將領孤拔所率領的遠東艦隊先後佔領基隆、澎湖（1884

34　一說作於乾元 2（759）年 2 月，一說作於乾元元（758）年 3 月至 5 月間。

35　王必昌，福建省德化縣人，乾隆乙丑科（10 年）進士。乾隆 11 年他曾與魯鼎梅合作修纂《（福建）德化縣志》，後魯鼎梅轉任臺灣知縣，乃於乾隆 16 年找他來臺重修《臺灣縣志》。

年），「幸諒山之告捷（1885年鎮南關之役），遂海島之胥康」，指出臺、澎實位居戰略要衝——「入秦者何為先據函關？破蜀者何以先爭巫峽？」故強調「臺為七省之襟帶，澎實兩郡之津梁。則當分區建省之初，規模大備；而為設鎮增兵之事，計畫誠長。」然而，賦在析論軍事布署之餘，卻以杜詩「洗盡甲兵長不用」為韻，實又表達了對兵燹漫延的無奈，同時也寄託了對臺海寧靜的期待。至於〈二三豪傑為時出賦〉一題，陳宗賦寫了兩篇，自云是「吟杜老之詩篇」、「讀工部之詩章」，見詩中讚譽郭子儀深謀遠慮、李光弼洞見事實、王思禮氣象高遠，俱應世而出以安天下，遂令「閱史者所以興思」，「懷古者因之所賦」。但目睹清廷戰敗割地，陳宗賦在賦中「考銷兵之典故，知唐室之傾危」，何嘗不是借古諷今？何嘗不是殷望當時也能如唐代「蒸蒸然日月重光，乾坤復治」一般，出現「材兼文武，身繫安危」的「二三臣者」，開出「豪英奮起，遂教玉壘遽安」、「傑士偕來，共祝金湯永固」的新局面？

（二）「賦題」影響下的賦體仿習與新變

　　清代臺灣賦家對唐人賦「題」的沿襲，有時也包含對唐人賦「體」的仿習。例如黃滔〈秋色賦〉未標註限韻字，但全篇駢辭儷句且有隔句對八組，實屬律賦[36]。陳宗賦用

---

36 唐人未標註「以……為韻」的賦篇也可能是律賦，如王棨名篇〈江南春賦〉即是。事實上，隔句對的大量使用，才是律賦最重要的特徵。參閱鄺健行〈初唐題下限韻律賦形式的審察及引論〉。

黃滔〈秋色賦〉舊題寫賦，體裁也不作二選，撰成一篇有隔句對七組的律賦。又如王勃〈春思賦〉，其在整個初唐賦篇裡的最特殊處，便是大量使用五言、七言詩句[37]，例如下引一節，於幾句賦體常用的四、六言句後，旋即接續更多的五、七言詩句，因而使五、七言詩句高佔全篇80%[38]：

> 於是僕本浪人，平生自淪，懷書去洛，抱劍辭秦。惜良會之迢邁，厭他鄉之苦辛。忽逢邊候改，遙憶帝鄉春。帝鄉迢遞關河裏，神皋欲暮風煙起。黃山半入上林園，元灞斜分曲江水。玉臺金闕紛相望，千門萬戶遙相似。[39]

洪繻〈春思賦〉既用王勃〈春思賦〉舊題，同時也模仿了王勃的寫作方式——在全篇 62 句中，五言詩句有 10 句，七言詩句有 20 句，合計幾佔全篇 50%，如下引一段，便是以五、七言詩句爲主要成分：

> 起坐紅窗日遲遲，玉容鏡裡幾番窺。淚將殘粉落，

37　據祁立峰《六朝詩賦合流現象之新探》（臺北：政治大學中國文學系碩士論文，2006 年）的考察，五、七言詩句並未在初唐各家賦中被大量使用，類似王勃〈春思賦〉的特例，僅見駱賓王〈蕩子從軍賦〉。（頁 200）

38　白承錫，《初唐賦研究》（臺北：政治大學中國文學系博士論文，1994年），頁 227。

39　陳元龍，《御定歷代賦彙》（南京：鳳凰出版社，2004 年），頁 43。

> 釵拂翠鬟敧。倦態同柳軃，深情畏花知。呼來女伴，
> 卻去侍兒。閨裡自裁白雪句，樓頭共詠惜春詞。[40]

清代曾有賦論家認為：「七言、五言，最壞賦體」[41]，王
世貞《藝苑巵言》卷四也曾經批評：「子安諸賦，皆歌行
也，為歌行則佳，為賦則醜。」洪繻將自己的〈春思賦〉
五、七言詩句所佔比重下降，也許即為懲王勃〈春思賦〉
之失。事實上，清代固然常見「取法唐賦」的主張 —— 如
余丙照《賦學指南‧賦法緒論》：「初學作賦，總宜按部
就班，取法唐賦為是」[42]，或如鮑桂星《賦則‧凡例》：
「今欲求為律賦，舍唐人無可師承矣」，但模擬仿效、「瓣
香唐賢」的目的，終究是希望超越古人，「不必復陳大輅
之椎輪」：

> 今功令以詩賦試士，館閣猶重之。試賦除擬古外，
> 率以清醒流利、輕靈典切為宗，正合唐人律體。特
> 唐律巧法未備，往往瑕瑜互見，宋、元亦然，今賦則
> 斟酌益臻完善耳。……學者就時彥中擇其最精者以為
> 鵠，即不啻瓣香唐賢，不必復陳大輅之椎輪矣。[43]

---

40 許俊雅、吳福助，《全臺賦》（臺南：國家臺灣文學館籌備處，2006
　年），頁 280。

41 王芑孫，《讀賦巵言》（收於何沛雄編，《賦話六種》，香港：三聯
　書店，1982 年），頁 4。

42 余丙照著，詹杭倫、沈時蓉等校注，《賦學指南校正》，卷 11，收
　於詹杭倫、沈時蓉等校注，《歷代律賦校注》（武漢：武漢大學出版
　社，2009 年），附錄三，頁 817。

43 李元度，《賦學正鵠》（清光緒 17 年經綸書局刊本），序目。

因此，即便前述陳宗賦〈秋色賦〉是既仿「題」又仿「體」，但卻無意學黃滔「賦蕭條之景」後「更苦曩篇之秋興」，反而強調「似孅阿之暑魄，盈極於虧；如學士之文章，絢歸於澹。固知色相之皆空，乃悟化工於元覽」，顯然試圖在作品思想上為〈秋色賦〉別樹一幟。

　　另一方面，「取前人詩句為限韻字」的律賦作法，清代以前未見，此法亦造成律賦形式結構上的少許新變。蓋律賦自唐、宋以來，「以八韻為常」[44]，晚唐時的《賦譜》[45]一書，即提示律賦宜分「頭」、「項」、「腹」、「尾」四部分，「腹」再分為「胸」、「上腹」、「中腹」、「下腹」及「腰」五個區段，隨著「轉韻」形成「八段」：

> 至今新體分為四段：初三、四對約三十字為「頭」，次三對約四十字為「項」，次二百餘字為「腹」，最末約四十字為「尾」。就腹中更分為五：初約四十字為「胸」，次約四十字為「上腹」，次約四十字為「中腹」，次約四十字為「下腹」，次約四十

---

44 洪邁《容齋續筆》：「唐以賦取士，而韻數多寡、平側次敘，元無定格。……自太和以後，始以八韻為常。……舊例，賦韻四平四側。」

45 現存《賦譜》是日本平安朝（794～1186）時期的抄本，可能是由名僧圓仁於唐宣宗大中元（847）年攜回日本，現藏東京五島美術館。《賦譜》原著者不詳，但書中數度引用浩虛舟〈木雞賦〉，浩虛舟為唐穆宗長慶 2（822）年進士，〈木雞賦〉為當年試題，故可推知其成書當在西元 822 年之後，而可能在西元 847 年之前。

　　　字為「腰」。都八段，段轉韻、發語為常體。[46]

北宋時的《師友談記》也提及律賦是透過「轉韻」開展出八個段落：

　　　凡小賦如人之元首，而破題二句乃其眉，惟貴氣貌，
　　　有以動人，故先擇事之至精至當者先用之，使觀之
　　　便知妙用。然後「第二韻」探原題意之所從來，須
　　　便用議論。「第三韻」方立議論，明其旨趣。「第
　　　四韻」結斷其說以明題，意思全備。「第五韻」或
　　　引事、或反說。「第七韻」反說，或要終立意。「第
　　　八韻」卒章，尤要好意思爾。[47]

但取七言、五言詩句為限韻字，或以詩句為題目附帶「以
題為韻」，律賦的段落便不會是八段。如許式金〈雁來紅
賦〉、曹敬〈海月賦〉因分別以「鴻雁幾時到」、「挂席
拾海月」為韻，二賦皆為五段；洪繻〈桃花源賦〉以「桃
花源裡人家」為韻，洪繻〈采香徑賦〉以「吳王宮裡醉西
施」刪去一字後的「吳王宮裡西施」為韻，故二賦皆是六
段；而施瓊芳〈廣學開書院賦〉、洪繻〈寒梅著花未賦〉、

46　詹杭倫，〈賦譜校注〉，收於詹杭倫、李立信、廖國棟，《唐宋賦學
　　新探》（臺北：萬卷樓圖書公司，2005 年），頁 77。
47　李薦，《師友談記》（臺北：臺灣商務印書館影文淵閣四庫全書，冊
　　863，1986 年），頁 176。

陳宗賦〈春兼三月潤賦〉、陳宗賦〈海客談瀛洲賦〉都是
「以題（五言詩句加「賦」字）爲韻」，所以也是六段；
而賴世觀以「一片冰心在玉壺」爲韻的〈玉壺冰賦〉、陳
宗賦以「壯士長歌入漢關」爲韻的〈三箭定天山賦〉，丘
逢甲以「洗盡甲兵長不用」爲韻的〈澎湖賦〉，洪繻以「沉
香亭北倚闌干」爲韻的〈唐明皇宣李白賦清平調賦〉、以
「別有天地非人間」爲韻的〈劉阮同入天台山遇神女賦〉，
以及曹敬以「果然奪得錦標回」爲韻的〈競渡賦〉、以「嚴
光萬古高風在」爲韻的〈嚴子陵釣臺賦〉、以「霜葉紅於
二月花」爲韻的〈霜葉賦〉、以「草色遙看近卻無」爲韻
的〈草色入簾青賦〉、以「書成蕉葉文猶綠」[48]爲韻的〈種
蕉學書賦〉等，皆因限韻字爲七言句而形成轉七韻、衍七
段的賦篇。

　　但就全體清代臺灣賦來看，「因以詩句限韻而使賦篇
押韻數、段落數改變」的情形雖不少見，卻也算不上普遍。
對照臺灣在清代中後期頗流行的賦選《少嵒賦草》[49]，該
書同樣可見以詩句限韻的賦 21 篇，約佔全書四分之一；其

---

[48]　「書成蕉葉文猶綠」非唐人詩句，乃《時古對類》所收錄的對聯：「書
　　成蕉葉文猶綠，吟到梅花句亦香」。

[49]　林文龍《臺灣的書院與科舉・科舉下的僵化文體》（臺北：常民文化
　　事業股份有限公司，1999 年）：「賦選，與試帖詩選略同，流傳較
　　少。臺灣最常見的是《少嵒賦》，爲道光間夏思沺的個人選集。」（頁
　　220）夏思沺（1798～1868，嘉慶 3 年～同治 7 年）是安徽人，從沒
　　到過臺灣；他的《少嵒賦草》於道光 4（1824）年首次刊印，何時傳
　　入臺灣，無從確考，國家圖書館現藏有「夏思沺著《少嵒賦草》四卷」
　　及「夏思沺著、姜兆蘭注釋《少嵒賦草箋注》四卷、續集一卷」兩種
　　版本。

中以唐人詩句限韻者如〈馬嵬坡賦〉以白居易〈長恨歌〉「花鈿委地無人收」為韻、〈老妓賦〉以白居易〈琵琶行〉「暮去朝來顏色故」為韻、〈探梅賦〉以杜甫〈小至〉「山意衝寒欲放梅」為韻、〈春柳賦〉以賀知章〈詠柳〉「碧玉妝成一樹高」為韻、〈寒鴉賦〉以李商隱〈隋宮〉「終古垂楊有暮鴉」等，即佔了 14 篇。故大抵而言，清代臺灣賦無論是「取前人詩句為限韻字」的寫作新趨，或是「好取唐人詩句為限韻字」的寫作習尚，都堪稱是整個清代賦學的縮影。

第三節　清代臺灣賦「題聚一唐」的原因

一、科舉加試「唐律」

這 35 篇「使用相同或幾近相同的唐賦舊題」、「取唐人詩文句為題目或題下限韻字」或「題目詠唐人故實」的清代臺灣賦，除陳洪圭〈秀峰塔賦〉敘寫名勝、丘逢甲〈澎湖賦〉議論時事，可能與科舉、學校、書院無關外，其餘幾乎都是環繞上述場域所產生的應考、研習、感懷之作。如施瓊芳〈廣學開書院賦〉，應是任海東書院山長所撰[50]；許式金〈雁來紅賦〉收錄於徐宗幹（1795～1866）所編《瀛

---

50 許俊雅、吳福助，《全臺賦》（臺南：國家臺灣文學館籌備處，2006年），頁 148。

洲校士錄》，該書原即海東書院的學子習作[51]。清代雖在
「鄉試」、「會試」、「殿試」三個階段均不考賦，但「童
試」[52]及生員必須參加的「歲考」、「科考」[53]，賦往往是
考試項目之一[54]，如賴世觀〈玉壺冰賦〉，即為光緒年間
參加「童試」之「縣考」階段所作[55]。

　　這些「題聚一唐」的賦篇[56]，幾乎都作於乾隆 22（1757）

51　徐宗幹《瀛洲校士錄》題序：「今東渡視事未久，歲試屆期，自夏五
　　望至六月朔，竭十餘日之力次第扃試，……試竣，集諸生徒於海東書
　　院，旬鍛而月鍊之，……而說經、論史及古近襍體詩文並肄業及之者，
　　裒輯二卷，曰《校士錄》，俾庠塾子弟有所觀感而則傚焉。」

52　包含「縣考」、「府考」、「院考」三階段，「縣考」與「府考」分
　　別由知縣及管轄該縣的知府主持，「院考」則由欽命簡放、三年一任
　　的「學政」主持。童生經錄取後，即為秀才，名次前列撥入府學者曰
　　「府學生員」，留縣學者曰「縣學生員」。

53　生員若尚未應鄉試、成舉人，則每逢三年新學政到任時，必須參加學
　　政主持的「歲考」，「歲考」的目的係為考察生員們的學業狀況，成
　　績優者可由「附生」晉為「增生」，或由「增生」晉為「廩生」，荒
　　廢退步者則予以懲罰。再者，由於府、縣生員人數眾多，但「鄉試」
　　考場容量有限，因此在「鄉試」以前，學政也會先就生員們進行篩選，
　　此即「科考」。生員們必須在「科考」中名列第一、二等或第三等之
　　前三名，才有機會參加「鄉試」。

54　余丙照《賦學指南》「序」：「自有唐以律賦取士，而賦法始嚴。……
　　我朝作人雅化，文運光昌，欽試翰院既用之，而歲、科兩試及諸季考，
　　亦藉以拔錄生童，預儲館閣之選。」陶福履《常談》：「國朝專為翰
　　林供奉文字、庶吉士月課、散館、翰詹大考皆試賦，外如博學鴻詞及
　　召試亦試賦，而學政試生員亦用詩賦。」

55　賴辰雄，《法曹詩人壺仙賴雨若詩文全集》（嘉義：嘉義市文化局，
　　2007 年）。

56　其餘不屬於「題聚一唐」、但係應考所作之賦有：丘逢甲〈窮經致用
　　賦〉為光緒 3（1877）年參加「童試」之「院考」所作，曹敬〈露香
　　告天賦〉係道光年間應生員「歲考」所作，洪繻兩篇〈鯤化鵬賦〉則
　　作於光緒 19 年「陳太守（陳文騄）觀風」，〈班固燕然山刻石賦〉、
　　〈虞允文勝金人於采石磯賦〉和兩篇〈西螺柑賦〉作於光緒 20 年「孫

年之後——陳洪圭生卒年不詳，但其〈秀峰塔賦〉首見於
乾隆 29（1764）年刊行的《重修鳳山縣志》；許式金生卒
年不詳，但收錄其〈雁來紅賦〉的《瀛洲校士錄》，乃徐
宗幹於道光 28（1848）年來臺後所編；此外，鄭用錫生於
乾隆 53（1788）年，施瓊芳生於嘉慶 20（1815）年，曹敬
生於嘉慶 22（1817）年，徐德欽生於咸豐 3（1853）年，
賴世觀生於咸豐 7（1857）年，丘逢甲生於同治 3（1864）
年，陳宗賦生於同治 3（1864）年，洪繻生於同治 6（1867）
年。而上文已經指出，這些「題聚一唐」的題目（含限韻
字）出典，很明顯的集中於唐詩，因此，清代科舉自乾隆
22 年以後，於「童試」、「鄉試」、「會試」及生員「歲
考」、「科考」的加考「唐人律詩」，無疑是清代臺灣賦
「題聚一唐」的重要推動因素。

　　清代科舉在定期舉行的考試中，於乾隆 22 年以前並不
考詩——事實上，前此的科舉，已逾五百年沒考過詩。科
舉試詩，可推始於唐代「進士」科試「雜文」[57]，起初「雜
文」所考的文類不定，後來才專用一賦、一詩[58]，且中唐

太尊（孫傳堯）觀風」（游適宏，〈《全臺賦》所錄八篇應考作品初
論〉，《逢甲大學人文社會學報》15 期，2007 年）。「觀風」是學
政案臨未開考之前，童生、生員「擇作一門或數門均可，並無限制，
不必入場，試卷自備」的非正式考試。（商衍鎏，《清代科舉考試述
錄及有關著作》，天津：百花文藝出版社，2005 年，頁 9。）

57 「進士」科試「雜文」，係自唐高宗永隆 2（681）年頒布〈條流明
經進士詔〉立為定制。

58 清代徐松《登科記考》認為當在唐玄宗天寶之際，羅聯添〈唐代進士
科試詩賦的開始及其相關問題〉（《中國歷史學會史學集刊》17 期，
1985 年）以為應延至代宗大曆時期，陳鐵民〈梁瑀墓誌與唐進士科

以後，「雜文」已位居首場把關的要衝[59]。宋代大部分的時間均「詩賦進士」、「經義進士」分立，「經義進士」固不考詩，但「詩賦進士」才是學子競奔之所趨[60]。金代於海陵王時，將原本的「經義」、「詞賦」分途改為專以「詞賦」取士[61]，自亦重詩。直到元代，蒙古朝廷先是停止科舉，其後於仁宗皇慶 2（1313）年恢復科舉時，因依據朱熹〈學校貢舉私議〉所發展的學校育才、選才制度已實施數十年，學校教育亦早已獨重經學[62]，遂「將律賦、省題詩、小義皆不用，專立德行明經科」[63]，自此以至明代，詩便遭隔絕於科場之外。清代在康熙、乾隆年間，雖

試雜文〉（《北京大學學報》43 卷 6 期，2006 年）則前推至玄宗開元年間。

59 傅璇琮，《唐代科舉與文學》（西安：陝西人民出版社，1995 年），頁 172；鄺健行，〈初唐題下限韻律賦形式的審察及引論〉，收於鄺健行，《科舉考試文體論稿：律賦與八股文》（臺北：臺灣書店，1999 年），頁 139。

60 例如北宋哲宗元祐年間復詩賦，蘇軾〈乞詩賦經義各以分數取人將來只許詩賦兼經狀〉就說：「臣在都下，見太學生學詩賦者十人而七。臣本蜀人，聞蜀中進士習詩賦者十人而九。及出守東南，親歷十郡，多見江湖福建人士，皆爭作詩賦，專習經義，士以為恥。」《宋史·選舉志》（臺北：鼎文書局，1980 年）亦謂至元祐 8 年之前，「士子多已改習詩賦，太學生員總二千一百餘人，而不兼詩賦者才八十二人。」（頁 3261-3262）

61 太宗天會 5（1127））年「詔南、北各因其素所習之業取士，號為『南北選』」；繼而熙宗天眷元年(1138)，「詔南北選各以經義、詞賦兩科取士」；至海陵王天德 3（1151）年，乃「併南北選為一，罷經義、策試兩科，專以詞賦取士。」（脫脫，《金史》，臺北：鼎文書局，1980 年，頁 1134-1135）。

62 丁崑健，〈元代的科舉制度〉，《華學月刊》124 期、125 期（1982 年）。

63 宋濂，《元史》（臺北：鼎文書局，1981 年），頁 2018。

然在兩次的「博學鴻詞科」、十五次的皇帝巡幸「召試」[64]中考詩,但畢竟屬於特殊甄才管道。然而,例行的科舉恢復考詩,卻也在康熙時初見徵兆,康熙 54(1715)年,聖祖決定自後年「鄉試」起,以唐代科舉所用的五言六韻律詩取代表、判,但或許慮及「士子尚未學習」,故在聖祖辭世前的康熙 56 年、59 年「鄉試」,俱未實施新制。直到乾隆 22 年,才正式於該年「會試」第二場加考五言八韻律詩,且定日後「鄉試」、「童試」亦同步加考[65]。乾隆 47(1782)年,又令將五言八韻律詩從原本「鄉試」、「會試」的第二場移至第一場,並令「若頭場詩文既不中選,則二、三場雖經文、策問間有可取,亦不准復為呈薦。」[66]

　　詩是否用於科舉,其實不僅關乎「題目是否重複」、「閱卷是否明確」、「能否防止作弊」等問題,雖然乾隆皇帝與古人的討論似皆著眼於此:

> 前經降旨,鄉試第二場止試以經文四篇,而會試則加試表文一道,……今思表文篇幅稍長,難以責之風簷寸晷,而其中一定字面,或偶有錯落,輒干貼例,未免仍費點檢。且時事謝賀,每科所擬不過數

---

64 兩次「博學鴻詞科」分別於康熙 18(1679)年與乾隆元(1736)年舉行;至於巡幸「召試」,康熙皇帝曾舉行過兩次,乾隆皇帝則舉行過十三次。

65 楊春俏,〈清代科場加試試帖詩之始末及原因探析〉,《東方論壇》2005 年 5 期。

66 王煒,《〈清實錄〉科舉史料匯編》(武漢:武漢大學出版社,2009年),頁 496。

題，在淹雅之士尚多出於夙構，而倩代強記以圖僥倖者更無論矣，究非核實拔真之道。嗣後，會試第二場表文可易以五言八韻唐律一首。夫詩雖易學而難工，然宋之司馬光尚自謂不能四六，故有能賦詩而不能作表之人，斷無表文華贍可觀而不能成五字試帖者。況篇什既簡，司試事者得從容校閱，其工拙尤為易見。[67]

今之治經以應科舉，則與古異矣。以陰陽性命為之說，以泛濫荒誕為之辭，專誦熙寧所頒《新經》、《字說》，而佐以莊、列、佛氏之書，不可究詰之論，爭相夸尚。……至於蹈襲他人，剽竊舊作，主司猝然亦莫可辨。蓋其無所統紀，無所隳括，非若詩、賦之有聲律法度，其是非工拙，一披卷而盡得知也。詩賦命題，雜出於六經、諸子、歷代史記，故重複者寡；經義之題，出於所治一經，一經之中可為題者，舉子皆能類聚，裒括其數，豫為義說，左右逢之，才十餘年數牓之間，所在義題往往相犯。然則文章之體、貢舉之法，於此其弊極矣！[68]

---

67 同上註，頁 357。
68 劉摯〈論取士并乞復賢良科疏〉，李燾，《續資治通鑑長編》，收於紀昀主編，《文淵閣四庫全書》（臺北：臺灣商務印書館，1986 年），冊 320，頁 264。

但事實上，科舉以何種工具、用什麼標準選才，就是國家對教化基礎、精英文化的路線選擇。是以唐、宋以詩賦取士，總不斷有人指陳：「主司褒貶，實在詩賦，務求巧麗，以此為賢。不唯無益於用，實亦妨其正習；不唯淺其淳和，實又長其佻薄」[69]，「舉人專尚辭華，不根道德，涉獵鈔節，懷挾勦劄，以取科名，詰之以聖人之道，未必皆知。其中或遊處放蕩，容止輕儇，言行醜惡，靡所不至者，不能無之，其為弊亦極矣」[70]，期待國家選才「以敦樸為先最，以雕文為後科」[71]，「當先德行，後文學；就文學言之，經術又當先於詞采」[72]。清代在逾數百年不以文學、不以詩選才後，康熙皇帝又重新肯定「用聲律取士」能「聚天下才智英傑之彥」，「進詩、賦、古文」者亦屬值得「止鑾受觀，停舟延問」的人才，「以詩、賦取人」也稱得上是「養士育才」的「盛典」、「良規」：

> 蓋唐當開國之初，即用聲律取士，聚天下才智英傑之彥，悉從事於六藝之學，以為進身之階。（〈御製全唐詩序〉）

---

69 趙匡〈舉選議〉，董誥，《全唐文》（北京：中華書局，1996 年），頁 3602。

70 司馬光〈起請科場劄子〉，司馬光，《溫國文正司馬公文集》（臺北：臺灣商務印書館，1965 年），卷 52。

71 盧賈〈請仿古舉士奏〉，董誥，《全唐文》（北京：中華書局，1996 年），頁 4418。

72 脫脫，《宋史》（臺北：鼎文書局，1980 年），〈選舉志〉，頁 3620。

> 夫唐之詩誠盛矣，若夫宋之取士，始以詩賦，熙寧
> 專主經義而罷詩賦，元祐初復詩賦，至紹聖而又罷
> 之，其後又復與經義並行。金大略如宋制，元自仁
> 宗罷詩而存賦，明則詩賦皆罷之。……朕夙興夜寐，
> 永圖治安，念養士育才，國家盛典，考言詢事，曩
> 代良規，亦既試之制藝，使通經術；兼以論、表、
> 判、策，俾達古今；而於科目之外，時以詩、賦取
> 人，每當省方觀民之會，士所進詩、賦、古文，止
> 輦受觀，停舟延問，親試而拔其尤者多矣。（〈御
> 製四朝詩選序〉）

此一「什麼是人才」的觀點轉變，也反映在康熙 25（1868）
年曹三才爲陸棻《歷朝賦格》所作的〈序〉裡。他先是指
出：「下之精神，每視上之所好以聚。上好經術，則精神
聚於經術；上好詞賦，則精神聚於詞賦」，意頗同於元世
祖當初問趙良弼：「漢人唯務課賦吟詩，將何用焉」時，
趙良弼給元世祖的答覆：「此非學者之病，在國家所尚何
如耳。尚詩賦，則人必從之；尚經學，人亦從之」[73]，但
不同於趙良弼的「詩賦」、「經學」對立，曹三才強調的
是：

> 漢武、唐宗，咸工詞賦；宋歷南北，經術為宗，其

---

73 宋濂，《元史》（臺北：鼎文書局，1981 年），〈趙良弼傳〉，頁 3746。

> 時魁壘大儒，代不乏人。六朝纖靡，其受病固自有
> 在，非詞賦害之也。故曰：經術之內，詞賦出焉；
> 詞賦之內，經術存焉。[74]

事實上，康熙皇帝「道學者，聖賢相傳之理，讀書人固當加意，然詩文亦不可廢。或有務取道學之名，竟不留心於詩文者，此皆欺人耳」[75]的觀點，也迥異於元世祖的「課賦吟詩何用」。統治者「詩賦」與「經學」合一的人才觀，形成了清代日後「詩賦」與「經學」合一的選士標準。因此，科舉考詩，絕非單純只為了克服命題、閱卷等技術問題，更是一項攸關國本、建立「意識形態國家機器」（Ideological State Apparatuses）[76]的長遠計畫。

　　為了這套指引國家士習文風的計畫，清代多位君主均透過御選唐詩進行文化控制：

> 清代帝王倡導中正詩風，渲染和平景象，唐詩乃是

---

74 陸棻，《歷朝賦格》，收於《四庫全書存目叢書》（臺南：莊嚴文化事業公司，1997年），冊399，頁272。

75 王煒，《〈清實錄〉科舉史料匯編》（武漢：武漢大學出版社，2009年），頁128。

76 阿圖塞（Louis Althusser）認為，國家不僅聽從於軍隊，也聽從於思想的效力，亦即聽從於意識形態這個中介。因此，他區分了兩類國家機器 ——「鎮壓性的國家機器」（Repressive State Apparatus）和「意識形態國家機器」（Ideological State Apparatuses）。「意識形態國家機器」透過意識形態產生作用，藉由宗教、教育、法律、文化、藝術等發揮其效力。（曾枝盛，《阿爾杜塞》，臺北：遠流出版公司，1990年，頁165-166。）

最佳的教材。因此，編撰唐詩選本，充分利用唐詩
所提供的有利條件來扭轉士習文風，就是清代文治
的自然選擇。所以康熙帝不僅敕命編纂《全唐詩》，
還親自於其中簡拔精粹，編成《御選唐詩》。後來，
乾隆帝的《御選唐宋詩醇》、道光帝的《道光御選
唐詩全函》也都向文人展示出符合清代文治所要求
的詩歌標準。[77]

官方提倡以唐音為正聲，更以結合科舉 ——「改試唐律，
扢揚風雅」[78]進行更嚴密的落實。無論是康熙皇帝原來擬
用的五言六韻，或是乾隆皇帝正式採用的五言八韻，都明
指是「唐律」，如此一來，不僅「間有一二瑰異之士欲從
事於詩者，父兄必動色相戒，以為疏正業而妨進取」（毛
張健《試體唐詩・序言》）的觀念被扭轉，「窮鄉僻壤且
有不知古風歌行、近體律絕為何物者」（臧岳《應試唐詩
類釋・序言》）的情況被改變，也誘導大量的「唐人試帖
詩」選本問世。這些選本，據韓勝的研究[79]，「主要集中
在康熙 54 年、乾隆 22 年之後兩個時期」，諸如毛奇齡《唐

---

77 賀嚴，〈御選唐詩與清代文治〉，《山西大學學報（哲學社會科學版）》
　 30 卷 1 期（2007 年），頁 58。
78 乾隆 22 年二月癸亥諭：「會試第二場表文，昨經降旨改試唐律，扢
　 揚風雅，本士人所當留意，且五言八韻成篇尚不甚難。」參見王煒，
　《〈清實錄〉科舉史料匯編》（武漢：武漢大學出版社，2009 年），
　 頁 357。
79 韓勝，〈清代唐試帖詩選本的詩學意義〉，《合肥師範學院學報》26
　 卷 1 期（2008 年）。

人試帖》、臧岳《應試唐詩類釋》、蔣鵬翮《唐人五言排
律詩論》、葉棟《唐詩應試備體》、花豫樓主人《唐五言
六韻詩豫》、牟欽元等《唐詩五言排律箋注》、毛張健《試
體唐詩》、張尹《唐人試帖詩鈔》、趙曦明《唐人試帖雕
雲集》、秦錫淳《唐詩試帖箋林》、紀昀《唐人試律說》、
張桐孫《唐人省試詩箋》、范文獻等《唐人試帖纂注》、
徐曰璉等《唐人五言長律清麗集》等，即多達三十餘種，
且「並非清人唐試帖詩選本的全部」，這與「自宋及明七
百年間，史籍記載的試帖詩選本僅四種」[80]有極大的差異。
士子既索功名於唐詩中，賦同為索功名而學，遂發展出索
唐詩於賦中的研習方式；而在臺灣為渡海赴「鄉試」、進
京躍龍門而讀詩習賦者，自亦開拓出清代臺灣賦「題聚一
唐」——尤其是聚於唐詩的書寫趨向。

二、習賦誦詩相輔相成

　　寫一篇題目（含限韻字）有典故的賦，須以「重寫」
為「創作」，驅駕典故，引申鋪述。倘若題目為典出《孟
子・滕文公》的「什一去關市之征」，便應試著將已知「什
一去關市之征」意謂「減輕賦稅」的概念，拓展出一番說
明：「昔聖人愛民存忠厚之心，立法得經常之理。謂制所
當取，猶不盡取；況事之德已，豈容不已。故什而稅一，
用既足於君民；而利不可窮，征悉蠲於關市。」[81]因此，

---

80 陳伯海，〈清人選唐試帖詩概說〉，《古典文學知識》2008 年 5 期。
81 鄭起潛，《聲律關鍵》，收於《宛委別藏》（臺北：臺灣商務印書館，

對一篇篇需要複習重溫、精讀深研的唐詩來說，作一篇「同題複寫」的賦，是頗值得投注的工夫；如果費心思寫賦，同時也能獲得考場中另一個競技項目的回報，那更是一舉兩得。

　　洪繻在準備科舉的過程中，便常運用此一方法。洪繻於光緒 15（1889）年通過「童試」中秀才，直到光緒 20（1894）年最後一次參加「鄉試」仍未中舉人[82]。他的〈春城無處不飛花賦〉作於「丁亥（光緒 13 年）三月初二日」[83]，而其《寄鶴齋試帖詩集》也可以找到〈春城無處不飛花得春字〉二首，同樣註明為「丁亥三月」所作[84]：

　　　撲面東風豔，郊原處處新。花飛三月錦，柳漏一城春。撩亂搖鞭客，迷離載酒人。白黏驢背雪，紅起馬頭塵。粉蝶看來隱，朱樓認不真。捲簾輕絮入，掃徑軟煙皴。綠冒窗紗暗，香沾野斾勻。晴霞橋畔落，餘綺亦成茵。

　　　吹得東風起，春城處處春。一條垂柳路，雙展踏花人。嫋嫋迷官道，紛紛過別鄰。萬家紅雨落，十里

82　程玉凰，《洪棄生及其作品考述》（臺北：國史館，1997 年），頁 90-98。

83　許俊雅、吳福助，《全臺賦》（臺南：國家臺灣文學館籌備處，2006 年），頁 284。

84　洪繻，《寄鶴齋試帖詩集》，收於胥端甫編，《洪棄生先生遺書》（臺北：成文出版社，1970 年），冊 3，頁 1320。

> 綠雲皺。蜂蝶參差送，樓臺遠近新。鶯聲尋舊壘，
> 馬足走芳塵。撲面香如霧，前頭絮若茵。輕唧看燕
> 子，日暮入簾頻。

又其兩篇〈寒梅著花未賦〉，一註「辛卯（光緒 17 年）十
二月廿二午作」[85]，一註「辛卯十二月廿二夜作」[86]，《寄
鶴齋試帖詩集》中亦可找到一首〈寒梅著花未得梅字〉，
寫作時間一樣是「辛卯臘月」：

> 人自家鄉到，家鄉舊有梅。不知花著未，借問客何
> 來。遠地寒如此，前山信幾回。綺窗今日夢，玉笛
> 故園催。笑意巡檐索，詩情隔樹猜。可能春爛漫，
> 曾否月徘徊。消息三分透，香魂一段開。去年衝雪
> 外，猶記鶴相陪。[87]

《寄鶴齋試帖詩集》另有作於丁亥（光緒 13 年）荔月的〈項
王垓下聞歌得歌字〉，與作於「戊子（光緒 14 年）季春初
八日」[88]的〈項王垓下聞楚歌賦〉同題，詩曰：

> 大事隨流水，英雄壯志磨。樽前豪士酒，垓下楚人

85 同註 81，頁 302。
86 同註 81，頁 304。
87 同註 82，頁 1352。
88 同註 81，頁 291。

歌。蓋世餘威在，成功奈命何。渡江沉釜甑，割地
去山河。四面寒刁斗，三軍靜甲戈。當年空逐鹿，
此日孰為鵝。休矣頭顱老，虞兮涕淚多。興亡無足
怪，王氣有時過。[89]

將詩與賦並觀，除了賦篇造語如「破釜沉舟，渡江之英氣
猶生」、「四面刁斗之聲，旋停旋作」、「傷心於去韓棄
范，難為鶴復難為鵝」、「美人歌顧此頭顱，鹿走而重重
楚些」等與詩相似，詩將項羽的遭遇歸諸「奈命何」，慨
悟「興亡無足怪，王氣有時過」，其實也近於賦中的評價
思維：「今朝王氣無存，真天亡我；昔日雄威安在？終古
憐君」、「豈豎子不足成名，興亡天實為之；何豪傑大都
失意，痛哭人其能已」。這些同題詩、賦，正展現了洪繻
自選主題、專注構思的訓練成果。尤其賦的篇幅長，寫完
之後，就等於將經典的史事與前賢的詩篇裡外穿梭、前後
揣想數回，也等於厚植了未來應考的實力。
　　就清代書院課士賦而言，其實也常見以「唐詩」為題：

　　　這在清人習賦中極為突出，也是書院課試賦中的常
　　　見選題。其中有用詩題為賦題，如〈春江花月夜賦〉；
　　　有用詩句為賦題，如〈落花時節又逢君賦〉；有用
　　　唐詩故事，如〈旗亭畫壁賦〉。這類題材中，最突

---

89 同註82，頁1323。

出的是用杜甫詩題、詩句為賦現象，表現出清人遵
杜的心態。[90]

清人在書院教學中，甚或認為學賦不可取徑偏狹，而應涉
納唐詩，跨界融匯，成就方能深廣，如路德（1784～1851）
在《關中課士律賦箋注》便提倡「與其多讀唐賦，不如寢
食於唐詩」：

> 但賦者，詩之流，與其多讀唐賦，不如寢食於唐詩。
> 蓋唐人律賦，率係應試之作，作者不皆風雅中人，
> 其才力多薄，其篇幅多窘，其字句多扤陧而不安。
> 若唐一代之詩，超前軼後，洋洋大觀，千變萬化，
> 無美不備，學者縱難多讀，至少也必須三二千首；
> 須兼讀古體，切不可專讀律詩絕句，以自隘其規模；
> 能如此用功，方能入風雅一門。然後取近之館課律
> 賦閱之讀之，眼底便覺雪亮，則而效之，不難矣。
> 今學者於諸項工夫，概不肯用，但向書肆中購得近
> 人律賦選本數冊，披閱數篇，則即摹仿，是猶涉海
> 鑿河而使蟲負山也。[91]

---

90 許結，〈論清代書院與辭賦創作〉，《湖北大學學報（哲學社會科學
　　版）》36 卷 5 期（2009 年），頁 43。
91 轉引自詹杭倫，〈路德及其《關中課士詩賦注》〉，收於詹杭倫，《清
　　代律賦新論》（北京：北京燕山出版社，2008 年），頁 354。

清代的臺灣賦家們未見有此主張，但「題聚一唐」的賦篇書寫趨向，也正是「寢食於唐詩」的實踐。如果「任何時代的任何話語都不是個人創造和想像力的結果，也不是自然而然延續的結果，而是權力的產物」[92]，那麼，無論是藉習賦以熟誦唐詩，或倡導從唐詩推求學賦門徑，都可在權力脈動下循著科舉試「唐律」的線索，一探清代賦學與文化控制的交互影響，及其跨海反映於臺灣的局部面貌。

第四節　結　語

　　清代臺灣「文集賦」中居多數的「傳統（科舉）」題材之作，倘若無法如「形勝」賦般分析其「地理論述」，又缺乏像「鸞賦」那樣的「抵抗殖民」意識，是否只好繼續放諸邊陲？本章針對這群賦篇進行「互文性」的考察，除了發現它們在狹義的「互文性」上，與唐代詩文──尤其是唐詩存在著頗高的互涉關係，也進一步追索其所以如此，實與清代科舉於乾隆 22 年後開始試「唐律」有關，故亦從歷史文化背景這廣義的「互文性」上，獲得更多詮釋訊息──這群清代臺灣賦不唯因科舉環境而被寫出來，且其題目、題材也有某種共同趨向，也就是說，「選什麼寫」看似作者於「傳統」中隨心所欲，實際上仍受科舉這個權

---

92 周憲，《20 世紀西方美學》（南京：南京大學出版社，1999 年），頁 399。

力場域所制約，不約而同的向唐人詩文靠攏。

　　清代臺灣賦「題聚一唐」且尤聚於唐詩的現象，或亦可爲臺灣古典詩學的研究聊備補罅之需。例如清代詩學「尊唐或學宋」的重要課題是否曾在臺灣受到關注？不少學者均認爲清代臺灣詩壇是「不分唐宋」的[93]，雖然本章發現清代臺灣賦在取「唐詩」或「宋詩」爲互涉文本時，明顯的偏好「唐詩」，但因這樣的選擇既受科舉試「唐律」所影響，也未有任何詩歌本質、審美態度的討論，故無關乎「尊唐或學宋」的詩學課題。由於清代臺灣無「詩話」專著，大多藉「論詩詩」或「序跋」來了解清代臺灣文人的詩歌審美觀，上述清代臺灣賦的書寫情況，儘管缺乏自覺性的「審美」言說，但在某種程度上，仍透露出清代臺灣熟誦、摹習前輩近體詩的好尚。

　　清代臺灣賦的「題聚一唐」，「聚」固顯示其爲一種集體認同，而早已成爲過去的「唐」—— 特別是其中的名家巨作，則是賦家們共同回憶的時代。爲什麼「唐」的名家巨作，要比「宋」或其他時代的更該被記住、乃至納入筆下？官方的預行篩選自然是主要原因，御選「唐詩」的出版，科舉的加試「唐律」，不僅塑造了必讀「正典」（canon）[94]，也在讀書人腦中植入「視唐人爲標準」的記憶。賦篇

---

93 余育婷，〈從「不分唐宋」到「詩學晚唐」：清代臺灣文人對唐宋詩的審美態度〉，《中央大學人文學報》45 期（2011 年），頁 203。

94 或譯爲「經典」、「典律」。在古希臘意爲「度量尺」的「canon」一詞，成爲術語後原本是指《舊約》與《新約》中獲得教會權威認證，確定屬於上帝旨意的神聖篇章。日後應用在文學評論上，最初是指那

「題聚一唐」便等於是賦家「齊記一唐」，這樣的記憶由詩擴散，連賦也向「唐」看齊：

> 故稱詩者，必視唐人為標準，如射之就彀率、治器之就規矩焉。（〈御製全唐詩序〉）

> 今天下學者遭逢聖主右文，大當之世，試帖括外兼及詩賦，詩惟唐是鵠，賦亦寧不惟唐是鵠也。[95]

傾向「題聚一唐」的清代臺灣賦，便是這整個清代「文化記憶」的一部分。依據「文化記憶」研究學者的看法，「文化記憶」是一個社群共同擁有的過去，眾人一起回憶某些經篩選的過去，目的是為了鞏固主體性，故其儲存與傳播均受文化統治者嚴密控制[96]。如果我們同意任何「文本」都是龐大文學與文化網絡中的一個結[97]，以「文化記憶」

些經過專家考證，鑑定絕非他人偽託的真品，後來用以指一群基於某種重要性而普遍被專家學者冠上「主要」、「著名」、「偉大」等頭銜的作家、評論家、作品或言論。

95 錢陸燦《文苑英華律賦選・序》，轉引自孫福軒，〈康雍年間賦選賦學思想論〉，《濟南大學學報（社會科學版）》18 卷 4 期（2008 年），頁 37。

96 黃曉晨，〈文化記憶〉，《國外理論動態》2006 年 6 期；王霄冰，〈文字、儀式與文化記憶〉，《江西社會科學》2007 年 2 期。

97 張國清《中心與邊緣》（北京：社會科學出版社，1998 年）：「作者有意要寫的東西，說者故意要說的東西，並不是單純地來自作者和說者。文本的意義不是說者和寫者的主觀意願所能強行注入的，它是作為一個整體的語言系統的產物。是作者之外支持著他著書立說活動的某些特定機構或部門促成了那個文本的產生，作者只不過是文本的中介或傳聲筒。」（頁 158）

的角度來理解清代臺灣賦中基於科舉習作或應考而撰寫的篇章，相信應能對這些無法從中分析「地理論述」、也缺乏「抵抗殖民」意識的臺灣賦，另啓一條探勘的途徑。

第六章　研究心得與未來展望

第一節　研究心得

　　如果在「中國古典文學」、「臺灣文學」兩個研究領域裡，「賦學」、「臺灣古典文學」各是其中開拓較少的園地，那麼，兩者交集的「臺灣賦」顯然更為邊緣。而在2006年《全臺賦》出版前、後合計的十餘年間，主要見錄於「方志」、深具臺灣地緣特色的「形勝」賦，無疑是較受關注的研究對象；而刊入「文集」（包括總集與別集）、大致與科舉相關且敘寫題材與「傳統」無異的賦篇，則因既不足以彰顯臺灣特色、又難以在「中國抒情傳統」下進行閱讀，較受冷落。然而，就清代臺灣賦的數量而言，「文集賦」實遠多於「方志賦」，故相關研究由「形勝」賦導夫先路固宜，由「形勝」賦「以偏概全」則不宜。本書從「文集賦」中的「仿擬」書寫擇取討論素材，一方面是為清代臺灣賦的研究拾遺補闕，同時也希望藉由此類最不具臺灣本地特色的賦篇，尋索適合的研究策略。

　　透過清代臺灣賦中僅有的兩篇「擬……賦」──曹敬

〈擬鮑明遠舞鶴賦〉和陳奎〈擬庾子山小園賦〉，可以發現它們並非清代賦壇偶見、殊異的作品，相反的，單就《歷代辭賦總匯》「篇名索引」所列，清代就有 47 篇的〈擬庾信（庾子山、庾開府）小園賦〉，也有 39 篇的〈擬鮑照（鮑照、鮑明遠）舞鶴賦〉。因此，探討「文集賦」的「傳統」題材之作，其路徑、旨趣正與「形勝」賦側重殊異性不同。藉由「互文性」的聯結，清代臺灣「科舉（傳統）」賦的諸種表現，實為清代賦學集體記憶的反映。或許可以這樣比喻：清代臺灣賦就是整個清代賦的展示櫥窗，倘若我們將清代臺灣賦當作是具體而微的清代賦，那麼，清代臺灣賦的研究視野就不會只限於臺灣本地，尤其是當中最缺乏臺灣地緣特色的「文集賦」中「科舉（傳統）」之作，透過它們所看到的，雖然不是「形勝」賦裡的臺灣風物，卻是清代賦學的遼闊版圖。

　　例如本書認為，清代賦學既想學唐、又欲勝唐的「影響的焦慮」，就顯現於〈擬鮑照（鮑昭、鮑明遠）舞鶴賦〉中。這樣的解釋，係來自〈擬鮑照（鮑昭、鮑明遠）舞鶴賦〉在清代書寫者頗多，多篇的書寫內容也大同小異。如果只從「清代臺灣賦」的範圍裡看曹敬〈擬鮑明遠舞鶴賦〉，該賦不過是鮑照〈舞鶴賦〉的一篇追隨者，能討論的恐亦只限於對原作的承襲與突破；但如果因這篇賦而聯結到中國內地數十篇的〈擬鮑照（鮑昭、鮑明遠）舞鶴賦〉，則不僅鮑照〈舞鶴賦〉是眾人的集體記憶，更重要的，是「擬鮑照〈舞鶴賦〉」這項書寫活動是集體記憶，仿擬的鶴群

「篇篇」起舞，「盡態極妍」又「奚容摹仿」的鶴姿，寄
託了清代賦家們試圖超越前人、建立後世記憶的自信。

此外，臺灣賦的研究也能對臺灣古典文學中的其他文
類研究提供部分回饋。例如清代臺灣賦「題聚一唐」且尤
聚於唐詩的現象，雖然主要是受科舉試「唐律」所影響，
因而做這般取材的士子們也未有任何詩歌本質、審美態度
的討論，本無關乎「尊唐或學宋」的詩學課題。但賦題常
用唐詩典故的現象，仍某種程度透露出清代臺灣熟誦、摹
習前輩近體詩的好尚，對於「清代臺灣詩壇不分唐宋」[1]的
認知，或許能提供一些補充訊息。

第二節　未來展望

本書所謂「文集賦」，係大致相對於「方志賦」，乃
就清代臺灣賦原刊見處所做的區分。兩者從題材內容來
看，與 2006 年版《全臺賦》書前所附〈導論〉將清代臺灣
賦分為「科舉賦」、「形勝賦」約略相彷。在《全臺賦‧
導論》中，曾指出清代臺灣賦至「清嘉慶、道光之後」，
有一「形勝賦的衰退與科舉賦的興起」[2]的轉折。這是從「歷

---

1 余育婷，〈從「不分唐宋」到「詩學晚唐」：清代臺灣文人對唐宋詩
　的審美態度〉，《中央大學人文學報》45 期（2011 年），頁 203。
2 許俊雅、吳福助主編，《全臺賦》（臺南：國家臺灣文學館籌備處，
　2006 年），頁 42。

時性」的角度來勾勒清代臺灣賦的演變，也是「以書寫行動將所掌握的『過去』，按照一定的方向和目標構述出來，讓讀者有機會在另一時空體驗此一『過去』」的「敘事行動」（narration）；既是一項敘事行動，便具備「史事編序」（to make a chronicle）、「故事設定」（to shape a story）及「情節結撰」（emplotment）三個要素[3]，也允許編造其他主題不同、角色不同、起承轉合不同的陳述。那麼，除了以「形勝賦」搭配「科舉賦」、或以「方志賦」搭配「文集賦」外，還能改用其他角色來述說「清代臺灣賦的演變史」嗎？此外，無論是「形勝賦」和「科舉賦」之間，或者是「方志賦」和「文集賦」之間，其實都不是截然割裂、壁壘分明的，那麼，其「共時性」的特質為何？能否從這些特質來敘述相互搭配角色之間的關係，進一步綜括「方志賦」與「文集賦」、或綜括「形勝賦」與「科舉賦」來呈現清代臺灣賦的整體樣貌？這些都是值得再思考的。

再者，本書探討清代臺灣「文集賦」的「仿擬」，但「文集賦」除了「仿擬」，尚有其他課題可以推敲，至少透過《歷代辭賦總匯》，很容易就能找到清代的臺灣賦家們寫過什麼新題目。例如陳宗賦作有兩篇〈二三豪傑為時出賦〉，雖然賦題引用杜甫〈洗兵馬〉的詩句也是一種「仿擬」，但此一題面就《歷代辭賦總匯》「篇名索引」來檢

---

3 引自陳國球，〈關於文學史寫作問題 —— 以柳存仁《中國文學史》為例〉，陳平原、陳國球主編，《文學史》第三輯（北京：北京大學出版社，1996 年），頁 300-301。

查，確實在清代沒有其他人寫過。如果從陳宗賦身處晚清
推想，則他之所以於「吟杜老之詩篇」、「讀工部之詩章」
時，獨對詩中「二三豪傑爲時出」一句別有感觸，應該是
因爲目睹當時帝國窮於應付列強侵略，見慶幸朝廷收復長
安的杜甫在詩中盛讚郭子儀、李光弼、王思禮三人憑其睿
智與氣度安邦定國，遂令「閱史者所以興思」，「懷古者
因之所賦」。陳宗賦藉「唐室之傾危」反思清廷之傾危，
期待在此傾危之際，也能適時出現「材兼文武，身繫安危」
的「二三臣者」，讓風雨飄搖的帝國「玉壘遽安」，「金
湯永固」，「日月重光，乾坤復治」。陳宗賦寫過的新題
目尚不只此（如典出黃庭堅〈送曹子方福建路運判兼簡運
使張仲謀〉的〈子魚通問蠔破山賦〉也是新題），清代臺
灣賦的新題目更不只出於陳宗賦，足見「賦」在清代臺灣
的發展，也能於「傳統」題材中衍生創意。

　　穿梭於「傳統（科舉）」題材賦篇中的各種典故，其
實與「文化記憶」[4]有著盤根錯節的關聯。德國學者阿斯曼
（Jan Assman）在 1997 年出版的《文化記憶》中，發展了
哈布瓦赫的觀點。阿斯曼認爲，每個文化體系都存在著一
種「凝聚性結構」，它包含兩個層面：在時間層面上，它
連結過往與現在，將重要的「過去」以某一形式保存下來，

4　以下關於「文化記憶」的敘述，參閱黃曉晨，〈文化記憶〉，《國外
　理論動態》2006 年 6 期，頁 61-62；王霄冰，〈文字、儀式與文化記
　憶〉，《江西社會科學》2007 年 2 期，頁 237-244；馮亞琳、阿斯特
　莉特‧埃爾主編，《文化記憶理論讀本》（北京：北京大學出版社，
　2012 年）。

並使其不斷複製、重現，彰顯其今時此世的意義；在社會層面上，它是一個群體的共同價值體系和行為準則，而其形成，則來自於對「過去」的共同記憶。這種「凝聚性結構」是一個文化體系最基本的結構之一，文化記憶往往以集體的、有組織的方式 —— 如歷史檔案、禮儀慶典、學校教育、紀念性建築等進行傳遞，傳遞媒介大致可分為「與儀式（ritual）相關的」和「與文本（text）相關的」兩類。原本普通的儀式和文本，經權威機構或專業人士「經典化」以後，便成為對族群主體性具有塑造作用的文化記憶。

科舉為國家掄才大典，每年有固定的考試[5]，每種考試有固定的日期[6]，凡考試的項目、闈官的身分、試前試後與場內場外的禁令、考卷送校閱前的手續（彌封、謄錄、對讀、套分朱、墨卷）、各省錄取的名額、放榜的日期、送榜的儀仗、放榜後的宴會[7]等，均有嚴密的安排；此外，考試的場所也是固定的，如各省鄉試皆在省城「貢院」舉行，而「貢院」的建築也有定制 —— 進大門後為「龍門」，直進為「至公堂」，「龍門」到「至公堂」之間則為「明遠樓」，供士子考試與住宿的「號舍」一律用「千字文」編號，但迴避「天」、「地」、「玄」、「黃」及孟子名諱

---

5 清代通常逢子、午、卯、酉為鄉試年，丑、辰、未、戌為會試與殿試年，寅、巳、申、亥為童試年，遇萬壽登極各慶典加科者為恩科。
6 例如鄉試在八月舉行，計三場：初九為第一場正場，十二為第二場正場，十五為第三場正場，先一日點名發卷入場，後一日交卷出場。
7 以鄉試而言，九月放榜，多用寅、辰日支，以辰屬龍，寅屬虎，取龍虎榜之意。放榜時以黃綢彩亭，用鼓樂、儀仗、兵丁護送榜文，放榜次日設鹿鳴宴。

「軻」[8]。凡此種種儀式與空間的結合，焉能不在參與者的腦海充滿回憶：

> 一路上留心看那座「貢院」時，但見「龍門」綽楔，棘院深沉。東西的「號舍」萬瓦毗連，夜靜時兩道文光沖北斗，「中央的危樓」千尋高聳，曉來時一輪義馭湧東隅。正面便是那座氣象森嚴無偏無倚的「至公堂」。這個所在，自選舉變為制藝以來，也不知牢籠了幾許英雄，也不知造就成若干人物。(《兒女英雄傳》第 34 回）

科舉兼具儀式、文本、教育、建築等性質，本身既是文化記憶也負責傳遞文化記憶，人們無論是被「牢籠」還是被「造就」，都顯現了它對族群主體性的塑造作用。

朝廷以「賦」掄才，絕非要訓練讀書人成為對偶高手或聲病專家，而是利用讀書人企圖通過科舉以求入仕，遂潛心練就「穿穴經史」、「驅使六籍」的功夫時，使其接受並信仰特定典籍中的觀念，例如「天行健賦」、「射隼高墉賦」題目取自《周易》[9]，「垂衣治天下賦」、「梓材賦」題目取自《尚書》[10]，「執柯伐柯賦」、「庭燎賦」

8　參閱商衍鎏，《清代科舉考試述錄及有關著作》（天津：百花文藝出版社，2005 年）。

9　〈乾卦・象辭〉：「天行健，君子以自強不息。」〈解卦・象辭〉：「公用射隼于高墉之上，獲之無不利。」

10　〈武成〉：「惇信明義，崇德報功，垂拱而天下治。」〈梓材〉：「若作梓材，既勤樸斲。」

題目取自《詩經》[11]，「善歌如貫珠賦」、「王言如絲賦」
題目取自《禮記》[12]，「眾星拱北賦」題目取自《論語》，
「王師如時雨賦」題目取自《孟子》[13]……，當「天下英
雄入吾彀中」[14]，也一同參與了「潤色鴻業、發揮皇猷」
的國家文化計畫。在清代臺灣「文集賦」中，施瓊芳的〈廣
學開書院賦〉（述說府城設「海東書院」能「教助庠膠，
化隆禮樂」，「歡寒士之顏」）、丘逢甲的〈窮經致用賦〉
（藉董仲舒三年苦讀《春秋公羊傳》來傳達「窮經致用」
的價值）、曹敬的〈業精於勤賦〉（藉韓愈經歷提倡「萬
卷縱橫便腹」、「五經鑿破寸心」，以求「青雲得路」）
等，都顯現文化記憶中特定的文化認同。

　　以上，僅大致就與本書標題相關的課題略望前路。清
代臺灣「文集賦」其實是個蘊藏富厚的礦場，深掘淺採，
皆有所得。

11　〈豳風・伐柯〉：「伐柯伐柯，其則不遠。」〈小雅・庭燎〉：「夜
　　如何其？夜未央。庭燎之光，君子至止，鸞聲將將。」
12　〈樂記〉：「故歌者，上如抗，下如隊，曲如折，止如槁木，倨如矩，
　　句中鉤，纍纍乎端如貫珠。」〈緇衣〉：「王言如絲，其出如綸。」
13　《論語・為政》：「為政以德，譬如北辰，居其所而眾星共之。」《孟
　　子・梁惠王》：「湯一征，……民望之，如大旱之望雲霓也。……誅
　　其君而弔其民，若時雨降，民大悅。」
14　王定保《唐摭言》卷一：「（太宗）嘗私幸端門，見新進士綴行而出，
　　喜曰：『天下英雄入吾彀中矣。』」

參考文獻

一、古 籍

〔漢〕班固著，顏師古注，《漢書》，臺北：宏業書局，1984 年。

〔梁〕劉勰著，王更生注譯，《文心雕龍讀本》，臺北：文史哲出版社，1998 年。

〔北周〕庾信撰，倪璠注，《庾子山集注》，臺北：源流出版社，1983 年。

〔唐〕令狐德棻，《周書》，臺北：鼎文書局，1980 年。

〔唐〕李濬，《松窗雜錄》，臺北：木鐸出版社，1982 年。

〔唐〕劉知幾著，浦起龍通釋，《史通通釋》，上海：上海古籍出版社，2009 年。

〔唐〕劉肅，《大唐新語》，北京：中華書局，1984 年。

〔後唐〕馮贄，《雲仙散錄》，北京：中華書局，2008 年。

〔後晉〕劉昫，《舊唐書》，臺北：鼎文書局，1976 年。

〔宋〕司馬光，《溫國文正司馬公文集》，臺北：臺灣商務印書館，1965 年。

〔宋〕李薦，《師友談記》，臺北：臺灣商務印書館影文

　　淵閣四庫全書，冊 863，1986 年。

〔宋〕李燾，《續資治通鑑長編》，臺北：臺灣商務印書
　　館影文淵閣四庫全書，冊 320，1986 年。

〔宋〕洪邁，《容齋隨筆》，臺北：大立出版社，1981 年。

〔宋〕陶穀，《清異錄》，鄭州：大象出版社，2003 年。

〔宋〕鄭起潛，《聲律關鍵》，臺北：臺灣商務印書館影
　　宛委別藏，冊 116，1981 年。

〔元〕祝堯，《古賦辯體》，臺北：臺灣商務印書館影文
　　淵閣四庫全書，冊 1366，1983 年。

〔元〕脫脫主編，《宋史》，臺北：鼎文書局，1980 年。

〔元〕脫脫主編，《金史》，臺北：鼎文書局，1980 年。

〔明〕宋濂主編，《元史》，臺北：鼎文書局，1981 年。

〔清〕王夫之，《薑齋詩話》，北京：人民文學出版社，
　　2006 年。

〔清〕王芑孫，《讀賦巵言》，收於何沛雄編，《賦話六
　　種》，香港：三聯書店，1982 年。

〔清〕何焯，《義門讀書記》，臺北：臺灣商務印書館影
　　文淵閣四庫全書，冊 860，1983 年。

〔清〕余丙照著，詹杭倫、沈時蓉等校注，《賦學指南校
　　正》，收於詹杭倫、沈時蓉等校注，《歷代律賦校注》，
　　武漢：武漢大學出版社，2009 年。

〔清〕吳淇，《六朝選詩定論》，揚州：廣陵書社，2009
　　年。

〔清〕吳蘭修編，《學海堂二集》，收於趙所生、薛正興

編，《中國歷代書院志》，冊13，南京：江蘇教育出版社，1995年。

〔清〕李元度，《賦學正鵠》，清光緒17年（1891）經綸書局刊本。

〔清〕李調元著，詹杭倫、沈時蓉校證，《雨村賦話校證》，臺北：新文豐出版公司，1993年。

〔清〕汪廷珍，《作賦例言》，收於王冠編，《賦話廣聚》，北京：北京圖書館出版社，2006年。

〔清〕林聯桂，《見星廬賦話》，收於王冠編，《賦話廣聚》，北京：北京圖書館出版社，2006年。另見林聯桂撰，何新文、佘斯大、蹤凡校證，《見星廬賦話校證》，上海：上海新世紀出版公司，2013年。

〔清〕洪繻，《寄鶴齋制義文集》，收於胥端甫編輯，《洪棄生先生遺書》，冊3，臺北：成文出版社，1970年。

〔清〕洪繻，《寄鶴齋試帖詩集》，收於胥端甫編輯，《洪棄生先生遺書》，冊3，臺北：成文出版社，1970年。

〔清〕夏思沺，《少邑賦草》，同治4年（1865）重刊本。

〔清〕徐松，《登科記考》，京都：中文出版社，1982年。

〔清〕浦銑，《復小齋賦話》，收於何沛雄編，《賦話六種》，香港：三聯書店，1982年。

〔清〕馬傳庚，《選注六朝唐賦》，光緒丙子清華齋藏版。

〔清〕清聖祖主編，《全唐詩》，臺北：復興書局，1961年。

〔清〕陳元龍編，《御定歷代賦彙》，南京：鳳凰出版社，

2004 年。

〔清〕陳宗賦，《篔竹遺藝》，收於臺灣先賢詩文集彙刊
　　第 4 輯，冊 1，臺北：龍文出版社，2006 年。亦可見
　　於黃永哲、吳福助主編，《全臺文》，冊 29，臺中：
　　文听閣圖書公司，2007 年。

〔清〕陸菜，《歷朝賦格》，收於《四庫全書存目叢書》，
　　冊 399，臺南：莊嚴文化事業公司，1997 年。

〔清〕華若谿、繆荃孫編，《龍城書院課藝・經古精舍課
　　藝》，收於趙所生、薛正興編，《中國歷代書院志》，
　　冊 12，南京：江蘇教育出版社，1995 年。

〔清〕楊浚，《冠悔堂賦鈔》，收於黃永哲、吳福助主編，
　　《全臺文》，冊 16，臺中：文听閣圖書公司，2007
　　年。

〔清〕董誥，《全唐文》，北京：中華書局，1996 年。

〔清〕鮑桂星，《賦則》，收於王冠編，《賦話廣聚》，
　　冊 6，北京：北京圖書館出版社，2006 年。

〔清〕鴻寶齊主人編，《賦海大觀》，北京：北京圖書館
　　出版社，2007 年。

〔清〕譚獻，《復堂詞》，上海：華東師範大學出版社，
　　2010 年。

〔清〕顧南雅，《律賦必以集》，道光壬午重刊本。

〔不詳〕撰者不詳，《西京雜記》，臺北：臺灣商務印書
　　館，1979 年。

二、今人論著

Harold Bloom 著，高志仁譯，《西方正典》，臺北：立緒文化事業有限公司，1998 年。

丁崑健，〈元代的科舉制度〉，《華學月刊》124 期、125 期，1982 年。

孔慶茂，《八股文史》，南京：鳳凰出版社，2008 年。

毛曉陽，〈清代臺灣進士名錄考訂〉，《集美大學學報（哲學社會科學版）》14 卷 2 期，2011 年。

王士祥，〈唐代進士科試賦題目出處考述〉，《河南社會科學》17 卷 5 期，2009 年。

王彥霞，《文學理論向度研究》，北京：中國傳媒大學出版社，2009 年。

王淑蕙，〈版本、流傳與運用 —— 夏思沺《少皋賦草》與臺灣賦研究〉，第 10 屆國際辭賦學學術研討會，2012 年。

王淑蕙，《誌賦、試賦與媒體賦 —— 臺灣賦之三階段論述》，臺南：成功大學中國文學系博士論文，2012 年。

王凱符，《八股文概說》，北京：中華書局，2006 年。

王琳，《六朝辭賦史》，哈爾濱：黑龍江教育出版社，1998 年。

王煒，《〈清實錄〉科舉史料匯編》，武漢：武漢大學出版社，2009 年。

王嘉弘，《清代臺灣賦的發展》，臺中：東海大學中國文學系碩士論文，2005 年。

王瑤，《中古文學史論》，北京：北京大學出版社，1986 年。

王霄冰，〈文字、儀式與文化記憶〉，《江西社會科學》2007 年 2 期。

白承錫，《初唐賦研究》，臺北：政治大學中國文學系博士論文，1994 年。

朱立元，《當代西方文藝理論》，上海：華東師範大學出版社，2005 年。

江金太，《歷史與政治》，臺北：桂冠圖書公司，1987 年。

池潔，〈唐人應式詩題與唐代詩歌審美取向〉，《文學評論》2007 年 5 期。

何金蘭，《文學社會學》，臺北：桂冠圖書公司，1989 年。

余育婷，〈從「不分唐宋」到「詩學晚唐」：清代臺灣文人對唐宋詩的審美態度〉，《中央大學人文學報》45 期，2011 年。

李小坤、龐繼賢，〈互文性：緣起、本質與發展〉，《西北大學學報（哲學社會科學版）》39 卷 4 期，2009 年。

李玉平，〈互文性定義探析〉，《文藝理論》2013 年 3 期。

李玉平，〈互文性新論〉，《文藝理論》2006 年 9 期。

杜正勝，《臺灣心・臺灣魂》，高雄：河畔出版社，1998 年。

周勛初主編，《唐詩大辭典》，南京：江蘇古籍出版社，1992 年。

周憲，《20 世紀西方美學》，南京：南京大學出版社，1999 年。

林文月，《中古文學論叢》，臺北：大安出版社，1989 年。

林文龍，《臺灣的書院與科舉》，臺北：常民文化事業股份有限公司，1999 年。

祁立峰，《六朝詩賦合流現象之新探》，臺北：政治大學中國文學系碩士論文，2006 年。

阿斯特莉特・埃爾、安斯加爾・紐寧著，〈文學研究的記憶綱領：概述〉，收於馮亞琳、阿斯特莉特・埃爾主編，《文化記憶理論讀本》，北京：北京大學出版社，2012 年。

侯立兵，《漢魏六朝賦多維研究》，北京：人民出版社，2007 年。

施懿琳，《從沈光文到賴和》，高雄：春暉出版社，2000 年。

柯慶明、蕭馳，《中國抒情傳統的再發現》，臺北：臺大出版中心，2009 年。

韋勒克著，王夢鷗、許國衡譯，《文學論》，臺北：志文出版社，1990 年。

唐曉峰，〈文化轉向與地理學〉，《文化研究》2005 年 9 期。

孫福軒，〈康雍年間賦選賦學思想論〉，《濟南大學學報（社會科學版）》18 卷 4 期，2008 年。

馬積高主編，《歷代辭賦總匯》，長沙：湖南文藝出版社，2014 年。

高萍，〈社會記憶理論研究綜述〉，《西北民族大學學報（哲學社會科學版）》2011 年 3 期。

商衍鎏，《清代科舉考試述錄及有關著作》，天津：百花文藝出版社，2005 年。

崔成宗，〈臺灣先賢洪棄生賦研究〉，《東亞人文學》第 9 輯，2006 年。

張伯偉，《全唐五代詩格彙考》，南京：鳳凰出版社，2005 年。

張國清，《中心與邊緣》，北京：社會科學出版社，1998 年。

張鵬飛，〈唐人試律詩詩題取用《文選》詩賦原句或李善注解比勘 —— 《昭明文選》在唐代科舉詩中的應用發微之一〉，《湖北師範學院學報（哲學社會科學版）》30 卷 3 期，2010 年。

曹萌，〈歷代庾信批評述論〉，《東南大學學報（哲學社會科學版）》7 卷 2 期，2005 年。

曹道衡，《漢魏六朝辭賦》，上海：上海古籍出版社，2011 年。

梁淑媛，《飛登聖域：臺灣鸞賦文學書寫及其文化視域研究》，臺北：五南圖書出版公司，2012 年。

梅家玲，〈漢晉詩賦中的擬作、代言現象及其相關問題 —— 從謝靈運《擬魏太子鄴中集詩八首并序》的美學特質談起〉，收於梅家玲，《漢魏六朝文學新論 —— 擬代與贈答篇》，北京：北京大學出版社，2004 年。

許東海，〈庾信賦之世變與情志書寫 —— 宮體・國殤・桃花源〉，《漢學研究》24 卷 1 期，2006 年。

許東海，《庾信生平及其賦之研究》，臺北：文史哲出版社，1984 年。

許俊雅，〈《全臺賦》導論〉，收於許俊雅、吳福助主編，《全臺賦》，臺南：國家臺灣文學館籌備處，2006 年。

許俊雅，〈臺灣賦篇補遺 —— 從醫文賦體談起〉，《復旦學報（社會科學版）》2010 年 6 期。

許俊雅、吳福助主編，《全臺賦》，臺南：國家臺灣文學

館籌備處，2006 年。

許惠玟，〈本館有關臺灣古典文學出版與典藏介紹〉，《臺灣文學館通訊》34 期，2012 年。

許結，〈論清代書院與辭賦創作〉，《湖北大學學報（哲學社會科學版）》36 卷 5 期，2009 年 9 月。

郭維森、許結，《中國辭賦發展史》，南京：江蘇教育出版社，1996 年。

陳亦橋，《歷代詩話視野中的庾信詩歌接受史》，貴州大學碩士論文，2009 年。

陳光瑩，《臺灣古典詩家洪棄生》，臺中：晨星出版公司，2009 年。

陳伯海，〈清人選唐試帖詩概說〉，《古典文學知識》2008 年 5 期。

陳恩維，《模擬與漢魏六朝文學嬗變》，北京：中國社會科出版社，2010 年。

陳國球，〈文學史的探索〉，收於陳國球主編，《中國文學史的省思》，臺北：書林出版有限公司，1994 年。

陳國球，〈文學‧結構‧接受史 —— 伏迪契卡的文學史理論〉，收於陳國球，《結構中國文學傳統》，武漢：華中師範大學出版社，2011 年。

陳萬成，〈《賦譜》與唐賦的演變〉，收於《辭賦文學論集》，南京：江蘇教育出版社，1999 年。

陳鈴美，《王粲律賦研究》，臺中：逢甲大學中文系碩士論文，2005 年。

陳鐵民，〈梁瑀墓誌與唐進士科試雜文〉，《北京大學學報》43 卷 6 期，2006 年。

陶東風，〈記憶是一種文化建構 —— 哈布瓦赫《論集體記憶》〉，《中國圖書評論》2010 年 9 期。

傅璇琮，《唐代科舉與文學》，西安：陝西人民出版社，1995 年。

曾枝盛，《阿爾杜塞》，臺北：遠流出版公司，1990 年。

曾棗莊、吳洪澤，《宋代辭賦全編》，成都：四川大學出版社，2008 年。

游適宏，〈《全臺賦》所錄八篇應考作品初論〉，《逢甲大學人文社會學報》15 期，2007 年。

游適宏，〈研究物情與褒贊國家 —— 王必昌〈臺灣賦〉的兩個導讀面向〉，收於游適宏，《試賦與識賦：從考試的賦到賦的教學》，臺北：秀威資訊科技公司，2008 年。

程玉凰：《洪棄生及其作品考述》，臺北：國史館，1997 年。

賀嚴，〈御選唐詩與清代文治〉，《山西大學學報（哲學社會科學版）》30 卷 1 期，2007 年。

黃大宏，〈重寫：文學文本的經典化途徑〉，《陝西師範大學學報（哲學社會科學版）》35 卷 6 期，2006 年。

黃水雲，《六朝駢賦研究》，臺北：文津出版社，1999 年。

黃曉晨，〈文化記憶〉，《國外理論動態》2006 年 6 期。

黃麗月，〈遣春日之情思，踵南朝之遺韻：洪棄生春思賦作研究〉，《臺灣古典文學研究集刊》第 5 號，2011 年。

塗怡萱，《清代邊疆輿地賦研究》，南投：暨南國際大學

　　中國語文學系碩士論文，2003 年。

楊大春，《後結構主義》，臺北：揚智文化事業公司，1997 年。

楊春俏，〈清代科場加試試帖詩之始末及原因探析〉，《東方論壇》2005 年 5 期。

溫潘亞，《追尋文學流變的軌跡 —— 文學史理論研究》，北京：人民文學出版社，2009 年。

葉幼明，《辭賦通論》，長沙：湖南教育出版社，1991 年。

葉慶炳，《中國文學史》，臺北：臺灣學生書局，2002 年。

詹杭倫，〈唐鈔本《賦譜》初探〉，收於詹杭倫、李立信、廖國棟，《唐宋賦學新探》，臺北：萬卷樓圖書公司，2005 年。

詹杭倫，〈晚清至民國一部流行的賦集 —— 論夏思沺的《少岳賦草》〉，《新亞學報》29 卷，2011 年。

詹杭倫，〈路德及其《關中課士詩賦注》〉，收於詹杭倫，《清代律賦新論》，北京：北京燕山出版社，2008 年。

詹杭倫，〈賦譜校注〉，收於詹杭倫、李立信、廖國棟，《唐宋賦學新探》，臺北：萬卷樓圖書公司，2005 年。

詹杭倫、沈時蓉等校注，《歷代律賦校注》，武漢：武漢大學出版社，2009 年。

廖國棟，〈清代臺灣士子的挫折感 —— 以曹敬賦作為觀察對象〉，第 9 屆國際辭賦學學術研討會，2011 年。

趙俊波，〈唐代試賦的命題研究 —— 以試賦題目與九經的關係為中心〉，《四川師範大學學報（社會科學版）》38 卷 1 期，2011 年。

劉青海，〈試論唐代應試詩的命題及其和《文選》的淵源〉，
　　《雲南大學學報（社會科學版）》7 卷 4 期，2008 年。

劉海峰，〈臺灣舉人在福建鄉試中的表現〉，《廈門大學
　　學報（哲學社會科學版）》2013 年 6 期。

劉德玲，〈臺灣先賢曹敬賦作析論〉，《輔仁國文學報》
　　31 期，2010 年。

蔣寅，〈擬與避：古典詩歌文本的互文性問題〉，《文史
　　哲》2012 年 1 期。

賴辰雄，《法曹詩人壺仙賴雨若詩文全集》，嘉義：嘉義
　　市文化局，2007 年。

龍協濤，《讀者反應理論》，臺北：揚智文化事業公司，
　　1997 年。

韓勝，〈清代唐試帖詩選本的詩學意義〉，《合肥師範學
　　院學報》26 卷 1 期，2008 年。

歸青，〈論體物潮流對宮體詩形成的影響 —— 宮體詩淵源
　　論之一〉，《上海大學學報（社會科學版）》11 卷 4
　　期，2004 年。

簡宗梧，《賦與駢文》，臺北：臺灣書店，1998 年。

簡宗梧、李時銘，《全唐賦》，臺北：里仁書局，2011 年。

簡宗梧、游適宏，〈清人選唐律賦之考察〉，《逢甲人文
　　社會學報》5 期，2002 年。

鄺健行，〈初唐題下限韻律賦形式的審察及引論〉，收於
　　鄺健行，《科舉考試文體論稿：律賦與八股文》，臺
　　北：臺灣書店，1999 年。

顏崑陽，〈從反思中國文學「抒情傳統」之建構以論「詩美典」的多面向變遷與叢聚狀結構〉，《東華漢學》9期，2009年。

顏崑陽，〈論「文學體裁」的「藝術性向」與「社會性向」〉，載於左東嶺、陶禮天主編，《中國古代文藝思想國際學術研討會論文集》，北京：學苑出版社，2005年。

羅彩娟，〈社會記憶散論〉，《廣西民族師範學院學報》28卷6期，2011年。

羅聯添，〈唐代進士科試詩賦的開始及其相關問題〉，《中國歷史學會史學集刊》17期，1985年。

附論：

《全臺賦》所收江夏杏春生
〈痘疹辯疑賦〉考述

摘　要

　　經過文獻考索，可確認 2006 年版《全臺賦》所收〈痘疹辯疑賦〉實爲明代醫家舊作，既非「江夏杏春生」所寫，也非「日據時期」賦篇。雖然該賦可能因此失去「臺灣賦」的資格，但所反映的天花治療思維及以賦傳播醫藥知識的醫家書寫傳統，仍有認識的價值。又雖甄別來源未及詳究，但《全臺賦》視〈痘疹辯疑賦〉爲「文學文獻」而收錄之，實別具突破傳統「文學」疆界的意義。

關鍵詞：痘疹辯疑賦　臺灣賦　全臺賦　天花

一、緒　說

　　許俊雅教授在〈談談《全臺賦》、《臺灣賦文集》未收的作品〉一文中，曾指出刊於 1931 年《臺灣皇漢醫界》第 35 期的金澤之〈傷寒症名要領賦〉，實爲依據古人王應

震〈傷寒賦〉所作的註解，未來若收入《全臺賦》，宜予
適度釐清（許俊雅，2010）。若然，則《全臺賦》原已收
錄的〈痘疹辯疑賦〉（許俊雅、吳福助，P.438-440），恐
怕更需要甄別，因爲這篇原刊於大正 12 年（1923）11 月
18 日《臺南新報》第 9 版、署名「東港江夏杏春生」所撰
的〈痘疹辯疑賦〉，其實是一篇不折不扣的明代醫家舊作，
尋不到半點改造成分。

賦題中的「痘疹」一詞，原係「痘」（痘瘡，即「天
花」）與「疹」（麻疹）的合稱，但又常作偏義複詞，偏
指前者，此賦亦然。天花病毒因透過空氣傳染，不但傳染
性極強，且致死率甚高，在人類世界肆虐長達數千年，直
到西元 1980 年才徹底受到控制[1]。中國古代醫家爲了對抗
這可怕的疾病，不但發明了最有效的防治方法 —— 人痘接
種，開西方醫學「牛痘接種」的先河（黃啓臣、龐秀聲，
2000；孫關龍，2002），在診療方面也留下數量龐大的各
種著述[2]，〈痘疹辯疑賦〉便是諸多韻文著述的其中之一。

本文對〈痘疹辯疑賦〉所進行的「考」，集中於文獻

---

[1] 臺灣自 1955 年起，就未曾再有天花病例。天花在二十世紀上半仍然橫
行。天花爲害之烈，甚至可傾覆國家，例如西元十六世紀初，西班牙
人將天花病毒帶進美洲新大陸，使阿茲特克帝國首都特諾茲提朗城災情慘
重，終被西班牙人攻陷。
[2] 馬伯英《中國醫學文化史》：「自葛洪起，中國的醫生們開始了對天
花（痘症）的治療研究。治療痘症專著之多，恐怕除了『傷寒』之外，
無能匹敵。以《中醫文獻辭典》條目統計，傷寒書有二百五十餘種，
痘症書約九十餘種，溫病書約五十餘種，其他病症專著一般皆在十種
以下。」（p.466）

的追索與校訂；至於「述」，一則嘗試解讀其內容，藉以認識古代醫家的天花治療思維；再則回顧其所屬的「醫藥賦」傳統，使它就算因脫離「臺灣賦」的背景而卸下「題材新穎」（許俊雅、吳福助，P.438）的光環，也能歸返到適合做爲其詮釋框架的文類脈絡。

二、〈痘疹辯疑賦〉為明代醫家舊作

（一）與明代龔廷賢賦作雷同

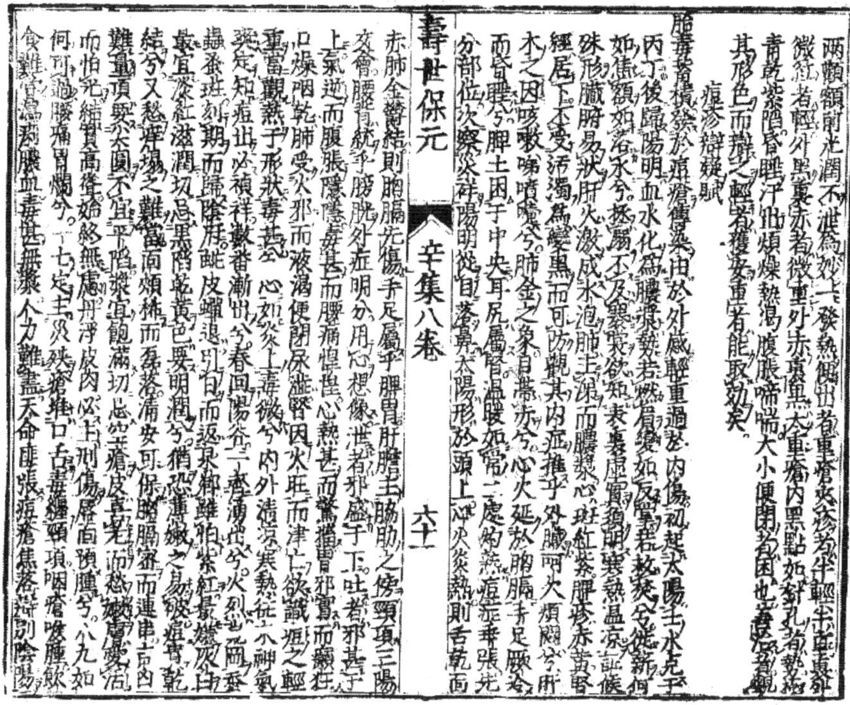
兩顴額前光潤不泄為妙七發熱便出者重瘡疹若乍輕乍重真難
微紅者輕外黑裏赤者微重外赤裏黑太重瘡內黑點如針孔者熱極
青乾紫陷昏睡汗出煩燥熱渴腹脹啼喘大小便閉者困也
其形色而辨之輕者獲安重者能取效矣
痘疹辯疑賦
胎毒蓄積發於痘瘡傳染由於外感輕重過於內傷初起太陽壬水克乎
丙丁後歸陽明血水化爲膿漿若然膚變如反掌君救焚兮從新何
如焦額如浴水兮拯溺不及察定欲知表裏虛實須明寒熱溫涼証候
殊形臟腑易狀肝火激成水泡肺主涕而膿漿心斑紅紫脾疹赤黃腎
經居下不受污濁爲變黑而可防觀其內症推乎外臟可火煩悶兮肝
木之因咳嗽噴嚏兮肺金之象目需赤兮心火延於胸膈手足厥冷
而昏睡兮脾土困于中央耳尻屬腎溫暖如常二處均熱痘症乖張先
分部位次察災祥陽明從目落鼻太陽形於頭上必火炎熱則舌乾面
壽世保元　辛集八卷　六十一
赤肺金鬱結則胸膈先傷手足屬乎脾胃肝膽主脇肋之傍頭項三陽
交會腰背統乎膀胱外症明兮用心想像泄者邪盛于下吐者邪甚于
上氣逆而腹脹隱隱毒甚而腰痛惺惺心熱甚而驚搐胃邪實而癲狂
口燥咽乾肺受火邪而液竭便閉尿澀皆因火旺而津亡欲識痘之輕
重當觀熱于形狀毒甚必心如炎上毒微兮內外清涼實熱宜六神氣
發定知痘出必禎祥數番漸出兮春回陽谷二者湧出兮火烈崑岡
遍蚤斑刻期而歸陰府此皮蟬退引白而返泉鄉雖怕紫紅最嫌灰白
最宜淡紅滋潤切忌黑陷乾黃色要明潤兮猶恐薄嫩之易破痘肯乾
結兮又愁癢塌之難當面頰稀而發落痛安可保腦腮密而連串古凶
難量頂要尖圓不宜平陷漿宜飽滿切忌空虛瘡皮青厚而愁
而怕死結實高聳始終無慮丹浮皮肉必上刑傷層面預應兮八九如
何可過腰痛胃爛兮十七定主凶殃瘡雖口舌毒纏頭項咽瘡喉腫飲
食難嚥喘渴膿血毒甚無藥人力難盡天命雖張痘瘡焦落辯別陰陽

圖 1　續修四庫全書所收龔廷賢〈痘疹辯疑賦〉
（日本正保 2 年刻本）

　　作者可能原本姓「黃」、但以日本姓名「江夏杏春生」[3]發表的這篇〈痘疹辯疑賦〉，在明代賦作中可以找到幾篇內容、文句相仿者，而最貼合的就是江西名醫龔廷賢（1522～1619，或 1538～1635）[4]的〈痘疹辯疑賦〉。茲將二賦並置如下，再以龔氏之賦[5]校訂《全臺賦》所錄江夏氏之賦的部分訛漏。至於這位江夏氏是否為漢醫？為何要抄一篇古人之作來投稿？又或者根本沒這個人，只是《臺南新報》的編者以化名抄書補白？……可追蹤的問題雖然不少，但由於缺乏線索，也只好暫時存疑了。

3　1940 年起，日本政府開始推動臺灣人民改用日本姓名，視為「皇民化運動」最重要的一環。臺灣人民迫於無奈，或採變通之法，即以祖先的堂號為姓，例如姓陳的改姓「潁川」，姓黃的改姓「江夏」。

4　龔廷賢，字子才，號雲林，江西金溪人。論者多謂其生於嘉靖元年（1522），卒於萬歷 47 年（1619）。但李世華、王育學主編的《龔廷賢醫學全書》所附〈龔廷賢醫學學術思想研究〉一文重予考證，認為龔廷賢應生於嘉靖 17 年（1538），卒於崇禎 8 年（1635）。龔廷賢之父龔信，曾供職於太醫院，龔廷賢幼承家學，亦曾任太醫院吏目，因醫術高明而有「醫林狀元」、「回春國手」之譽。其自撰醫著有：《種杏仙方》、《萬病回春》、《雲林神彀》、《魯府禁方》、《小兒推拿秘旨》、《壽世保元》、《濟世全書》七部；另有《古今醫鑑》，係續其父之著作；又《雲林醫聖普渡慈航》，則為與其子合著。

5　見於龔廷賢《壽世保元》卷八。據李世華、王育學主編《龔廷賢醫學全書》所附的〈龔廷賢醫學學術思想研究〉一文，《壽世保元》計有古今版本八十餘種。下引龔廷賢〈痘疹辯疑賦〉，依據上海古籍出版社「續修四庫全書」1021 冊所收日本正保 2 年（1645，清順治 2 年，李自成永昌 2 年，朱由崧弘光元年）風月宗知刻本。

江夏杏春生〈痘疹辯疑賦〉	龔廷賢〈痘疹辯疑賦〉
胎毒蓄積，發於痘瘡。	胎毒蓄積，發於痘瘡。
傳染由於外感，輕重過於內傷。	傳染由於外感，輕重過於內傷。
初起太陽，壬水克於丙丁；	初起太陽，壬水克于丙丁；
後歸陽明，血水化為膿漿。	後歸陽明，血水化為膿漿。
勢若燃眉，變若[6]反掌。	勢若燃眉，變如反掌。
若救焚兮徙薪，何如焦額；	若救焚兮，徙薪何如焦額；
如落水兮拯溺，不及□[7]裳。	如落水兮，拯溺不及褰裳。
欲悉[8]知表裡虛實，須明寒熱溫涼。	欲知表裡虛實，須明寒熱溫涼。
證候殊形，臟腑易狀。	證候殊形，臟腑易狀。
肝火激成水泡，肺王[9]涕而膿漿。	肝火激成水泡，肺主涕而膿漿。
心斑紅紫，脾疹斥黃。	心斑紅紫，脾疹斥黃。
腎經居下，不受汗[10]濁，為變黑面[11]可防。	腎經居下，不受污濁，為變黑而可防。
觀其內症，推乎外臟。	觀其內症，推乎外臟。
呵欠煩悶兮，肝木之因；	呵欠煩悶兮，肝木之因；
咳嗽[12]噴嚏[13]兮，肺金之象。	咳嗽涕噴嚏兮，肺金之象。
目帶赤兮，心火延□[14]胸膈宜[15]；	目帶赤兮，心火延於胸膈；
手足厥冷而昏睡兮，脾土困□[16]中央。	手足厥冷而昏睡兮，脾土困于中央。
且[17]尻屬腎，溫暖如常。	耳尻屬腎，溫暖如常。
二處煩[18]熱，痘疹[19]乖張。	二處灼熱，痘症乖張。
先分部位，次察災祥。	先分部位，次察災祥。
陽明從目落鼻，太陽形□[20]頭上。	陽明從目落鼻，太陽形於頭上。

6　龔賦作「如」。

7　《全臺賦》按：「原文字跡漫漶難辨，應是『褰』字」。龔賦作「褰」。

8　與龔賦相較，多出此字。

9　龔賦作「主」。

10　據《全臺賦影像集》，此字應作「汙」，《全臺賦》誤植為「汗」。
　　龔賦作「污」。

11　《全臺賦影像集》中此字不易辨識，《全臺賦》作「面」。龔賦作「而」。

12　龔賦多一「涕」字，應是衍文。

13　《全臺賦影像集》中此字不易辨識，《全臺賦》作「嚏」。龔賦作「嚏」。

14　《全臺賦》按：「原文字跡漫漶難辨，疑為『於』」。龔賦作「於」。

15　與龔賦相較，多出此字。

16　《全臺賦》按：「原文字跡漫漶難辨」。龔賦作「于」。

17　龔賦作「耳」。

18　龔賦作「灼」。

19　龔賦作「症」。

心火炎□[21]，則舌乾面赤； 肺金鬱結，則胸膈先傷。 手足屬乎脾胃，肝膽主脇肋之旁[22]。	心火炎熱，則舌乾面赤； 肺金鬱結，則胸膈先傷。 手足屬乎脾胃，肝膽主脇肋之傍。

20 《全臺賦》按：「原文字跡漫漶難辨」。龔賦作「於」。
21 《全臺賦》按：「原文字跡漫漶難辨」。龔賦作「熱」。
22 龔賦作「傍」。
23 龔賦作「明分」。
24 龔賦作「邪」。
25 龔賦作「甚」。
26 《全臺賦》按：「原文字跡漫漶難辨」。龔賦作「而」。
27 龔賦作「炎」。
28 龔賦作「蚤」。
29 據《全臺賦影像集》，此字作「退」，《全臺賦》改爲「蛻」。龔賦作「退」。
30 龔賦作「最宜」。
31 龔賦作「滋」。
32 據《全臺賦影像集》，此字應作「痒」，《全臺賦》誤植爲「庠」。龔賦作「痒」。又據《全臺賦影像集》，「痒」字之後缺空一格，據龔賦當補「塌」。
33 龔賦作「面」。
34 《全臺賦》按：「原文字跡漫漶難辨」。龔賦作「而」。
35 龔賦作「不宜」。
36 龔賦作「瘡」。
37 《全臺賦》按：「原文字跡漫漶難辨」。龔賦作「嫩」。
38 龔賦作「愛」。
39 據《全臺賦影像集》，此字應作「預」，《全臺賦》誤植爲「頂」。龔賦作「預」。
40 龔賦作「七」。
41 龔賦作「主」。
42 龔賦作「嘗」。
43 龔賦作「瀉痢」。
44 龔賦作「盡」。
45 龔賦作「張」。
46 龔賦作「人中上下」。
47 據《全臺賦影像集》，此字應作「醫」，《全臺賦》誤植爲「醫」。龔賦作「醫」。
48 《全臺賦》按：「原文字跡漫漶難辨」。龔賦作「醫」。

頸項三陽交會，腰背統乎膀胱。	頸項三陽交會，腰背統乎膀胱。
外症分明[23]，用心想像。	外症明分，用心想像。
泄者邸[24]盛於下，吐者邪盛[25]於上。	泄者邪盛於下，吐者邪甚於上。
氣逆而腹脹隱隱，毒甚而腰痛惶惶。	氣逆而腹脹隱隱，毒甚而腰痛惶惶。
心熱甚而驚搐，胃邪實[26]癲狂。	心熱甚而驚搐，胃邪實而癲狂。
口燥咽乾，肺受火邪而液渴；	口燥咽乾，肺受火邪而液渴；
便閉尿濇，腎因火旺而津亡。	便閉尿濇，腎因火旺而津亡。
欲識痘之輕重，當觀熱於形狀。	欲識痘之輕重，當觀熱于形狀。
毒甚兮心如岡[27]上，毒微兮內外清涼。	毒甚兮心如炎上，毒微兮內外清涼。
寒熱往來神氣爽，定知痘出必禎祥。	寒熱往來神氣爽，定知痘出必禎祥。
數番漸出兮，春回陽谷；	數番漸出兮，春回陽谷；
一齊湧出兮，火烈崑岡。	一齊湧出兮，火烈崑岡。
蠱蟲密[28]斑，刻期而歸陰府；	蠱蟲蚤斑，刻期而歸陰府；
蛇皮蟬蛻[29]，引日而返泉鄉。	蛇皮蟬退，引日而返泉鄉。
雖怕紫紅，最嫌灰白。	雖怕紫紅，最嫌灰白。
惟[30]淡紅潃[31]潤，切忌黑陷乾黃。	最宜淡紅滋潤，切忌黑陷乾黃。
色要明潤兮，猶恐薄嫩之易破；	色要明潤兮，猶恐薄嫩之易破；
痘貴乾結兮，又愁痒[32]之難當。	痘貴乾結兮，又愁痒塌之難當。
向[33]頰稀□[34]磊落，清安可保；	面頰稀而磊落，清安可保；
胸膈密而連串，吉凶難量。	胸膈密而連串，吉凶難量。
頂要尖圓，宜不[35]平陷；	頂要尖圓，不宜平陷；
漿宜飽滿，切忌空倉[36]。	漿宜飽滿，切忌空瘡。
皮喜老而愁□[37]，膚受[38]活而怕光。	皮喜老而愁嫩，膚愛活而怕光。
結實高聳，始終無慮；	結實高聳，始終無慮；
丹浮皮肉，必主刑傷。	丹浮皮肉，必主刑傷。
唇面頂[39]腫兮，八九如何可過；	唇面預腫兮，八九如何可過；
腰痛胃爛兮，一切[40]定生[41]災殃。	腰痛胃爛兮，一七定主災殃。
瘡堆口舌，毒纏頸項。	瘡堆口舌，毒纏頸項。
咽瘡喉腫，飲食難當[42]。	咽瘡喉腫，飲食難嘗。
泄瀉[43]膿血，毒甚無漿。	瀉痢膿血，毒甚無漿。
人力難為[44]，天命匪臧[45]。	人力難盡，天命匪張。
痘瘡焦落，辯別陰陽。	痘瘡焦落，辯別陰陽。
上下人中[46]，先醫[47]為良。	人中上下，先醫為良。
足腰先若黑□[48]，多凶而少吉祥。	足腰先若黑醫，多凶而少吉祥。

（二）龔廷賢賦的近似文本

不過，龔廷賢的〈痘疹辯疑賦〉也可能不是「原創」。

首先，明代翁仲仁（生卒年不詳）《痘疹金鏡錄》卷三收有一篇〈辨疑賦〉，文句近乎全同（翁仲仁，1969 版，p.40），但因原刊於 1519 年的《痘疹金鏡錄》，今唯存增補或改訂本，故難斷定〈辨疑賦〉必早於〈痘疹辨疑賦〉。再者，比龔廷賢至少長二十餘歲、同為明代名醫的萬全（1499～1582）[49]，其《片玉痘疹》卷一的〈痘疹碎金賦〉前半，除下文中「……」處約五十句外，其餘甚多與龔廷賢〈痘疹辨疑賦〉雷同：

> 痘本胎毒，俗日天瘡。傳染由於外感，輕重過於內傷。初起太陽，壬水克乎丙火；後歸陽明，血水化為膿漿。所喜者，紅活滋潤；可畏者，黑陷乾黃。勢若燃眉，變如反掌。皮膚臭爛，氣血郎當。若救焚兮，徙薪何如焦額；似拯溺兮，落井不及褰裳。原夫一元肇化，二索成祥。欲火動而妄作，胎火熾而流殃。啼聲驟發，穢毒深藏。……且如證候殊形，臟腑異狀。肝主淚而水泡，肺主涕而膿漿。心斑紅豔，脾主斥黃。惟腎經之無病，變為黑而可防。所以觀乎外症，因而辨其內臟。呵欠煩悶兮，肝木之

---

49 萬全，字全仁，號密齋，原籍江西，其父因兵荒而遷居湖北羅田。祖父萬杏坡，為萬氏家傳幼科第一世，父親萬筐，甚有醫名，樹立「萬氏兒科」的聲望，至萬全更以兒科馳名。萬全 19 歲入邑庠為諸生，28 歲補廩膳生，曾參加過幾次鄉試，惜未中第，30 歲時其父去世，遂棄舉從醫。萬全付梓的著作有《痘疹心法》、《傷寒摘錦》、《保命歌括》、《廣嗣紀要》、《萬氏女科》、《幼科發揮》、《育嬰家秘》、《養生四要》、《片玉心書》、《片玉痘疹》十種。

因；咳嗽噴嚏兮，肺金之相。手足冷而昏睡兮，脾
土困于中央；面目赤而驚悸兮，心火炎於膈上。耳
尻屬腎，溫暖如常。二處灼熱兮，下極火旺而必斃；
四肢厥冷兮，中州土敗而須亡。先分部位，次察災
祥。陽明布於面中，太陽形於頭上。心肺居胸膈之
內，肝膽主脅肋之傍。手足司於脾胃，腰背統於膀
胱。初證分明，用心想像。泄瀉者邪甚於下，嘔吐
者邪甚於上。氣逆而腹痛隱隱，毒深而腰痛皇皇。
心熱甚而驚搐，胃邪實而癲狂。鼻燥咽乾，肺受火
邪而液竭；屎硬尿澀，腎因火旺而精亡。氣弱少食
者，不任其毒；神強能食者，不失其常。欲決輕重，
但觀發熱；如占順逆，須認其瘡。毒甚兮身如炎火，
毒微兮體或清涼。若寒熱之來往，定徵兆之佳祥。
數番施出兮，春回寒谷；一齊湧出兮，火烈坤岡。
蚊迹蚤斑，刻期而為鬼錄；蛇皮蠶殼，引日而邁泉
鄉。不喜朱紅，更嫌灰白。最宜蒼臘，切忌紫黃。
常要明潤兮，恐薄嫩之易破；不宜乾枯兮，又瘙痒
之難當。惡候形現，上工審詳。面頰稀而磊落，清
安可保；胸膈密而連串，吉凶難量。頂要尖圓，不
宜平陷；漿宜飽滿，卻忌空瘡。顏色喜老而愁嫩，
皮膚愛糙而怕光。焰起根窠，終防痒塌；丹浮皮肉，
必主夭傷。頭面預腫兮，三陽亢甚；手足厥發兮，
五臟催傷。瘡堆喉舌，毒纏頸項。咽喉痛而呼吸則
難，飲食少而吞吐則嗆。此天命之安排，豈人力之

倚仗。

雖然《片玉痘疹》原本秘藏於家,直至萬全去世之後才付梓,但因〈痘疹碎金賦〉係教導子弟之用,在「嘉靖丙午(1546 年)」後即開始在外流傳[50],故亦不能排除龔廷賢據以改作的可能。

　　這彼此相關的〈辯疑賦〉、〈痘疹辯疑賦〉、〈痘疹碎金賦〉,在清初名醫馮兆張(生卒年不詳,明崇禎至清康熙年間人)所纂著的《馮氏錦囊秘錄痘疹全集》中,成為其〈辯證賦〉的基礎[51]。馮兆張〈辯證賦〉把龔廷賢〈痘疹辯疑賦〉延長為三倍的篇幅,寫入很多自己診治痘瘡的心得。茲將龔廷賢、馮兆張兩賦的前端並置,即可見馮兆張一則刪除了像「若救焚兮徙薪,何如焦額;如落水兮拯溺,不及褰裳」這類無關病症的文句;再者如「壬水尅乎

---

50 傅沛藩主編《萬密齋醫學全書》所附〈萬密齋醫學學術思想研究〉:「萬全在〈痘疹碎金賦〉之後說:『嘉靖丙午,予嘗手作〈小兒賦〉及〈痘疹賦〉、〈西江月〉,以教豚犬。』這裡指出〈小兒賦〉及〈痘疹賦〉、〈西江月〉是當年萬全指導兒子們學醫用的教習本。其中,〈小兒賦〉、〈小兒西江月〉為兒科部分,即《片玉心書》的前身;〈痘疹賦〉、〈痘疹西江月〉為痘疹部分,即《片玉痘疹》的前身。兩種教習本由子、徒間流傳而逐漸擴散到社會,先後產生了多種文字稍有不同的傳抄本。與此同時,萬全在兩種教習本寫成後第三年(嘉靖 28 年)寫成的《痘疹心要》初稿也在社會上抄錄傳播。」(p.848)

51 見《馮氏錦囊秘錄痘疹全集》卷二。馮兆張,字楚瞻,浙江海鹽人。馮氏的著述 ——《馮氏錦囊秘錄雜證大小合參》二十卷、《馮氏錦囊秘錄痘疹全集》十五卷、《馮氏錦囊秘錄雜證痘疹藥性主治合參》十二卷,刻印影本可見於「四庫未收書輯刊」第陸輯第 15 冊(北京:北京出版社,2000),簡體字排印本則可見於田思勝主編的《馮兆張醫學全書》。

丙『火』」、「臟腑『異』狀」、「獨腎經之無病，惟變
黑而可防」、「所以觀乎『外症』，因而推何『內臟』」、
「面目帶赤而驚悸兮」等，顯然參考了萬全〈痘疹碎金賦〉
而加以修改；至於「耳尻溫煖如常兮，可見腎水之無咎；
二處若還灼熱兮，須識痘症之乖張」，則既不同於龔賦，
也不同於萬賦，乃重新融鑄的隔對。

龔廷賢〈痘疹辯疑賦〉	馮兆張〈辯證賦〉
胎毒蓄積，發於痘瘡。	胎毒蓄積，發為痘瘡。
傳染由於外感，輕重過於內傷。	傳染由於外感，輕重過於內傷。
初起太陽，壬水克于丙丁；	初起太陽，壬水尅乎丙火；
後歸陽明，血水化為膿漿。	後歸陽明，血水化為膿漿。
勢若燃眉，變如反掌。	勢若燃眉，變如反掌。
若救焚兮徙薪，何如焦額；	
如落水兮拯溺，不及褰裳。	
欲知表裡虛實，須明寒熱溫涼。	欲知表裡虛實，須明寒熱溫涼。
證候殊形，臟腑易狀。	症候殊形，臟腑異狀。
肝火激成水泡，肺主涕而膿漿。	肝主淚而水泡，肺主涕而膿漿。
心斑紅紫，脾疹斥黃。	心瘝紅紫，脾疹斥黃。
腎經居下不受污濁，為變黑而可防。	獨腎經之無病，惟變黑而可防。
觀其內症，推乎外臟。	所以觀乎外症，因而推何內臟。
呵欠煩悶兮，肝木之因；	呵欠頓悶兮，肝木之因；
咳嗽涕噴嚏兮，肺金之象。	咳嗽噴嚏兮，肺金之象。
目帶赤兮，心火延於胸膈；	面目帶赤而驚悸兮，心火延於胸膈；
手足厥冷而昏睡兮，脾土困于中央。	手足厥冷而昏睡兮，脾土困於中央。
耳尻屬腎，溫暖如常。	耳尻溫煖如常兮，可見腎水之無咎；
二處灼熱，痘症乖張。	二處若還灼熱兮，須識痘症之乖張。

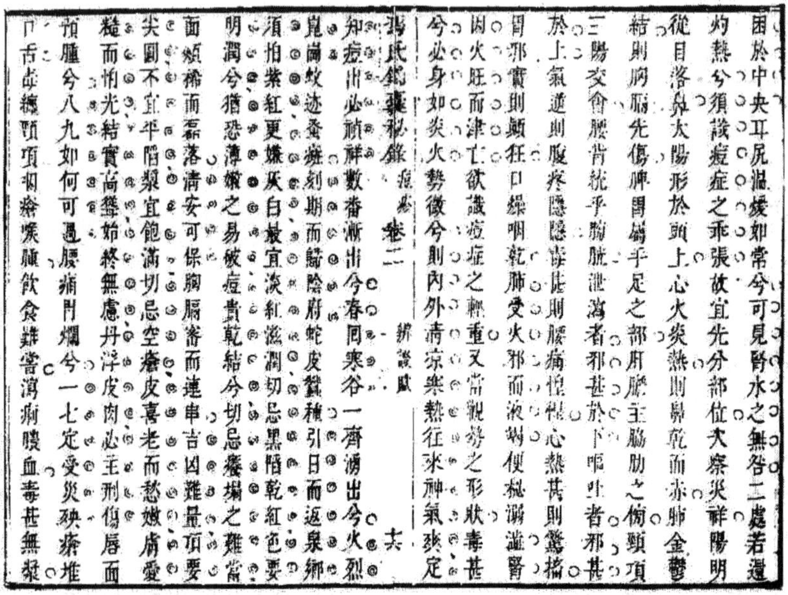
困於中央耳尻温煖如常兮可見腎水之無咎二處若還
灼熱兮須識痘症之乖張故宜先分部位大察災祥陽明
從目落鼻太陽形於頭上心火炎熱則鼻乾而赤肺金鬱
結則胸膈先傷脾胃屬乎手足之部肝臟主脇肋之傍頸項
三陽交會腰背統乎膀胱泄瀉者邪甚於下嘔吐者邪甚
於上氣逆則腹疼隱隱毒甚則腰痛惶惶心熱甚則驚搐
胃邪實則顛狂口燥咽乾肺受火邪而液涸便秘溺澁腎
因火旺而津亡欲識痘症之輕重又當觀勢之形狀毒甚
兮必身如炎火勢微兮則內外清涼寒熱往來神氣爽定
馮氏錦囊秘錄 痘疹 卷二 辨證賦 夫
知痘出必禎祥數番漸出兮春同寒谷一齊湧出兮火烈
崑崗蚊迹蚤斑刻期而歸陰府蛇皮蠶種引日而返泉鄉
須怕紫紅更嫌灰白最宜淡紅滋潤切忌黑陷乾紅色要
明潤兮猶恐薄嫩之易破痘貴乾結兮切忌癢塌之難當
面頰稀而磊落清安可保胸膈密而連串吉凶難量頂要
尖圓不宜平陷漿宜飽滿切忌空癟皮喜老而愁嫩膚愛
糙而怕光結實高聳始終無慮丹浮皮肉必主刑傷唇面
預腫兮八九如何可過腰痛門爛兮一七定受災殃瘡堆
口舌蚌纏頸項咽瘡嗽嚥飲食難嘗瀉痢膿血毒甚無疑

圖 2 續修四庫全書所收馮兆張〈辯證賦〉（康熙 41 年刊本）

三、〈痘疹辯疑賦〉詮要

〈痘疹辯疑賦〉的內容，大約可分為「痘瘡的發生」、「症候與臟腑的關聯」與「症候吉凶的研判」三部分，從中則可發現其「辨證論治的特色」及「調節表裡的治法」。以下擬透過賦篇書寫與再書寫的文獻語境，了解賦中所敘述的古代天花醫療知識。宜先說明的是，因馮兆張《馮氏錦囊秘錄痘疹全集》能提供比萬全、龔廷賢還要詳盡的療痘分析，故以下多引馮氏之論來詮說〈痘疹辯疑賦〉。

（一）痘瘡的發生

　　現今的醫學已知天花是由天花病毒（variola virus）所引起的急性傳染病，但〈痘疹辯疑賦〉首揭「胎毒蓄積，發於痘瘡」，反映的是古代中國醫家對天花病源的看法。謂天花源於胎毒，可追溯至宋代，但宋人並未使用「胎毒」一詞，只說胎兒受母體之穢，如錢乙（1032～1113）《小兒藥證直訣・卷上》：「小兒在胎十月，食五臟血穢，生下則當毒出，故瘡疹之狀，皆五臟之液」，或如陳文中《小兒痘疹方論》：「小兒在胎之時，乃母五臟之液所養成形也。其母不知禁戒，縱情濃味，好啖辛酸，或食毒物，其氣傳於胞胎之中，此毒發爲瘡疹」[52]。到了元代黃石峰《秘傳痘疹玉髓》，又將痘瘡的根源上推至男女交合：「是以男女交媾，亦必二五妙合，而生人之本繫焉。此人生之所自來，而痘之原亦根於此矣。人皆知其種於淫火之毒，而不知由乎交媾之際」[53]。總之，「胎毒」是爲了強調人人天生帶有病源，理論上是人人會發作，但也有人不會；然而一旦發作毒泄，就不會再發；至於出痘嚴重與否，則和

---

[52] 明代萬全並不認同「歸咎於母親」的看法，《痘疹心法》：「或曰：兒在胎之時，其母不畏禁忌，恣意所欲，加添滋味，好啖辛酸，或食毒物，其氣搏於胞胎之中，所以兒受此毒，發爲瘡疹也。殊不知人之有生，受氣於父，成形於母。胞胎之毒，父當分任其咎，未可專責母也。」清代馮兆張也反對「胎血致毒」，《馮氏錦囊秘錄痘疹全集》卷一：「痘之爲證，本於陽毒，惡烈而莫御。其母胎之毒，不過發爲瘡疥丹瘤而已。更有謂兒含胎血致毒者，尤爲不經之論耳。」

[53] 以上關於「胎毒」之說的演變，參閱曹麗娟〈胎毒與中醫天花病因〉。

每個人的體質清濁有關，此即〈痘疹辯疑賦〉所云「輕重過於內傷」：

> 然人之生，莫不患痘，有年躋耄耋而不出者，可見其痘可以出，可以不出。（馮兆張，p.599）

> 然則待時而發者，胎毒也，或速而危，或徐而安，或暴而死者，氣之微甚所使也，發則其毒泄矣。所以終身但作一度，後有其氣不復傳染焉。（萬全，p.698）

> 故人稟清明之氣、修養之純，則真元之精厚而水火相濟，淫火之液自少，痘之所發必稀疏而順美。人稟淆濁之氣、情欲之雜，則真元之氣溷而水火相激，淫火之液自倍，痘之所發必密。（馮兆張，p.599）

不過，在視痘瘡肇因於胎毒的同時，〈痘疹辯疑賦〉所謂「傳染由於外感」也為古代醫家所認同。如明代王肯堂（1368～1644）《證治準繩・幼科》雖因「疫癘終身不染者，比比皆是，而痘疹無一人得免；疫癘一染之後，不能保其不再染，而痘瘡一發不再發」，而仍重申「胎毒之說又何可盡廢乎」，但卻又提示：「痘疹之發，顯是天行時氣，廛市村落，互相傳染，輕則俱輕，重則俱重，雖有異於眾者，十之一二而已，豈可概謂胎毒哉」。這種「裡應

外合」的觀點，可說是古代醫家自認對痘瘡發生最完整的
解釋，頂多是對「外感」的導火線說法不同：

> 夫痘瘡者，乃胎毒所致也。嬰兒在胎之時，感其穢
> 毒之氣，藏於臟腑之中，發時有近遠之不同耳。……
> 大抵始發之時，有因外感風寒而得者，有因內傷飲
> 食而得者，有因時氣傳染而得者，有因跌仆驚恐而
> 得者。（龔廷賢，p.775）

> 夫人得天地之氣以有生，稟父母之氣以成形，然難
> 免痘疹之患者，何也？蓋因淫火中於有形之先，發
> 於有生之後，遇歲火太過，熱毒流行，則痘毒因之
> 而發。（馮兆張，p.633）

但無論外在的誘發因素為何，人們天生帶原乃必要前提，
此正是痘疹不同於疫癘之處：「若說痘疹為時氣之所感召
則可，若說痘疹與疫癘無異則不可。疫癘，惡證也，自外
至內，熱是邪火流傳，疫毒之氣旁敷耳。若痘疹，正病也，
自裡達表，猛熱者為正火，傳絡者為正傳。」（馮兆張，
p.641）

　　上引對天花發生的論述，以現今的醫學知識來看，固
是錯謬不堪，但也有學者認為，「『胎毒』若轉換一個角
度解釋，又何嘗不可以看作先天性免疫能力對某種疾病之
缺乏」，「胎毒與時氣異氣感發理論漸漸走到一起，兩者

的結合，正好就是免疫能力缺乏與外感病毒致病立論的中國解釋版本。雖曰與現代理論仍大相逕庭，但其探索的道路，庶幾離真理亦不遠矣。」（馬伯英，p.467）

（二）症候與臟腑的關聯

〈痘疹辯疑賦〉在指出痘瘡發生的原因後，即敘述五臟會為天花患者帶來哪些症候。參閱下表（宋傳榮、何正顯，p.20），除可明白賦中何以稱五臟為「肝木」、「心火」、「脾土」、「肺金」、「腎水」，也可略見賦為何說「肺主涕」及打噴嚏是「肺金之象」：

五行	木	火	土	金	水
五臟	肝	心	脾	肺	腎
五腑	膽	小腸	胃	大腸	膀胱
五官	目	舌	口	鼻	耳
五液	淚	汗	涎	涕	唾

至於賦中謂「呵欠煩悶」與肝有關、「手足厥冷而昏睡」與脾有關、「膿漿」與肺有關、「斑」與心有關等，其實都來自北宋知名醫家錢乙（1032～1113）的觀點。錢乙的《小兒藥證直訣》由其學生閻季忠搜集編纂，對中醫兒科的後世發展影響深遠。錢乙提出：五臟的心主驚，肝主風，脾主困，肺主喘，腎主虛。呵欠頓悶屬肝，時發驚

悸屬心，手足梢冷屬脾，面燥腮赤、噴嚏主肺。水疱屬於肝，膿疱屬於肺，瘢屬於心，疹屬於脾，痘疹黑陷屬於腎[54]。無論對照〈痘疹辯疑賦〉或馮兆張《馮氏錦囊秘錄痘疹全集》的敘述[55]，完全一致。

　　又《馮氏錦囊秘錄痘疹全集》云：「痘疹從裡出表，而五臟之證皆見，其所以次第傳注者，腎、心、脾、肝、肺也」（馮兆張，p.642）；「一日二日，胎毒自腎而發，至骨髓之分。二日三日，傳心血脈之分。三日四日，傳脾胃肌肉之分。四日五日，傳至肝筋之分。五日六日，傳肺皮毛之表」（馮兆張，p.610）。指出痘瘡之患，雖然五臟各發其症，但因毒的傳輸有其次第，症候發生的早晚也有所不同。由於痘毒蘊藏於腎，故與腎相關的耳、尻，起初沒有症候[56]，此即〈痘疹辯疑賦〉云「耳尻屬腎，溫暖如

54　《小兒藥證直訣》卷上：「五臟各有一證：肝臟水，肺臟膿，心臟斑，脾臟疹，歸腎變黑。」

55　《馮氏錦囊秘錄痘疹全集》卷一：「肝為水泡，其色青小，是即俗謂水痘也。肺為膿泡，稠濁色白而大，是即俗謂痘子也。心為瘢而主血，其色赤而小，次於水泡，是即俗謂瘄子也。脾為疹，其色淺黃，而次於瘢，是即俗謂麻子也。」又卷二：「肺痘之出，必肺脹而喘，上氣而咳，心煩出衄，胸滿氣急，噴涕喉痹。」「脾痘之出，必舌本強，腹脹嘔食，胃脘疼痛，身體皆重，善呻善噫，洒洒振寒，或惡見人，心下急痛，體難動搖，大便溏瀉，及或秘結，股膝困腫，或舌本痛。」「心痘之出，必嗌乾且痛，驚悸時作，掌中倍熱，目黃耳聾，心痛渴飲，頷腫不可顧肩，脅痛頰腫。」「肝痘之出，必口苦呵欠而善太息，腰痛不可俯仰，心脅痛不能轉側，頓悶胸滿，小便遺尿，又或癃閉，頭痛頷痛，目銳皆痛。」「腎痘之出，必饑不欲食，舌乾咽腫，或咳唾有血，腸澼心痛，或腰腹脊股俱痛，或善恐而心惕惕如懸饑。」（p.610、p.644）

56　《馮氏錦囊秘錄痘疹全集》卷二：「痘疹之初，耳獨涼者，膀胱為腎腑，腎不受邪耳。」（p.641）

常」，然而待毒回到腎來，耳、尻「二處灼熱」，便是「痘
症乖張」的危險時刻。

（三）症候吉凶的研判

1.病　程

　　〈痘疹辯疑賦〉近半的篇幅在記述天花症候吉凶，尤
其是「多凶少吉要提防」的臨床反應。而要研判吉凶，必
須先了解天花患者由發燒、出疹至結痂的病程。這個病程
約兩週 ——「夫痘瘡之期，止有一十四日，從自見點以至
七日之內，如花之始蕾而發也。其氣日盛，如至七日之後，
則氣斂而花謝矣」（馮兆張，p.691），從龔廷賢《壽世保
元》卷八所列舉的治法 —— 初起發熱治法、出痘治法、起
脹治法、灌膿治法、收靨治法、病後餘毒，或《馮氏錦囊
秘錄痘疹全集》的目錄 —— 卷五發熱門、卷六見點門、卷
七起脹門、卷八灌膿門、卷九收靨門、卷十落痂門、卷十
一餘毒門，均可見古代醫家對這十幾天尚有細部分期。茲
依《馮氏錦囊秘錄痘疹全集》卷二「論痘始終順逆險十條」，
將「順者不治自愈」、「逆者雖治不愈」、「險者可治而
愈」的各種症候整理如下表（馮兆張，p.646-647）：

		順	險	逆
見點	一二日	人中及鼻、腮、頤、年壽之間先發三兩點，淡紅潤色。	圓潤成形而乾紅少潤。	於天庭、司空、太陽、印堂、方廣之處先發。
	二三日	根窠圓潤光潔。	雖根窠圓混光潔，但頂陷。	根窠無暈。
起脹	四五日	其形尖圓光澤。	根窠已起，但色不光潔。	綿密如蠶種，黑陷、乾紅、紫泡。
	五六日	紅活鮮明。	其色不榮，或帶昏黯紅紫。	其色灰陷、紫陷，或水泡癢塌及乾枯綿密。
灌膿	六七日	光潔飽滿，毒自化而成漿。	光潤有神，但未成漿。	不能成漿，其毒內伏，神去色枯。
	七八日	毒化成漿，神彩光潤。	毒難化而漿不滿，其色光潤不枯。	毒不化漿，色枯乾紫。
收靨[57]	八九日	漿充足而毒解功成，無他症。	紅黃色潤，漿不滿溢。	漿不充足，毒成外剝。
	十一二日	毒解，氣調漿足。	濕潤不斂，漿微、漿滯，根暈猶存。	毒不解，必至枯朽剝極。
落痂	十三四日	毒既殄減，漿老結痂。	毒雖盡解，而漿老結痂之際，或有雜症相仍。	痘不脫靨，諸邪並作。
餘毒	十四五六日	痂落瘢明而無他症。	痂落，潮熱唇紅口渴，不食神倦。	痂未易落，寒戰咬牙，譫語狂煩，疔腫並作。

在這個表中，除了可見「以常而言之，則發熱三日而後見標，出齊三日而後起脹，蒸長三日而後灌膿，漿滿三日而後收靨」（馮兆張，p.691）的細部分期原則，更可以歸納出研判吉凶的要點為：

---

57 《馮氏錦囊秘錄痘疹全集》卷九：「痘瘡成膿之後，鮮明肥澤，飽滿堅實，以手拭之，而瘡頭微焦硬者，此欲靨也。」

> 顏色貴潤澤而嫌昏暗，貴光彩而嫌枯澀，貴淡紅而
> 嫌黑滯，貴圓淨而嫌破損，貴高聳而嫌平塌，貴結
> 實而嫌虛薄，貴稀疏而嫌稠密。（龔廷賢，p.776）

這些要點，包括「形」、「色」兩方面，而「色」的重要
性又大於「形」——「寧可形平塌而色紅活，不可形尖圓
而色晦滯；所謂寧教有色無形，休教有形無色」（馮兆張，
p.636），「如色光澤紅活，雖平塌亦可治焉」（馮兆張，
p.693）。此即強調「根欲其活，窠欲其起，腳欲其固，地
欲其寬[58]，四者俱順，痘雖重而無慮也」時，首重「根欲
其活」的道理，因為「根」是指痘「外圈而紅者」，「痘
榮枯之分，血實主之」，「如血不足，則經脉壅遏，囊窠
空虛，乃黑燥而不鮮明，枯萎而不潤澤」（馮兆張，p.637）。

痘在起脹、灌膿時，宜紅活、飽滿、圓淨，但到了收
靨、結痂時，則宜「乾」宜「老」，故〈痘疹辯疑賦〉屢
云「痘貴乾結」、「喜老而愁嫩」、「恐薄嫩之易破」。
相對於前期「痘榮枯之分，血實主之」，後期則是「瘡之
老嫩，氣之所致也」，「衛氣強，則肉分堅、皮膚厚、腠

58　「根」、「窠」、「腳」、「地」的定義，據《馮氏錦囊秘錄痘疹全
　　集》卷二：「何謂窠？中透而起頂者是也；何謂根？外圈而紅者是也。
　　然圈之紅否，則中之虛實與痘之淺深可見矣；窠之起否，則根之淺深
　　與氣血之盈虧可定矣。」「凡彼此顆粒界線分明，不散不雜者，此痘
　　腳明淨也。若空隙之處，便謂之地。凡彼此顆粒不相連綴者，此地面
　　明淨也。」

理密，而開合得矣，所以收斂禁束，制其毒而不得放肆，乃色蒼而蠟，形緊而實，漿濃而濁，痂厚而堅，自然易壯易醫。」（馮兆張，p.637）

2.凶　險

依據〈痘疹辯疑賦〉及相關文獻，最凶險的症候莫如腰痛、變黑，還沒出痘就腰痛是「毒氣深伏腎經」、「邪由膀胱直入於腎」[59]，但出痘後期「毒氣歸腎」也會造成腰痛，因而使痘漿乾枯，變紫變黑，終至回天乏術：

> 夫變黑腰疼之證，本屬火盛熱極，經所謂「亢相害也」。外火灼於肌膚之間，故其色黑，火毒相亢，而玄水枯竭，故腰疼耳，其痘必乾枯，……至有痘將成就，而忽變黑倒靨者，是亦血熱火亢、毒滯血乾而成內攻，為逆候也。（馮兆張，p.641）

> 夫痘色乾紅，紅後必變紫，紫必變黑，黑必枯陷。……蓋色之繁紅焦紫，皆由於火之所致，然力窮乃止。故熱則色紅，滯則焦，極則黑，猶之火活則色紅，火死則色黑。曰變黑歸腎者，言毒氣歸腎也。……如瘡黑色者，皆謂之黑陷，然黑陷謂之歸腎者，以腎屬水而色黑，為真臟色見也，故云不治。（馮兆

---

59 《馮氏錦囊秘錄痘疹全集》卷二：「痘傳出四經而腎無留邪者，吉。若初熱便作腰痛而見點紫黑者，多死。蓋毒氣深伏於腎經而不能發越耳。」又卷五：「如初熱而腰即痛，則邪由膀胱直入於腎。」

張，p.668-669）

出痘和收靨的部位不能依序，也是非常危險。〈痘疹辯疑賦〉謂「初起太陽」，「後歸陽明」，除了勾勒痘毒的經脉傳輸路徑，也認為症候應從「手陽明」、「足陽明」交會附近出現較樂觀：

> 最宜於人中上下左右、口唇兩傍先出、先靨者為吉，蓋以其得陰陽相濟之理也。自頭面而及手足者為順，自手足而及頭面者為逆。額角先靨者，謂之孤陽不生；足下先靨者，謂之孤陰不長；皆凶兆也。（馮兆張，p.716）

> 先於口鼻兩旁、人中上下、兩腮年壽之間先出、先漿、先靨者，吉。若太陽則水火交戰之處，少陽則水火相並之沖，如先出、先漿、先靨者，凶。更夫頭者，諸陽聚會之處；兩頤兩頰，五臟精華之府；咽者，水穀出入之道路；喉者，肺脘呼吸之往來；胸腹者，諸陽受氣之地，為心肺之所居；五處俱要稀少。（馮兆張，p.692）

〈痘疹辯疑賦〉所云「唇面預腫」，亦屬凶象。「因痘腫而乃皮肉焮腫者，此正候也，亦順候也」，但若「痘未起發而頭面預腫」，恐將致死：

更有痘未起發而頭面預腫，皮光色豔，如瓠瓜之狀者，此毒惡之氣上侵清虛之府。……惡毒上侵，則五精俱喪，元辰亦亡，喪精亡神，其後必瘡塌而死矣。（馮兆張，p.706）

至於出痘、灌膿階段，〈痘疹辯疑賦〉有「最嫌灰白」、「切忌瘡塌」、「切忌空瘡」的警示。蓋「痘有灰白瘡塌者，乃氣血虧弱而變爲虛寒也」（馮兆張，p.709）；而「痘有空殼而無漿者，多因三五日之間身熱太盛，氣血蒸乾，是以不能流通而爲漿」（馮兆張，p.711）。最可怕的是膿水流出，不能結痂而成「陷」，也很難救活：

如膿未成而頭有孔，其水漏出，結聚成團，堆於孔外者，或水去囊空而乾黑者，此名漏瘡，其證必死。（馮兆張，p.710）

如血漸乾而變黑者，謂之黑陷。如漿水未成，破損瘡塌者，謂之倒陷。如膿成復化爲水，不肯結痂者，謂之倒靨；倒靨者，亦陷之類也。……若倒靨而痘出血不止者，名回陽泉，若犯胸脅之地，十難救一。（馮兆張，p.669）

又〈痘疹辯疑賦〉所謂「蠱蟲蚤斑，刻期而歸陰府；蛇皮

蟬退，引日而返泉鄉」，則標舉幾種可能危及性命的痘形分布。《馮氏錦囊秘錄痘疹全集》引用《秘傳痘疹玉髓》的看法，以「疊珠形」、「盤珠形」、「流珠型」是「絕梟紫灰塌之凶，此三形者，痘中之翹楚也」；而「游矗形」、「蟢窠形」、「瓜子形」、「箭頭形」、「疊錢形」等，都已算是「元氣戕賊」，「梟毒恣橫」，更險惡的則是呈「蛇皮斷」、「蠶布種」之象：

> 下此而更有蛇皮斷者，六氣絕而群梟食於中宮，百邪集而一鵠不知所止，痘之最凶，而死在旦夕者也。有蠶布種者，密比而間隙，按之莫得其實，連片而無點數，視之而不見其形，此名為棄痘，而十死一生者也。（馮兆張，p.693-694）

（四）辨證論治的特色

「辨證論治」是中醫臨床操作的特色，其觀察視角、思維方式都與「辨病論治」的西醫大不相同。「證」即「證候」的簡稱，是指人患病時的身體功能狀態。「辨證」就是要認識和辨別證候，除了知道證候的陰陽、表裡、寒熱、虛實等屬性之外，還要把病人的證候與文獻記載的證型相互比對，以決定處方用藥（李經緯、張志斌，p.133）。

〈痘疹辯疑賦〉反覆出現「證候殊形，臟腑易狀」、「所以觀其內症，因而推乎外臟」、「先分部位，次察災

祥」、「外症明分，用心想像」、「欲識痘之輕重，當觀
熱于形狀」等文句，顯現的正是「辨證論治」的思維；「欲
知表裡虛實，須明寒熱溫涼」及「辯別陰陽」，也概括了
表、裡、寒、熱、虛、實、陰、陽八個中醫辨證綱領[60]。

　　龔廷賢《壽世保元》卷八於〈痘疹辯疑賦〉前置「視
痘顏色輕重之法」，並云：「善治者，觀其形色而辨之」
（龔廷賢，p.777）；馮兆張也認爲「夫痘全診乎形色」，
須細察「正形」、「形之變」、「正色」、「色之變」：

> 夫痘全診乎形色，謂之形者，痘之形也。凡始初之
> 形，尖圓堅厚，起壯之形，發榮滋長，成漿之形，
> 飽滿充足，收靨之形，斂束完固，與水珠光澤者，
> 皆正形也。或平或陷，形之變也。是以初出之時，
> 隱如蚊蚤之迹，空若蠶種之脫，薄如麩片，密如針
> 頭，如熱之痱、寒之粟者，必不能起發而死。若黏
> 聚模糊，肌肉虛浮，溶軟嫩薄，皮膚潰爛者，必不
> 能收靨而死。謂之色者，痘之色也，喜鮮明而惡昏
> 暗，喜潤澤而惡乾枯，喜蒼蠟而惡嬌嫩。紅不欲豔，
> 豔則宜破；白不欲灰，灰則難靨；由紅而白，白而
> 黃，黃而黑者，此始終次遞漸變之正色也。若出形
> 而帶紫，起發而灰白，色之變也。更有根、窠、腳、
> 地四者，雖名立各殊，總不離乎形、色二字，誠為

60　「八綱辨證」，參閱宋傳榮、何正顯主編《中醫學基礎概要》，
　　p.165-169。

不易之要法。（馮兆張，p.636）

能驗形察色，才能研判是「順之而勿治」，還是「因證治之」—— 「若痘出稀疏，神色安悅，依期起灌，諸候如常者，此爲毒之虛也，宜順之而勿治。若齊湧稠密，焮腫紅紫，身發火熱，疼痛呼號者，此爲毒之實也，宜解毒之藥因證治之」（馮兆張，p.636），亦或是放棄不治 ——「初出湧壯者，不治。出如蠶種者，不治。隨出隨沒者，不治。如蚊蟲咬者，不治。氣血相失者，不治。倒出者，不治。飲水如促鼻者，不治，以肺氣不能疏理也」（龔廷賢，p.781）。雖然古代醫家們從不知道痘瘡的病源是天花病毒，卻憑著代代相傳的「辨證」累積治療經驗，不但留下大量專著，也展現了「辨證論治」的顯著效用。

（五）調節表裡的治法

在「胎毒蓄積，發爲痘瘡」的「範式」（paradigm）[61]中，「讓毒順利透發」自然成爲古代醫家們的共同治療綱領，其基本設想是：

蓋痘毒之在血氣，若糠粃之在米也。惟氣血充足，

---

[61] 「範式」是孔恩科學哲學的核心觀念，簡單說就是一門學科裡共通的信念、價值、技術等的集合，它被「科學共同體」—— 某一時期某學科領域的研究者 —— 所接受；且「科學共同體」也在其指導下，進行解決疑難的工作 —— 包括應該研究什麼問題、問題成立的當然緣由、思考問題的基本假定等。

運轉迅急，如篩米而運轉不停，則糠粃不混於米，
騰然起聚，自作一團，故血氣足而周流，則毒亦不
滯於榮衛之中，自然及時灌膿、收靨，決不潰肌損
肉。（馮兆張，p.691）

那該如何讓毒不停滯，隨氣血的運轉排出？〈痘疹辯疑賦〉
對此沒有太多敘述，只用「欲知表裡虛實，須明寒熱溫涼」
簡單帶過。若依龔廷賢《壽世保元》的診療心得，是認為
痘瘡乃火毒，故患者在「裡實」、邪氣亢盛的前期，不能
吃「溫燥中藥」；在「裡虛」、正氣不足的後期，則不能
吃「寒涼之劑」，以免適得其反：

大凡痘瘡，七日以前為裡實，不可投溫燥中藥，能
助毒也；八日以後為裡虛，不可投寒涼之劑，能伐
生氣也。但世俗不分寒熱，但見痘出不快，舉手悉
用陳氏治虛寒熱藥，殊不知痘瘡屬燥熱者多，急以
丹溪[62]涼血解毒治之，若概投熱劑，豈無死者？……
余觀陳氏，其意大率歸重於太陰一經，……陳氏之
方，其時必痘瘡而挾寒者，其用燥熱補之，固其宜
也；今未挾寒，而用一偏之方，寧不過於熱乎？……
陳氏之法既行，而解毒之旨遂隱，只顧救其虛寒之
痘，而不能治其燥熱之瘡也。予思治法，陳氏與丹

---

62 「丹溪」指朱震亨（1281～1358），多用涼藥。下文「陳氏」指陳文
中，1254 年撰成《小兒痘疹方論》，用藥偏於溫熱。

溪，寒熱兼用，具不可廢。（龔廷賢，p.776）

按中醫的看法，病在臟腑、氣血、骨髓等屬「裡」證，病在皮毛、肌腠、經絡者屬「表」證。龔廷賢充分了運用八綱辨證，站在陰陽協調的立場調節虛實寒熱，正呼應〈痘疹辯疑賦〉所云「欲知表裡虛實，須明寒熱溫涼」。

　　馮兆張在前輩的基礎上，除仍強調「夫痘瘡之出，根於裡而發於表，故表裡之虛實、寒熱，不可不辨也」（馮兆張，p.635），「治痘之法，惟察其表裡、寒熱、虛實而已」（馮兆張，p.634），對如何調節「表」、「裡」有更進一步的闡述。不同於「傷寒從表入裡」，「夫痘由中而達外」、「痘疹從裡出表」（馮兆張，p.633），所以在患痘初期，應先「解表」，在「表虛」的狀況下使痘易出；接著才進行「溫補」，袪除「裡」的邪毒，亦即「實裡」；最後階段則要「實表」，才能使痘易靨：

　　　　一二日宜於解表，使痘易出；三四五日清涼解毒，使痘易長；六七八九日溫補氣血，使易灌膿；十與十一二日清利收斂，使痘易靨；此治痘之常法也。然痘亦有先期而速、後期而遲者，豈可執一而治之哉？苟痘未盡出而清涼，則痘得寒而凝滯；熱毒未盡解而溫補，則毒蘊蓄而不能化漿。（馮兆張，p.634）

　　　　凡初熱宜乎表虛，則痘易出而疏朗勻淨。……既出

之後，又宜表實，則易起宜回，而無倒陷癢塌之變。
（馮兆張，p.635）

由於「表虛」雖能使痘易出，卻也使痘難醫；而「表實」
雖會使痘難出，卻能使痘易醫；因此何時「表」該虛、何
時「表」該實，必須掌握得宜，否則「表實而又實表，則
必潰爛不痂」。至於「裡」，則無論何時都應正氣充足、
都應「實」，且必須與「表」的狀況互相配合 —— 毒欲發
而「裡」虛時不先解「表」，毒會無法順利透發而「陷伏
倒醫」；但若「裡」已解毒而「表」仍虛，則無法收斂而
自然結醫[63]。所以必須因時制宜，選擇恰當的治療步驟。

四、醫藥賦別具一格

（一）醫藥著作之有韻者

　　翁仲仁《痘疹金鏡錄》與馮兆張《馮氏錦囊秘錄痘疹
全集》在〈辯疑賦〉、〈辯證賦〉（兩者有改寫關係已如
上述）外，均另收其他或同或異的「痘瘡賦」 —— 兩書皆
收〈金鏡賦〉、〈節制賦〉、〈權宜賦〉、〈指南賦〉，
《痘疹金鏡錄》卷二還有〈辯痘賦一〉、〈辯痘賦二〉、
〈辯痘賦三〉、〈辯痘賦四〉、〈辯痘賦五〉、〈辯痘賦
六〉，《馮氏錦囊秘錄痘疹全集》卷二則有〈玉函金鎖賦〉、

63　《馮氏錦囊秘錄痘疹全集》卷二：「表虛者，則痘易出而難醫；表實
　　者，則痘難出而易收。裡實則出快而輕，裡虛則發遲而重。表實裡虛，
　　則陷伏倒醫；裡實表虛，則發慢收遲。」

〈玄玄賦〉[64]、〈碎金賦〉、〈玉髓藥性賦〉。又萬全《痘疹心法》卷一也另有兩篇〈痘疹碎金賦〉，與《片玉痘疹》的〈痘疹碎金賦〉名同實異（傅沛藩，p.693-697）。伴隨「痘瘡賦」產生的，尚有「痘瘡詩」、「痘瘡詞」。如清代張鑾《痘疹詩賦》上卷，在〈發熱見點賦〉、〈起脹行漿賦〉、〈結靨餘毒賦〉後，隨即搭配〈發熱見點詩〉、〈起脹行漿詩〉、〈結靨餘毒詩〉各數首。又萬全除了寫賦，也作有〈痘疹總略歌〉十一首、〈痘疹西江月〉四十八首。

　　類此講述痘瘡或其他病症的詩賦，其特徵十分明顯 —— 說話者是醫藥專家，受話者也是醫藥專家或學習者，傳遞的訊息是醫藥知識，訊息使用醫藥專業術語，且以醫藥研習為特定語境[65]。但另有一大部分的「涉醫文學」[66]卻不同於此，如《鏡花緣》第 26 回提到：有個水手因暑熱而暈倒，服了多九公所給的藥後醒來。林之洋問多久公是什麼藥，多九公道：「林兄，你道是何妙藥？原來卻是『街

---

64 馮兆張於〈玉函金鎖賦〉、〈玄玄賦〉後注曰：「二賦出自《玉髓》，相傳既久，甚多魯魚之訛，今張逐一校正，且翻刻其有三部，今匯纂細注於下，以便後學易解。」

65 此處以雅各布遜（R. Jakobson）的言語交際要素 —— 說話者（addresser）、受話者（addressee）、訊息（message）、語境（context）、渠道（contact）、代碼（code）進行分析。

66 陳貽庭〈試論古代的涉醫文學〉：「產生於古代社會的一批與中醫藥有關的作品，我們統稱之為『涉醫文學』。這個概念指的是所有內容或形式上涉及到中醫藥的作品，既包括以疾病醫藥、養生保健為題材，或創作內容涉及醫藥知識的作品，也包括那些以中醫藥名詞術語為語彙而寫成的作品。」

心土』。凡夏月受暑昏迷，用大蒜數瓣，同街心土各等分搗爛，用井水一碗和勻，澄清去渣，服之立時即蘇。此方老夫曾救多人。雖一文不值，卻是濟世仙丹。」小說內容雖涉及醫藥知識，卻不是寫給醫藥專家或學習者看，也不是以醫藥研習爲特定語境。或如藥名詩詞，早期的名篇有梁簡文帝蕭綱〈藥名詩〉：

> 朝風動春草，落日照橫塘。重臺蕩子妾，黃昏獨自傷。燭映合歡被，幃飄蘇合香。石墨聊書賦，鉛華試作妝。徒令惜萱草，蔓延滿空房。

詩描寫思婦閨怨，卻故意將春草、茛菪（別名「橫塘」)、重臺、王孫（別名「黃昏」）、合歡皮（與「合歡被」諧音）、蘇合香、石墨、鉛粉（即「鉛華」)、萱草、蔓延等中藥名鑲嵌其中。此類炫才意味濃厚之作，徒有藥名，沒有藥性，仍是「吟詠情性」，非關「書」也非關「理」[67]。但古代一群交流、吸收醫藥知識的人所用的詩詞歌賦等韻文，卻正好與此相反，套用宋人批評宋詩的用語 ——「經義策論之有韻者」、「語錄講義之押韻者」[68]，它們其實

67　嚴羽《滄浪詩話》：「夫詩有別材，非關書也；詩有別趣，非關理也。然非多讀書、多窮理，則不能極其至。所謂不涉理路、不落言筌者，上也。詩者，吟詠情性也。」

68　劉克莊〈竹溪詩序〉：「本朝……詩各自爲體，或尚理致，或負材力，或逞辨駁，少者千篇，多至萬首，要皆經義策論之有韻者，亦非詩也。」又劉克莊〈跋恕齋詩存稿〉：「近世貴理學而賤詩，間有篇詠，率是語錄講義之押韻者耳。」

也是「醫藥著作之有韻者」。

　　「醫藥著作之有韻者」的出現，主要是基於「去繁就簡，轉難為易，使學習之人提高興趣、加深記憶」（劉慶宇，p.41）的需求，因此本草、方劑、針灸……各領域都有相關作品。形式方面，除了常見的三言、四言、五言、七言：

> 心胃疼，有九種。辨虛實，明輕重。痛不通，氣血壅。通不痛，調和奉。……（清代陳修園〈醫學三字經・心腹痛胸痹〉）

> 當歸甘溫，生血補心，扶虛益損，逐瘀生新。（明代龔廷賢〈藥性歌括四百味・當歸〉）

> 芫花本利水，非醋不能通。綠豆本解毒，帶殼不見功。草果消膨效，連殼反脹胸。……（《珍珠囊指掌補遺藥性賦》中所收〈炮製藥歌〉）

> 黃帝金針法最奇，短長肥瘦在臨時，但將他手橫紋處，分寸尋求審用之。……（明代楊繼洲《針灸大成》所收〈行針總要歌〉）

還有詞，但詞牌多用近似齊言詩的〈西江月〉，如：

> 麻疹俗呼麻子，蓋因火毒熏蒸。朱砂紅點遍身形。發自胃經一定。　切忌黑斑死證，最宜赤似朱櫻。大都治法喜涼清。不許辛甘犯禁。（明代萬全〈麻疹西江月・二十首之一〉）

> 春夏湯宜薄荷，秋冬又用木香。咳嗽痰吼加蔥薑。麝尤通竅為良。　加油少許皮潤，四六分做留餘。試病加減不難知。如此見功尤易。（清代駱如龍《幼科推拿秘書》所收〈用湯時宜秘旨歌〉）

至於賦，由於篇幅長短、韻腳變換的彈性較大，句式也有較多選擇，有助於作者把醫藥知識說得更清楚、更完整，因此也出現許多相關作品。

（二）醫藥賦內容多樣

在本草領域最負盛名、也最具影響力的，莫過於可能在明初問世、但託名金代東垣老人李杲（1180～1251）所撰的〈藥性賦〉[69]。賦分「寒性、熱性、溫性、平性」四部分，全篇約兩千四百餘字，共精選 248 種中藥，例如「寒

---

[69] 據紀征瀚《古本草歌賦的文獻研究》，目前可見最早收錄此賦的單行本，是明內府（經廠）刻本的《醫要集覽》，未標注賦的作者。明代書目最早著錄此賦者，為高儒《百川書志》（1540）：「〈東垣藥性賦〉一卷，元東垣老人李杲撰，分寒、熱、溫、涼賦，載二百四十八種。」而目前所能見到、最早題為「李杲撰」的〈藥性賦〉，存於明代胡文煥《壽養叢書》中的《新刻藥性賦》上卷。此賦的真實作者，至今沒有定論，或謂為明代嚴萃，但僅止於推測。

性藥」開頭數句：

> 諸藥識性，此類最寒。「犀角」解乎心熱，「羚羊」
> 清乎肺肝。「澤瀉」利水通淋而補陰不足，「海藻」
> 散癭破氣而治疝何難。聞之「菊花」能明目而清頭
> 風，「射干」療咽閉而消癰毒。「薏苡」理腳氣而
> 除風濕，「藕節」消瘀血而止吐衄。「瓜蔞子」下
> 氣潤肺喘兮，又且寬中；「車前子」止瀉利小便兮，
> 尤能明目。

　　由於區分藥性寒熱本來就是用藥的基本認知，再加上
以「每藥一句」的方式凸顯該藥的特點，因此非常適合初
學者背誦。日後它與同樣不知撰者的〈珍珠囊〉、明代熊
宗立的〈藥性賦補遺〉，共組為明代胡文煥《壽養叢書》
中的《新刻藥性賦》；《新刻藥性賦》又被增補其他內容
而成為《珍珠囊指掌補遺藥性賦》；《珍珠囊指掌補遺藥
性賦》又與《雷公炮製藥性解》合刊而成為《增補珍珠囊
雷公炮製藥性賦解》（紀征瀚，p.78-79）。總之，託名李
杲的〈藥性賦〉就此成為中醫入門讀本的核心，在明、清
兩代非常風行。
　　附帶一提的是，古代名為「藥性賦」的賦其實不少。
有未分藥性敘述的，如龔廷賢的父親龔信《古今醫鑒》卷
二的〈藥性賦〉；有同樣分寒、熱、溫、平敘述的，如清
代何書田的〈何氏藥性賦〉；有先依寒、熱、溫、平分類，

再將各類藥按石、草、木、人、獸、蟲、果……排列的，如明代徐風石〈秘傳音制本草大全藥性賦〉；或有依臟腑來分類，如明代劉全備〈新編注解藥性賦〉；或將藥依十二經脉分類，如清代潘宗元〈分經藥性賦〉（紀征瀚，p.87-88）。

　　針灸領域的名賦，金元時期的竇漢卿（1195～1280）[70]〈標幽賦〉堪稱其一[71]。賦名「標幽」，就是要將幽奧隱微的針灸之途標誌出來，因此除了說明毫針刺法、取穴方式（錢虹，p.4-5），賦的開頭即強調施針之前，必須掌握完整的人體經絡系統：

　　　　拯救之法，妙用者針。察歲時於天道，定形氣於予心。春夏瘦而刺淺，秋冬肥而刺深。不窮經絡陰陽，多逢刺禁；既論臟腑虛實，須向經尋。原夫起自中焦，水初下漏。太陰為始，至厥陰而方終；穴出雲門，抵期門而最後。正經十二，別絡走三百餘支；正側仰伏，氣血有六百餘候。手足三陽，手走頭而頭走足；手足三陰，足走腹而胸走手。

十二經脉的氣血運行，是自「手太陰肺經」開始，依次流

---

70 竇默，字子聲，初名杰，字漢卿，（河北）廣平肥鄉人，主要著作有《針經指南》一卷，為竇氏學術思想與臨床經驗的總結。
71 其餘尚有同收於《針經指南》的〈通玄指要賦〉，收於《針灸大全》的〈靈光〉、〈席弘賦〉、〈金針賦〉等。

注至「足厥陰肝經」，再重回「手太陰肺經」，循環相貫（如圖 3，宋傳榮、何正顯，p.70-71），而「雲門」、「期門」兩穴，就分別在「手太陰肺經」的起始、「足厥陰肝經」的終端。又賦將《靈樞·逆順肥瘦》的原句：「手之三陰，從臟走手；手之三陽，從手走頭。足之三陽，從頭走足；足之三陰，從足走腹」，改寫為更簡練的：「手足三陽，手走頭而頭走足；手足三陰，足走腹而胸走手」，清楚歸納了十二經脈的循環走向與交接處（如圖 4，宋傳榮、何正顯，p.70-71）。

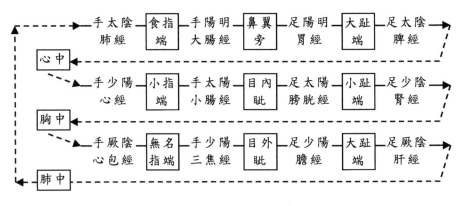

圖 3　十二經脈流注次序圖

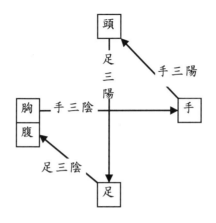

圖 4　十二經脉走向示意圖

　　述藥性、論針灸外，醫藥賦也談專科醫學，治療天花者已見於前文，餘如治療麻疹者，有萬全〈麻疹骨髓賦〉；另如元代曾世榮《活幼心書》有〈小兒專科賦〉，題下注明「以『小兒專科要識形證』為韻」，可知用律賦體，起首「兒」、「小」二韻云：

> 細辨諸證，難明小兒。惟造理以達此，於專科而見之。傷風清涕交流，初傳在肺；夾食黃紋必見，是屬居脾。原夫七日之內，臍痛乃多；百晬之外，骨蒸者少。惟驚疳積熱，半在攻裡；故暑濕風寒，先宜發表。總謂十三科目，各貴精專；不拘長幼兒童，均稱是小。（曾世榮，p.692）

醫藥著作原被認爲「蓋以立意爲宗，不以能文爲本」[72]，故即使醫家們刻意將之「賦化」──如上引〈小兒專科賦〉、〈標幽賦〉、〈藥性賦〉等均協聲押韻、辭尙駢儷，賦則賦矣，卻一直進不了《御定歷代賦彙》等賦總集。〈痘疹辯疑賦〉其實一如這群醫藥賦，雖有「賦」的形體，卻始終被「文學」視爲異己；雖然早在醫藥圈內自成一系，卻幾乎不爲圈外讀者所熟悉。這也難怪《全臺賦》開門讓這樣的賦入席，讀者會眼睛一亮，感到新奇。

五、結　語

經過文獻考索，已可確認原刊於 1923 年 11 月 18 日《臺南新報》、被收入 2006 年版《全臺賦》的「江夏杏春生〈痘疹辯疑賦〉」，純係明代醫家舊作的直接移錄，因此應與「日據時期臺灣醫學現代化」（許俊雅、吳福助，P.438）全然無涉。但由於該賦在西方現代醫學剛輸入臺灣的日據時期見報，頗具聯想空間，所以即便有論者很清楚該賦「其實多屬『中醫』的知識話語，並不屬於西方醫學的診斷用語」，卻仍強調該賦「奠基在剖析病理、病情的書寫方式上」，「描寫痘症的方式，由外而內、由皮而臟的具體描述，其實就是一種觀察後詳載的方式，這樣的方式其實融合了西方醫學近於科學化的操作、描述」（陳鴻逸，p.528-529）。只可惜這篇〈痘疹辯疑賦〉的諸般觀、察、

---

72 借蕭統〈文選序〉之語：「老、莊之作，管、孟之流，蓋以立意爲宗，不以能文爲本。」

推、識，都屬中醫「辨證論治」的思維，辜負了部分讀者想從中覓得「西方醫學」的期待。

　　此外，將〈痘疹辯疑賦〉這樣一篇「醫藥著作之有韻者」置於文人「吟詠情性」的詩賦作品群中，自是顯得特殊，但事實上，賦體為醫家所用而傳播本草、針灸、疾症等醫藥知識，也自有其傳統。這個「蓋以立意為宗，不以能文為本」的傳統甚至還擴及其他領域，例如電腦網路上很容易找到的「面相痣斑部位歌訣」，就有不同面相部位的賦，其中〈天中部位賦〉（作者不詳）云：

　　天中骨起，身必衣紫腰金，左廂接連，方可為卿作相，內府高旋，須當平滿，而得佐任之職，尺陽武庫若能豐厚，乃分兵戎之官，輔角崢嶸，郡守鎮轄關強，骨插邊地，威武名揚中外。

又有專述風水堪輿的賦，如極負盛名、相傳為唐代昭文館學士卜則巍所著的〈雪心賦〉，其「論山川地理」曰：

　　蓋聞天開地闢，山峙川流，二氣妙運於其間，一理並行而不悖，氣當觀其融結，理必達於精微。由智士之講求，求豈愚夫之臆度。體賦於人者，有百骸九竅；形著於地者，有萬水千山。自本自根，或隱或顯。胎息孕育，神變化之無窮；生旺休囚，機運行而不息。地靈人傑，氣化形生。孰云微妙而難明，

誰謂范眛而不信。

這些賦作，過去並不被視為「文學」，也從未擠進《御定歷代賦彙》、《賦海大觀》等總集。現《全臺賦》收錄〈痘疹辯疑賦〉，姑暫不論它是不是「臺灣賦」，就以它被納入「文學文獻」[73]來說，不僅代表這部新編的賦總集已突破了傳統的「文學」疆界；此一文獻採錄觀點，也勢必為「臺灣賦」的研究開拓新的空間[74]。

參考文獻

田思勝（主編）（1999）。馮兆張醫學全書。北京：中國中醫藥出版社。

宋傳榮、何正顯（主編）（2010）。中醫學基礎概要。北京：人民衛生出版社。

李世華、王育學（主編）（1999）。龔廷賢醫學全書。北京：中國中醫藥出版社。

李經緯、張志斌（主編）（2006）。中醫學思想史。長沙：湖南教育出版社。

紀征瀚（2005）。古本草歌賦的文獻研究。中國中醫研究

---

73 《全臺賦》在〈凡例〉第一條說：「本書彙輯臺灣賦作，旨在系統性保存臺灣文學文獻，提供閱讀、研究參考之用。」

74 例如與宗教相關的鸞賦，過去也不被視為「文學」，但《全臺賦》收錄後，便有簡宗梧教授撰〈臺灣登鸞降筆賦初探 —— 以《全臺賦》及其影像集為範圍〉（刊於《長庚人文社會學報》3 卷 2 期，2010 年）一文，梁淑媛教授撰《飛登聖域：臺灣鸞賦文學書寫及其文化視域研究》（臺北：五南圖書出版公司，2012 年）一書。

院中國醫史文獻研究所碩士論文。

孫關龍（2002）。從人痘法到牛痘法 —— 中國爲全世界消滅天花所做的貢獻。固原師專學報，23（2），30-33。

翁仲仁（1969 版）。痘疹金鏡錄。收於翁仲仁、夏鼎、余懋，幼科三種。臺南：北一出版社。

張鑾（2002 版）。痘疹詩賦。北京：全國圖書館文獻縮微複製中心。

曹麗娟（1995）。胎毒與中醫天花病因。醫學與哲學，16（7），382-383。

許俊雅（2010）。談談《全臺賦》、《臺灣賦文集》未收的作品。臺灣古典文學研究集刊，3，1-42。

許俊雅、吳福助（主編）（2006）。全臺賦。臺南：國家臺灣文學館籌備處。

陳貽庭（2001）。試論古代的涉醫文學。南京中醫藥大學學報，2（3），130-134。

陳鴻逸（2010）。文化的治療：社會圖象下的「醫學」書寫 —— 以《全臺賦》爲主要探討範疇。收於長庚大學通識教育中心（編），臺灣賦學術研討會會議論文集，515-531。

傅沛藩（主編）（1996）。萬密齋醫學全書。北京：中國中醫藥出版社。

曾世榮（1997 版）。活幼心書。收於曹炳章（輯），中國醫學大成，第 7 冊。北京：中國中醫藥出版社。

馮兆張（1999 版）。馮氏錦囊秘錄痘疹全集。收於田思勝

（主編），馮兆張醫學全書。北京：中國中醫藥出版社。

黃啓臣、龐秀聲（2000）。中國人痘接種醫術的西傳。尋根，2000（6），16-20。

萬全（1996版）。痘疹心法。收於傅沛藩（主編），萬密齋醫學全書。北京：中國中醫藥出版社。

劉慶宇（2001）。中醫韻文之韻味。古文知識，2001（3），39-41。

錢虹（2009）。試析《標幽賦》針灸學術思想。中國民間療法，17（7），4-5。

龔廷賢（1999版）。壽世保元。收於李世華、王育學（主編），龔廷賢醫學全書。北京：中國中醫藥出版社。

後　記

與臺灣賦結緣，始於 1996 年 10 月 28 日。

為什麼記得是那天呢？因為我真的是在那天讀到《自由時報》所刊杜正勝先生〈臺灣觀點的文選〉，其中提及王必昌〈臺灣賦〉，才開始去圖書館找臺灣賦的。那時可是《全臺賦》出版的前十年哩，我望著政治大學圖書館三樓那一架架從學士班走到博士班的中文圖書，突然覺得迷惘：臺灣賦？以前從沒聽過，會收在哪兒呢？後來，在臺灣方志裡找到了王必昌賦，以及跟它一樣，等著被後人重新認識的清代舊作。

我跟簡宗梧老師報告了這批「新」素材。老師一向寬厚，雖然用「是否以之撰寫學位論文」的徵詢口吻來暗示我這項發現值得挑戰，還是縱容我這不用功的學生避難就易。

不過，為了給這項發現一個交代，我還是寫了篇〈地理想像與台灣認同：解讀高拱乾及王必昌的《臺灣賦》〉，在 1999 年「政治大學中文系第八屆系友學術研討會」中發表。會議中，黃志民老師問了一個我答不出來的問題 —— 王必昌〈臺灣賦〉裡的「西瓜獻於元日」是什麼意思？會後

查了資料才知道：臺灣「貢西瓜」始於康熙朝，原於三月半康熙生日進瓜，乾隆二年才改爲每年正月，並將數額減爲由閩浙總督、福建巡府各進十顆。貢瓜栽種於八月，較一般西瓜爲早，所以能在正月之前成熟。不過此制最遲至嘉慶十一年時即已廢止，王必昌此賦寫於乾隆十七年，恰好爲臺灣西瓜曾上貢朝廷留下一則紀錄。我一直懷疑，黃老師那時是故意考我，以讓我明白細查篇中典故的重要。

這篇文章經過修改，便是 2000 年 6 月《臺灣文學研究學報》創刊號裡的〈地理想像與臺灣認同：清代三篇《臺灣賦》的考察〉。幾年後，很意外的接到臺灣師範大學許俊雅老師的 E-mail，說是想把此篇收進她主編的《講座 FORMOSA：臺灣古典文學評論合集》（臺北：萬卷樓圖書公司，2004 年）；之後，許老師又說要把我的名字放在她主編的《全臺賦》（臺南：國家臺灣文學館籌備處，2006年）裡。其實，在那之前，我從沒見過許老師（雖然在學生時期已讀過她的論文），因此，對許老師的不吝提攜，我一直深感惶愧。如果我沒記錯，好像要到 2010 年，我到臺北教育大學臺灣文化研究所發表論文，講評者正好是許老師，才得以當面向她請益並致謝。

另一位至今尚未謀面，但同樣因 2000 年那篇文章而開始聯繫的，則是成功大學的施懿琳老師。這些年，施老師幾次來 E-mail 邀稿，我總是既感謝又感慨 ── 感謝自不必說，感慨的當然是回想自己從 2000 年那篇文章踏入臺灣賦以來，既未認真耕耘，也就談不上好收成，以至於連偶爾

一次的指派，也困窘到籌不出庫存來繳付。

因此，本書可說是幾近「出清存貨」而集結的。能有這些文章，特別感謝行政院國家科學委員會（科技部）專題研究計畫的補助。2008 年底，我因出版的書裡有部分文章與臺灣賦相關，便在距上回提送計畫的數年後，再次向國科會遞件，沒想到意外通過審查。本書的第二章、第三章、第四章、第五章和附論，即綜合了計畫編號「99-2410-H-011-029」、「100-2410-H-011-016」、「101-2410-H-011-010」、「102-2410-H-011-023」的成果。如果不是這些計畫的督促，耕耘的過程中想必時時荒疏。

本書第二章原發表於《臺灣文學研究》（成功大學臺灣文學系）第 5 期（2013 年 12 月），第四章原發表於《漢學研究集刊》（雲林科技大學漢學應用研究所）第 18 期（2014 年 6 月），第五章原發表於《人文社會學報》（臺灣科技大學）9 卷 4 期（2013 年 12 月），附論原發表於《人文社會學報》（臺灣科技大學）8 卷 3 期（2012 年 9 月），集爲本書時皆略做修改。

感謝臺灣科技大學提供一個安穩的工作環境。這個沒有中文系的學校，是我 2001 年畢業後找工作的首選，服務迄今，匆匆已十三年餘。這期間有九年以上，在學生事務處、教學資源中心、人文社會學科、通識教育中心「四處」打工。像我這種教共同科目的人，在科技大學裡固然邊緣了些，卻也因屬「稀有動物」而藏身不易 —— 做行政或許即其一也。邊緣，有時是人微言輕，有時是獨當一面，沒

有一定好或不好。

　　感謝指導我碩士、博士論文的簡宗梧老師，開啓我的學賦之路。感謝賜予我三個學位的政治大學中國文學系。感謝書中各篇在投稿期刊時不吝指正的審查委員。感謝曾協助本書部分資料匯集的助理李文淵。感謝文史哲出版社囑咐我寫這則「後記」，讓我有機會向翻到此頁的您說一聲：「很高興認識您！」